Cul-de-sac

Douglas Kennedy

Cul-de-sac

*Traduit de l'anglais
par Catherine Cheval*

ÉDITIONS FRANCE LOISIRS

Titre original : *The Dead Heart*.

Édition du Club France Loisirs,
avec l'autorisation des Éditions Gallimard.

Éditions France Loisirs,
123, boulevard de Grenelle, Paris
www.franceloisirs.com

© Douglas Kennedy, 1994.
© Éditions Gallimard, 1998, pour la traduction française.
ISBN 978-2-298-00145-7

Pour Max Kennedy

« Tout homme plongé dans l'inconnu
éprouve de ce fait une poussée de panique
viscérale. »

MAURICE DUNLEAVY
dans *Stay Alive*, guide de survie
dans l'outback édité par
le gouvernement australien.

PREMIÈRE PARTIE

1

Jamais je n'avais vu une telle épidémie de tatouages. Pas un habitant de Darwin ne semblait y avoir échappé. Toute la faune du bar était tatouée – y compris la strip-teaseuse, qui se brandouillait sur la scène en exhibant un vulcain rutilant sur sa fesse gauche.

Pas vraiment pulpeuse, l'effeuilleuse. Une greluchonne, dans les trente ans à vue de nez – cinquante kilos toute mouillée, le sein anémique et la cuisse maigre. Et avec ça, l'air brouillée à vie avec l'existence – sans doute parce qu'elle était payée pour laisser une bande de bushmen toxiques lui reluquer la chatte.

Elle entamait son numéro quand j'ai poussé la porte de ce rade glauque, plus caverne que taverne, et à peu près aussi accueillant... Derrière le comptoir, une falaise de portes de frigo en acier chromé, tendance art médico-légal, hérissées de poignées comacs, qui, à l'ouverture, révélaient une glacière de six pieds de fond, bourrée à craquer de boîtes de bière. Le genre d'établissement où, d'autorité, le barman vous hèle d'un : « Une pisse en boîte ? » retentissant, vu qu'on n'y sert pas autre chose.

Face au bar, la scène (une plaque d'agglo juchée sur deux caisses en bois blanc) où, au son de *Fun, Fun, Fun* des Beach Boys, glapi par une sono crachotante,

9

la strip-teaseuse venait de faire son entrée. Il ne lui manquait que le parasol pour décrocher le premier rôle dans *Les Vacances de Mrs. Mad Max* : bikini ringard, chapeau de paille surdimensionné, lunettes noires et gros ballon en plastique gonflable. La fille a tenté de chauffer la salle en balançant sa baudruche au milieu de la mer de panses dilatées par la bière qui, à son apparition, avaient convergé vers l'estrade. Peine perdue : les mecs lui ont réexpédié sa baballe aussi sec et se sont mis à réclamer la suite du numéro sur l'air des lampions. Le masque figé mais éloquent – style « Allez vous faire foutre » –, elle a envoyé valser chapeau et lunettes, puis a enlevé le haut. Le bas a suivi. En tenue d'Ève, elle s'est allongée sur le dos et a entamé une série d'exercices au sol, à base de ciseaux et de grands écarts. Un concert de youyous a salué la performance.

Mon voisin de comptoir m'a poussé du coude.

« Tu sais ce qu'elle me rappelle ? La faille de San Andreas !

— Sans blague ! » j'ai fait, notant au passage la mygale velue qui lui tatouait le biceps. Je m'apprêtais à émigrer vers un autre tabouret quand le type m'a tendu la main.

« Jerry Watts. »

Un grand connard, blond de poil, la coupe réglementaire, la moustache en mal d'engrais azoté – et ce putain de tatouage. Je me suis résigné à lui serrer la louche.

« Nick Hawthorne.

— On serait pas pays, toi et moi ?

— Ça se peut. Je suis américain…

— De quel coin ?

— Maine.

— Un putain d'énergu-Maine, hein ?

— Quelque chose comme ça...

— Moi, je suis un pur produit Motown. Né natif de Detroit et fier de l'être. Encore que j'étais stationné en Alabama avant que la Navy m'expédie ici... T'es sous les drapeaux, Nick ?

— Non. Tout ce qu'il y a de civil.

— Ça alors ! Qu'est-ce tu fous ici ? Tous les Yanks que j'ai rencontrés à Darwin sont dans l'armée.

— Je suis de passage.

— Pour où ?

— Le Sud.

— Le Sud... Comme si, de Darwin, on pouvait aller ailleurs ! Ici, c'est le nord du Nord, mec. Et jusqu'où tu comptes descendre ?

— Je ne suis pas encore fixé. Perth, peut-être...

— Perth, *peut-être* ? Tu sais à combien de Perth on est ?

— Trois mille kilomètres, en gros.

— Tu l'as dit, bouffi ! Et t'as une idée de ce qui t'attend d'ici à Perth ? Rien ! Trois mille bornes de *rien*. Sans déc', mec ! Quatre heures de bagnole pour les prochaines gogues, genre. Tu te l'es déjà tapée, c'te route ? »

J'ai fait « non » de la tête.

« Ben, j'espère que t'aimes l'imprévu, parce que c'est pas ce qui va te manquer, mon pote. Et dans le secteur, quand tu tombes sur de l'imprévu, c'est vraiment le top. Tu peux me croire ! Je sais de quoi je cause...

— Tu m'as l'air d'en connaître un rayon sur pas mal de choses, en effet…

— C'est pas pour me vanter, mais c'est vrai. D'accord, le Sud, j'y ai mis les pieds qu'une fois, l'an dernier, quand on est venus en manœuvres. Mais, sans déc', y a rien de rien à voir là-bas. J'ai jamais vu de vide aussi vide que ça. Ho, le barman ! Tu nous en remets deux ! Bien fraîches !

— Je crois que je vais m'abstenir…

— Pourquoi ? T'es attendu ailleurs ?

— Pas vraiment… C'est juste que… je suis arrivé hier et je n'ai pas refait mon décalage horaire, alors je préfère y aller mollo sur la bière.

— Allez, c'est pas une mousse ou deux qui vont te tuer ! »

Sur la scène, la strip-teaseuse montrait la lune à son public. Elle s'est laissée choir à quatre pattes et a fait un rétablissement en poirier. Applaudissements frénétiques de la foule.

« Ah ! Voilà ce que j'appelle une vue avantageuse ! a fait Jerry Watts. Encore que si c'était ma meuf, je te la collerais à l'engraissage, parce qu'elle manque un peu de viande pour mon goût, si tu vois ce que je veux dire… »

J'ai fixé le fond de ma boîte d'Export sans commentaire.

« T'es marida, Nick ?

— Non.

— Tu t'es jamais laissé passer la corde au cou ?

— Jamais.

— Moi, j'ai déjà dit « oui » deux fois. La première

12

à dix-sept berges et la deuxième, à vingt et un balais tout juste. En ce moment, je suis basé à Okinawa, et je m'y suis dégoté un beau petit lot. Une Philippine. Mamie, qu'elle s'appelle. J'en ferais bien Mrs. Jerry Watts troisième du nom, mais chaque fois que je viens en manœuvres à Darwin, je me dis : « Pourquoi pas, une petite Aussie ?» Y a pas plus bandant que ces nanas, je trouve. Tu t'en es déjà fait une ?

— Ma foi non...

— T'as jamais sauté une Australienne, t'as jamais été marié... Putain, mais où t'as vécu, mec ? Dans un cocon ?

— Quelque chose comme ça.

— Tu bosses ?

— Pas pour l'instant. Je suis entre deux jobs.

— T'es dans quoi ?

— Le journalisme.

— Sans déc' ?

— Sans déc'.

— Et tu fais quoi, en ce moment ?

— Du tourisme.

— Ah, d'accord ! C'est pour ça, que t'es ici...

— On ne peut rien te cacher.

— Eh ben, tu pouvais pas mieux choisir qu'ici pour t'éclater. Tu vas prendre ton pied, mec !

— Ah ?

— Crois-moi, Darwin, c'est le top. Plages de rêve, bars et casinos à volonté, et super-nanas à tire-larigot pour te vidanger les gonades. »

Au bord de la scène, l'effeuilleuse s'empara du billet de dix dollars que lui tendait un septuagénaire édenté, aux yeux bordés de jambon. Le tarif syndical donnant droit à faire mimi au petit oiseau de la dame, apparemment… Ce qui n'était pas prévu dans la convention collective, c'est que Pépé était allergique aux plumes. Il est parti d'un putain d'éternuement. La fille a pris la salve de postillons plein champ.

« Espèce de vieux dégueulasse a glapi la donzelle outragée, avant de foncer vers sa cabine d'habillage.

— Reviens, bordel ! J'en ai pas eu pour mon fric ! » protesta l'ancêtre, déchaînant les rires gras de l'assistance. Jerry Watts s'éclatait visiblement.

« Ah, putain, cette ville, je l'adore ! » s'est-il esclaffé, en se tournant vers son nouveau pote.

Mais j'étais déjà à mi-chemin de la sortie.

2

Extérieur nuit : Darwin, autour de minuit. Une chaleur d'enfer. Quarante et des pelures. À peine la porte franchie, j'ai eu l'impression de rebondir sur un mur d'ouate thermogène. C'était plus de l'air. Ça vous empéguait comme de la barbe à papa. J'ai failli faire demi-tour et replonger dans le bar. L'ambiance y était délétère, mais l'air conditionné… Sauf que j'avais vu le show et que je devinais la suite du scénar : Jerry Watts me recoincerait avec une nouvelle « pisse en boîte » et m'abreuverait en sus de ses observations de beauf sur la vie et les femmes. *(Je me suis dégoté un beau petit lot. Une Philippine. Mamie, qu'elle s'appelle.* C'est bien ton style, Ducon !) Et une fois que l'ami Jerry m'aurait saturé de ses bonnes histoires de l'oncle Popaul, il y avait toutes les chances pour qu'on extraie l'ancêtre de son fauteuil roulant pour une petite resucée de son numéro, avec la deuxième strip-teaseuse au programme…

Plutôt crever de chaud ! J'ai décidé de rentrer à pied.

Darwin *by night.* De la viande saoule, en short kaki, slalomant d'un trottoir à l'autre. Un quatuor d'Abos pieds nus, vautrés dans le caniveau, se repassant une bouteille de Bundaberg – le tafia local. De loin en loin,

15

une belle de nuit – short ras de la moule, cheveux platine et lèvres gercées – à l'affût du client dans l'ombre d'un hôtel à douze dollars la chambre. Et par-ci par-là, une mineure en rupture de ban, qui avait dû s'envoyer une demi-douzaine de rhum-Coca de trop et qui dégueulait tripes et boyaux, pliée en deux au-dessus d'une poubelle.

Ah, putain, cette ville, je l'adore ! Ben, moi pas... Elle m'a débecté d'emblée. J'y avais débarqué la veille, dans la matinée, après trente-six heures d'un vol Boston-Darwin, via Londres et Jakarta. Sitôt mon sac posé dans la chambre de mon motel sans étoile, j'ai demandé au mec de la réception comment aller dans le centre.

« Mais vous y êtes ! » qu'il m'a fait.

Darwin centre : une paire de gratte-ciel – pour la forme –, des alignements d'immeubles de bureaux, et un gigantesque *mall* bétonné en guise d'avenue principale. Le soir de Noël 1974, un cyclone de sinistre mémoire a pratiquement rasé la Darwin du XIXe siècle. La ville a été rebâtie de neuf mais tout y a, bizarrement, un côté provisoire, inachevé, Anonyme à force de banalité. Le tout-venant de l'architecture moderne. En deuxième démarque.

On se tape une journée et demie de vol et à quoi on a droit, à l'arrivée ? À une suburbia subtropicale et des show-girls aux seins tristes. Prix de consolation : la nuit, le mercure chute de 50° à 40°. Sauf qu'à Darwin, la nuit est aussi le moment où les givrés sont lâchés. Les nuits de Darwin appartiennent aux Jerry Watts, aux vieux dégueulasses, aux...

16

« Tu veux de la compagnie, mec ? »

La voix avait surgi des ténèbres. J'ai continué à marcher, mais la voix m'a relancé.

« Je t'ai demandé si tu cherchais de la compagnie, mec ! »

Je me suis retourné. Un type dépliait ses jambes de faucheux d'une Holden vingt ans d'âge. Il devait avoir le même âge que sa bagnole. Une tignasse ficelle, un paquet de cigarettes calé dans le revers de sa manche de T-shirt, et des yeux vitreux, façon glaçon. Le genre d'yeux à se demander si on n'avait pas trafiqué le lobe frontal de leur propriétaire. Des yeux qui n'auguraient rien de bon.

« Quand je pose une question, j'aime bien qu'on me réponde ! annonça le mec. Tu cherches une fille ? »

Sur le siège passager de la Holden s'étalait une nana qui devait peser allégrement ses deux cent cinquante livres... Le nez levé vers le rétroviseur, elle se faisait un raccord de rouge à lèvres sans cesser de tirer sur sa clope. Elle avait un triple menton et suintait la cellulite. Son mac aurait pu vanter la marchandise en s'inspirant des pubs pour kit canapé-lit, genre : « Deux places confortables. Livré prêt à monter. »

« Alors, ça te tente ? a insisté le type.

— Non, merci.

— T'as tort, c'est une affaire. Un sacré bon coup. J'en sais quelque chose : c'est ma meuf. »

J'ai tourné les talons et allongé le pas, poursuivi par la voix du type. « Enculé de Yankee ! Va te faire mettre, pédé ! »

Mémorable conclusion d'une soirée mémorable...

J'étais à deux pâtés de maisons de mon motel. J'ai dû battre le record. J'ai déboulé dans la cour, coudes aux corps, vérifié que le faucheux ne me coursait pas avec son phénomène de foire et j'ai foncé vers la piscine – peinture écaillée et eau d'une limpidité douteuse. Mon « unité d'habitation » donnait dessus. Quelques erreurs de clés et beaucoup d'acharnement plus tard, j'ai triomphé de la serrure, et j'ai claqué la porte au nez de la nuit.

Ma chambre : un cube de béton passé au rose bonbon, une carpette d'origine indéfinie, mais 100 % nylon et vérolée de trous de cigarettes, un lit au matelas plein de grumeaux, un frigo en panne, une télé à pièces et un climatiseur cacochyme. J'avais beau l'avoir branché avant de sortir, on se serait cru dans un hammam. J'ai balancé mes fringues gluantes de transpiration dans un coin de la pièce et je me suis réfugié sous la douche. L'eau était polaire. Elle était aussi d'un brun soutenu, mais je n'allais pas pinailler. Pourvu qu'elle m'aide à me désincruster de ma première journée à Darwin, j'étais preneur.

Les serviettes de toilette fournies par la direction étaient aussi minces que des hosties, et à peu près aussi absorbantes. J'ai tenté de m'en draper une autour de la taille, mais j'avais dix bons kilos de panne en trop pour ça. J'ai transigé pour le cache-sexe. Je tirais sur les coins de ma serviette pour me la ficeler sous les hanches quand je me suis aperçu dans la glace de la salle de bains. Mon reflet m'a atterré. Trente-huit balais, et déjà tous les signes extérieurs du quinquagénaire qui se néglige : le bide flasque et avachi, une boule de graisse en formation entre menton et pomme d'Adam, des cheveux châtain clair qui grisonnent, des valises sous les yeux et un réseau de rides au coin des paupières, pire qu'une gare de triage… J'avais l'air crevé, bouffi, désabusé.

Une cigarette s'imposait. Au bout de sept ans d'abstinence, j'avais repiqué à la nicotine juste avant mon départ des States. J'en étais déjà à deux paquets de Camel sans filtre par jour. J'avais retrouvé ma toux de tubard. Tous les matins, j'y allais de mon huître dans le lavabo. Mes dents prenaient une jolie teinte havane. Me remettre à la cigarette était ce que j'avais fait de plus positif depuis des éternités.

Ma cartouche de Camel duty free traînait sur le lit. J'ai ouvert un paquet, je me suis allumé une clope avec mon Zippo et j'ai inhalé à fond. Bingo ! Le pied instantané ! Pourquoi passer sa vie à courir après le bonheur, alors que les rares instants où l'on touche à la félicité absolue sont par essence aussi éphémères qu'imprévisibles : une douche à la fin d'une journée caniculaire, une taffe qui vous semble si bonne que vous avez l'impression que la béatitude, c'est *ça*. L'espace d'une seconde ou deux, du moins…

Mon flirt avec la béatitude n'a pas été très poussé. Il a pris fin à la seconde où mes yeux sont tombés sur la carte d'Australie étalée sur mon lit. Cette foutue carte… Elle m'avait eu au charme. Je m'étais laissé séduire par ses belles promesses. Je l'avais suivie jusqu'ici. À Darwin. Acheter cette carte avait été une erreur monumentale.

Elle avait croisé ma route dans une librairie de

Boston, par un après-midi de février cafardeux, de gel et de grisaille. Quelques jours plus tôt, j'avais plaqué mon job dans un journal du Maine. Ma quatrième démission en dix ans. Dix ans que j'avais passés à sillonner la côte est, au volant de ma Volvo, comme pigiste itinérant pour des feuilles de chou de province. Dix ans à galérer, avec pour ports d'attache successifs Schenectady (New York), Scranton (Pennsylvanie), Worcester (Massachusetts) et Augusta (Maine). Un beau palmarès de canards quelconques, dans des bleds quelconques. Certains collègues s'étonnaient parfois du chic que j'avais pour dégoter des jobs dans des petites villes industrielles en perte de vitesse. Qu'au bout de dix ans de carrière par monts et par vaux je ne tente pas ma chance dans un grand quotidien de Philadelphie, de Boston ou même de la Grosse Pomme les sidérait. Mais je n'avais aucune attirance pour les sphères supérieures du firmament journalistique. J'aimais mieux croiser à moyenne altitude. Là au moins, je ne risquais pas de laisser l'ambition rogner les ailes à ma liberté. Deux ans à couvrir les réunions du conseil municipal, les fêtes paroissiales ou les empilages du samedi soir sur la nationale, et j'étais mûr pour aller voir ailleurs. D'où ma décision, après vingt-huit mois de bons et loyaux services, de démissionner de l'*Augusta Kennebec Journal*, d'entasser toutes mes possessions à l'arrière de mon break Volvo et de prendre la I-95, direction le sud.

J'avais un autre job en perspective : pigiste au *Beacon Journal* d'Akron, Ohio. Mais avant d'aller m'enterrer pour deux ans dans le berceau américain de l'industrie du pneumatique, j'ai décidé de m'offrir quelques jours à Boston. Mes bagages déposés dans un petit hôtel, à deux pas de Bolyston Street, j'ai sauté dans un trolley pour Cambridge, sur l'autre rive de la Charles River. J'adore fouiner dans les librairies d'occasion autour de Harvard Square. C'est dans la première où je suis entré que la carte m'attendait. Je traînais au rayon Tourisme quand j'ai avisé un lot de vieilles cartes routières, dans un carton. Perdue au milieu d'échantillons sans intérêt de la cartographie nord-américaine se cachait une curiosité ; une carte de l'Australie, éditée par le Royal Automobile Club local, millésimée 1957. Prix : 1.75 $. Allez savoir pourquoi, je l'ai dépliée par terre, au beau milieu de la boutique. Jamais je n'avais vu un truc pareil : une île, presque aussi vaste que les États-Unis, avec, pour tout réseau routier, un fil rouge qui la coupait en deux, du nord au sud, et un autre qui en bordait les côtes, comme un feston.

Une vendeuse m'a trouvé à genoux, en contem-plation devant l'Australie.

« Vous comptez l'acheter, cette carte, ou pas ?

— Oui, oui, je la prends. »

J'aurais pu m'en tenir là. Mais non... J'ai fait un détour par la Harvard Co-op et je me suis fendu d'un guide de l'Australie, avec carte à jour des voies de communication incluse. Là, ça m'a carrément intrigué : le réseau principal n'avait pas évolué d'un iota. Un territoire de cette taille, doté en tout et pour tout d'un grand axe médian et d'une route côtière ? Ça ne faisait pas sérieux. Ça avait même un petit côté pays imaginaire, inventé par un émule de Stevenson. Le Pays de Nulle Part…

De retour à l'hôtel, je me suis fait livrer une pizza et un pack de Schlitz, et j'ai redéplié ma carte. Je n'ai pas vu passer la soirée. J'étais à Oz. Plus ça allait, plus je fantasmais sur un nom, posé comme une rosette au sommet du ruban rouge qui ceinturait l'île. Darwin… Une cité perdue au nord du septentrion. Au bout du bout du monde. L'ultima Thulé de l'Australie… À l'est, le Queensland. Renommé, à en croire mon guide, pour ses cultures fruitières, son climat semi-tropical et son ultraconservatisme – à se demander s'il n'était pas jumelé avec le Mississippi… À l'ouest, l'Australie-Occidentale. Un univers autrement fascinant…

Imaginez rouler une journée entière sans rencontrer la moindre trace de civilisation, disait mon guide. *Imaginez des centaines de milliers de kilomètres carrés de paysages grandioses, sous un ciel bleu cobalt, loin des soucis et des contraintes de la vie moderne. Au fil des 4 500 km qui séparent Darwin de Perth, vous découvrirez les merveilles naturelles dont regorge l'outback australien, une des dernières terres vierges de la planète.*

J'avais beau savoir que tout cela n'était que de la soupe rédactionnelle, j'étais incapable de détacher les yeux de la carte. Tout cet espace. Tout ce *vide* ! Assis dans cette chambre d'hôtel, mastiquant une part de pizza froide qui pleurait son huile sur Darwin et ses environs, je me suis soudain avisé que je n'étais jamais allé nulle part. D'accord, j'avais passé les quinze dernières années à jouer les Juifs errants journalistiques d'un bout à l'autre de la Nouvelle-Angleterre, mais sorti d'une petite semaine à Londres, il y avait de ça deux ans, qu'est-ce que je connaissais du vaste monde au-delà de la I-95 ? J'avais la quarantaine en vue et comme perspective d'avenir, un autre boulot insipide dans un autre canard insipide. À Akron, Ohio. Patrie du pneu Goodyear à carcasse radiale et de pas grand-chose d'autre. Deux ans dans ce trou s'annonçaient aussi joyeux qu'une OD au formol. Pourquoi choisir l'option merdique, une fois de plus ? Surtout que rien ne me retenait vraiment ici. Ni attaches sentimentales, ni obligations professionnelles… Si j'étais vraiment le mec indépendant que je m'imaginais, n'était-ce pas l'occasion rêvée de laisser tomber la plume et d'ouvrir mes ailes ?

J'ai ruminé la question en m'envoyant mes six Schlitz, un paquet de Camel et deux séries B à la télé. Entre un remake de *Brève rencontre*, transposé dans une banlieue d'Honolulu, et un film d'horreur débile, où des lapins géants massacraient un détachement de la Garde Nationale, le cocktail pizza froide-bière-Camel-navets a eu raison de mon estomac. Bizarrement, tandis que j'étreignais la cuvette des chiottes, mon cerveau a retrouvé une limpidité de cristal. Au point que lorsque la dernière gerbe de dégueulis a sombré corps et biens, j'avais décidé que j'étais en route pour l'outback.

Sauf que, reconsidérée depuis le sauna qui me tenait lieu de chambre, au fond de ce motel miteux de Darwin, ma décision m'apparaissait soudain comme une insondable connerie. Je craque pour une carte périmée dans une librairie de Boston et deux heures après, dans un hôtel à puces et entre deux haut-le-cœur, je décide de tout plaquer et de partir pour le trou du cul de l'Australie. J'appelle mes futurs employeurs et je leur dis – poliment – de se carrer leur job où ils veulent. Je colle tout ce que je possède au garde-meuble. Je fourgue ma Volvo bien-aimée. Je vide mon compte de toutes mes éconocroques – 10 000 $. Je demande un visa. Je prends un billet d'avion. Et, trente-six heures plus tard, je débarque à Darwin. Moralité : À trop aimer les cartes, on perd la boussole.

De l'autre côté de ma fenêtre, le ciel s'apprêtait pour un grand show nocturne. En ouverture, trois roulements de tonnerre heavy metal. Puis un éclair a flashé. Au signal, la pluie s'est mise à tomber. Des trombes d'eau. Trente centimètres de flotte en dix secondes. Un déluge tel qu'une ligne électrique a dû péter, pas loin du motel. Je me suis retrouvé dans le black-out complet. Et tandis que la mousson se déchaînait autour de moi, je me suis mis à l'encourager comme un furieux, souhaitant désespérément qu'elle emporte Darwin dans ses flots – et mes erreurs avec.

3

Dès que je l'ai vu, j'ai su que je ne pourrais pas résister. C'était une vraie pièce de collection : un combi VW des années soixante-dix, qui m'a tout de suite rappelé mes années de fac − l'époque où tout adepte de la contre-culture s'achetait un minibus d'occasion, le bombait en rose indien, et se tirait sur les traces de Kerouac pour communier avec le karma de la Route. Sauf qu'à voir son camouflage marron marbré de vert, le combi que j'avais sous les yeux devait plutôt être destiné à communier avec une zone démilitarisée. Dommage qu'on ne fût ni à Saïgon ni en 68, parce que tout ce qui lui manquait, c'était un nid de mitrailleuse sur le toit, et il aurait été fin prêt pour participer, galvanisé au rock'n'roll, à la grande offensive du Têt. L'union de l'ingénierie allemande et de la dépravation américaine. *Guten morgen Vietnam !*

Il était garé le long du trottoir, en face de mon motel, en compagnie d'une douzaine d'autres véhicules. Apparemment, c'était le salon indépendant du camping-car d'occasion de Darwin. Le lieu où les vétérans, lassés de bouffer de la piste australienne, venaient tenter de fourguer leur engin à un néophyte séduit par l'appel du bush. Il y avait là plusieurs pick-up 4 x 4, des caravanes attelées à des Holden subclaquantes, et même un Bedford dont le capot s'ornait d'un emblème pacifiste, peint par une main anonyme qui ignorait tout de la symétrie. Mais il n'y avait qu'un combi VW dans le tas, et j'ai fondu dessus.

De près, la peinture camouflage semblait être due au pinceau d'un parkinsonien. Une des ailes était bouffée par la rouille, mais les pneus avaient l'air en bon état et la suspension a réagi en souplesse aux sollicitations de mon pied sur le pare-chocs avant. Le nez collé au pare-brise, je m'apprêtais à examiner l'intérieur quand, à ma grande confusion, je me suis trouvé face à face avec une fille, les seins à l'air, en train de donner la tétée à un nourrisson. J'ai dû passer par toutes les nuances du rouge, mais la nana s'est contentée de me gratifier d'un sourire béat.

Au même moment, la portière arrière a coulissé et un type a émergé du combi. Un mètre quatre-vingt-quinze, les cheveux aux épaules, un solide crucifix en cuivre ballant sur la poitrine. Il est resté planté à côté du VW, à me dévisager, le regard fixe et sans expression, comme s'il était à des années-lumière de là. Pour un peu, il m'aurait foutu la trouille, ce con.

« Désolé de vous avoir secoué comme ça ! J'ai pas pensé qu'il pouvait y avoir quelqu'un à l'intérieur... »

Aucune réaction du type, qui avait tout l'air d'un échappé de Dopeville. Juste ce regard vide fixé sur moi.

« Deux unités et demie ! a-t-il fini par articuler en faisant un pas vers moi. Deux unités et demie ! » Il a incliné la tête et je me suis retrouvé en train d'explorer la jungle qui tapissait ses fosses nasales. « C'est ce qu'il vaut. Deux mille cinq cents dollars. »

J'ai reculé d'un pas. « Qu'est-ce qui te fait croire que je suis intéressé ?

— T'en as envie. Je le sais.

— Je peux y jeter un coup d'œil ?

— Pas la peine. Il est nickel.

— Aucun véhicule de dix-neuf ans n'est nickel.

— Çui-ci en a vingt. Sortie d'usine : 1972. Et il *est* nickel.

— Possible, mais je ne l'achèterai pas avant d'avoir vu ce que vaut la mécanique.

— Qu'est-ce que tu veux savoir ?

— Il affiche combien au compteur ?

— Deux cent six.

— Deux cent six *mille* kilomètres ?

— Exact.

— Il ne va pas tarder à rendre l'âme !

— Le moteur a été entièrement refait, le carbu, les amortisseurs et le radiateur sont neufs, et à l'arrière, il y a un nouveau réchaud et un matelas qui n'a pratiquement pas servi. Et en plus de ça, il est béni, ce combi.

— Béni… ?

— Ouais, *béni* ! Il a fait deux fois le tour du pays, et pas la moindre ingérence satanique.

— Satanique…

— Pas l'ombre d'un pépin mécanique. Les moteurs qui chauffent, les problèmes d'embrayage, connais pas…

— Parce qu'un embrayage qui lâche, c'est de l'ingérence satanique ?

— Satan cherche toujours à empêcher les Messagers de Dieu d'accomplir leur mission.

— C'est ça, ton créneau ?

— Exact. Je prêche l'Évangile de Jésus-Christ.

— Et... tu fais ça où ?

— Là, a déclaré le Messager, le doigt pointé en direction du désert. Cinq ans que je sillonne le bush pour y porter la Bonne Nouvelle.

— Et tu prêches pour quelle congrégation ?

— La mienne. L'Église apostolique de la Foi inconditionnelle. Tu sais ce que c'est, mon frère, la Foi inconditionnelle ?

— Pas vraiment, non... »

Le type a retroussé sa manche de chemise et exhibé un bras piqueté d'une bonne demi-douzaine de traces de morsures. « Le pseudo-naja, tu connais ? »

J'ai fait signe que non.

« Y a pas plus venimeux, dans le bush. Il te plante ses crochets dans la viande et c'est la mort assurée dans l'heure qui suit. Moi, trois fois j'ai été mordu, et pourtant, je suis toujours là. Et tu sais grâce à quoi ? La Foi inconditionnelle... *Ils prendront en leurs mains des serpents ; s'ils boivent du poison, il ne leur fera point de mal.* Marc, chapitre 16, verset 18. Tu saisis ? Tu vois ce que j'essaie de *partager* avec toi ?

— Je crois, oui...

— Ce combi, pourquoi tu veux l'acheter ?

— J'ai jamais dit que je voulais l'acheter !

— Tu es en train de le faire ! Alors... Pourquoi ?

— Pour faire du tourisme. Descendre jusqu'à Perth, sans plus.

— Tu sais ce qui t'attend, frère ? La désolation. Un désert, peuplé de mécréants, que Dieu a créé afin d'éprouver la foi de ses fidèles. Alors, laisse-moi te donner un bon conseil, pour le salut de ton âme : ne t'aventure pas dans ce désert maudit si tu n'as pas la *Foi inconditionnelle* chevillée au corps, parce qu'il t'engloutira. Tu disparaîtras sans laisser de trace, t'entends ? »

Qu'est-ce qu'il racontait, ce piqué ? J'ai tourné la tête. Le désert commençait au bout de la rue et, vu d'ici, il avait l'air à peu près aussi dangereux qu'un parc-paysager de ville nouvelle, regorgeant d'essences exotiques. Au diable ce guignol et ses délires néo-testamentaires ! Je ferais mieux de regarder ce que le combi avait sous le capot.

« Comme je te le disais, si tu veux me vendre ton VW, il faut que tu me laisses l'ausculter un peu. Sinon, tu te le gardes. »

Une cohorte d'anges a eu le temps de défiler pendant que le charmeur de serpents faisait le tour de ma proposition. Enfin, il s'est décidé et a frappé au carreau : « Bethsabée ? Sors de là. Et amène-moi les outils ! »

Pour la deuxième fois, la portière a coulissé et Beth-sabée est apparue, le bébé sur un bras, une caisse à outils rouillée au bout de l'autre. Un crucifix – le même que celui de son David – pendait entre ses seins, chastement voilés cette fois. J'ai eu droit à un autre sourire de madone.

« Salut, frère. »

Son époux l'a délestée de la boîte à outils, puis a pointé un index autoritaire sur le pied d'un palmier : « Mets-toi là. »

Son éternel sourire aux lèvres, elle a obtempéré. Tandis qu'elle s'asseyait en lotus, le marmot dans son giron, le charmeur de serpents a balancé la caisse à outils à mes pieds.

« Eh ben, au boulot ! »

Il se trouve que je connais assez bien le moteur à combustion interne : au plus fort de ma passion pour mon regretté break Volvo, je m'étais découvert des talents d'« *auto*-didacte », et je les avais cultivés à mes moments perdus. J'ai retroussé mes manches et, deux heures durant, j'ai procédé à une autopsie complète du combi – sondant les soupapes d'un doigt indiscret, explorant les mystères du vilebrequin, m'assurant que le carburateur, l'alternateur et le distributeur étaient en état de supporter une nouvelle équipée au cœur de l'Australie sauvage. Une besogne salissante et fastidieuse, surtout que le soleil, cloué au zénith, n'arrangeait rien. Mais la chaleur n'était rien à côté de la présence de Mr. et Mrs. Foi inconditionnelle qui me regardaient, impavides, disséquer leur véhicule, posés à l'ombre de leur palmier. Ils étaient à ce point immobiles que je commençais à me demander s'ils n'étaient pas passés dans une espèce de quatrième dimension spirituelle. Rien de plus déstabilisant que deux paires d'yeux de zombis qui vous fixent sans ciller deux heures d'affilée, et pourtant, ça m'a stimulé. Plus tôt j'en aurais terminé, plus tôt je pourrais leur filer leurs « deux unités et demie » et dire définitivement adieu à ce duo de cadets de l'espace.

Divine surprise : le combi était en parfait état. Le moteur tournait comme un soleil, les bougies et les vis platinées étaient neuves, l'avance réglée au quart de poil, et toutes les pièces névralgiques avaient l'air de fonctionner. Même l'habitacle, à l'arrière – deux couchettes étroites, une plaque chauffante et un mini-frigo, alimenté par une batterie – était relativement net. À condition de ménager le moteur et de le surveiller en cours de route, je devrais en avoir eu pour mon argent en arrivant à Perth.

« O.K., Révérend ! ai-je fait en claquant le capot. Et maintenant, si on parlait affaires ?

— C'est deux unités et demie. Je le laisserai pas à moins.

— J'ai jamais vu une occase partir au prix qui en était demandé.

— Si ce combi t'intéresse, tu m'en donnes ce que j'en veux.

— Ça, faut pas y compter.

— C'est toi qui décides... Allez, amène-toi, Bethsabée, on s'en va. »

Ils se sont levés et ont réintégré le combi. Je n'en croyais pas mes yeux. Il se tirait pour de bon, cet enfoiré...

« Attends, quoi ! je lui ai lancé. On peut pas transiger ?

— Un Messager de Dieu ne transige jamais ! »

Sur ces fortes paroles, le charmeur de serpents a mis le contact et desserré le frein à main. J'ai regardé le combi s'éloigner lentement vers le bout de la rue et puis, comme un con, je me suis mis à courir derrière. Je devais avoir bonne mine, à trotter à hauteur de portière et à tambouriner au carreau en gueulant : « O.K., d'accord ! Ça marche ! Je te les file, tes deux mille cinq cents dollars ! »

31

Trois heures plus tard, allégé d'une jolie liasse de travellers et alourdi d'autant en monnaie locale, nanti d'une assurance et de papiers d'immatriculation en règle, je devenais officiellement propriétaire du VW. Quand je suis revenu à l'endroit où il était garé, le charmeur de serpents, Bethsabée et leur héritier étaient toujours assis à l'ombre du même palmier. L'arrière du combi avait été récuré à fond. Toutes leurs possessions tenaient apparemment dans deux sacs à dos, calés contre la portière. Tandis que mes tripes faisaient des nœuds, j'ai allongé vingt-cinq billets de cent dollars au Révérend, qui les a longuement comptés et recomptés avant de se décider à me tendre le trousseau de clés. Orné d'un ravissant crucifix.

« Vous avez des projets, tous les deux ?

— On va faire de l'évangélisation à Darwin, m'a informé le charmeur de serpents. Cette ville de perdition a grand besoin de nous.

— Tu vas sûrement accomplir des prodiges. Que dis-je, des miracles ! Ton numéro avec les najas, ça devrait faire un tabac, par ici.

— Dieu en décidera.

— Oh ! Une chose, encore... Le camouflage, là, c'est une idée à toi ?

— Oui. C'est nous qui l'avons peint comme ça.

— Je peux te demander pourquoi ?

— Pour que Satan ne nous voie pas venir, cette question ! »

Ce sur quoi, les membres adultes de l'Église apostolique de la Foi inconditionnelle se sont chacun jeté un sac à dos sur l'épaule et sont partis vers leur apostolat.

4

À deux heures de route de Darwin, je me suis farci mon premier kangourou. Il faisait nuit. Nuit *noire*. Et aussi noire que ça, je ne pensais pas que c'était possible. La conduite de nuit en rase campagne, je l'avais abondamment pratiquée, dans mon Maine natal, mais là… rien à voir. Et ce n'était pas un vain mot ! Pas de lune, pas de lampadaires, pas de phares de bagnoles venant en sens inverse. Pas même la plus petite lueur d'étoile dans ce putain de ciel complètement bouché. Le noir absolu. Et pourtant, toutes les deux ou trois bornes, le pinceau de mes phares en faisait surgir deux points phosphorescents, à quelques dizaines de mètres devant mon pare-chocs – une paire de prunelles, qui semblaient flotter dans l'opacité du néant. Chaque fois, je sentais mes mains se crisper davantage sur le volant. Quelque chose était là, à l'affût. Et la proie, c'était moi.

Et puis, il y a eu ce bruit écœurant contre le pare-chocs, à l'instant où je percutais un obstacle invisible. Le choc m'a envoyé m'encastrer dans le volant. Le klaxon s'est mis à hurler en continu. Complètement speedé à l'adrénaline, j'ai jailli du combi. J'aurais pas dû. La première chose sur laquelle j'ai posé le pied a été le corps du délit – ou plutôt, celui d'un solide kangourou, un mètre cinquante au garrot, désormais sans vie… J'ai fait un bond pour l'éviter. Ça non plus, j'aurais pas dû. Le bestiau nageait dans une mare de sang et j'ai atterri en plein milieu. Mes semelles ont dérapé. Une faute de carres et je me suis reçu sur le cul. À mes quelques paires de côtes endolories, je pouvais maintenant ajouter un coccyx en marmelade. Me relever a été du sport, mais la douleur de me hisser sur mes pieds valait largement le plaisir douteux de rester vautré sur un kangourou au cou incliné à quatre-vingt-dix degrés, qui continuait à pisser le sang par les naseaux. Je me suis traîné jusqu'à la portière et, après avoir localisé ma lampe-torche, je suis allé inspecter les dégâts. Ça se résumait à peu de chose : un phare kaput et un sérieux pet dans la calandre et le pare-chocs. Je m'en tirais plutôt bien, vu la réputation qu'on faisait aux kangourous-tamponneurs… J'avais dû choper le mien en plein bond et l'envoyer dinguer hors de la trajectoire du combi. Si je l'avais pris de plein fouet, l'avant du VW aurait maintenant un petit air d'accordéon bavarois… J'aurais dû m'estimer heureux, mais j'étais furax. Furax de m'être oublié à enfreindre une des règles cardinales de l'outback : *Ne jamais rouler après le coucher du soleil.* Tous les guides étaient pourtant clairs sur les dangers inhérents à la conduite nocturne, et insistaient lourdement sur le risque majeur que constituaient les kangourous errants. Mais tout à ma hâte d'essayer mon nouveau jouet, j'avais jeté la plus élémentaire prudence aux orties – et complètement négligé de me faire à la conduite à gauche. Moins d'une heure après être devenu l'heureux propriétaire du combi, j'avais réglé ma chambre d'hôtel, acheté quelques provisions et quitté Darwin bille en tête. Trop de précipitation nuit. J'aurais dû m'en souvenir... Encore une connerie à mettre à mon actif !

Le klaxon qui continuait à me corner aux oreilles n'améliorait pas mon humeur. J'ai sorti la caisse à outils et levé le capot. Il m'a fallu tâtonner un moment dans mon écheveau de fils, avant de diagnostiquer l'origine du mauvais contact : un bout de tôle enfoncée, qui coinçait le câble d'alimentation. Une intervention d'urgence s'imposait. La lampe calée entre les dents pour avoir les coudées franches, J'ai tranché dans le vif avec une paire de tenailles.

Le silence s'est fait. Un silence de crypte. Le genre de silence qui vous ferait croire qu'il n'y a plus que vous sur terre. Ça m'a foutu les jetons, ce silence à perte d'ouïe, style espaces infinis. Je n'avais pas vu le poteau frontière, mais j'y étais, au Pays de Nulle Part...

Je me suis hissé dans la cabine et j'ai garé le combi à quelques mètres de la route. Cela fait, je suis passé à l'arrière et, assis sous ma lampe à pétrole – un achat de dernière minute, à Darwin –, j'ai sorti une cigarette et craqué une allumette. À la seconde où j'inhalais la première bouffée de fumée, j'ai eu l'impression de recevoir la droite de Tyson dans les côtes. Une douleur ravageuse. J'ai soulevé ma chemise. Deux taches lie-de-vin me tatouaient le poitrail. On aurait dit un test de Rorschach. « À quoi vous font penser ces formes, Mr. Hawthorne ? » À un gogol en combi VW, qui s'est farci un kangourou...

Il n'y avait rien qui ressemblât à une bande Velpeau dans ma pharmacie de bord. Et pas un glaçon en vue dans le mini-frigo. Juste des boîtes de Swan Export. J'en ai empoigné une paire, et je me suis collé la première sur les seins et l'autre derrière la cravate, cul sec. J'avais un tube d'aspirine. Je m'en suis jeté trois dans le gosier et je les ai fait descendre avec une deuxième bière. À la troisième Swan, la douleur a commencé à être tolérable. À la quatrième, elle avait déménagé sans laisser d'adresse. La cinquième m'a fait rouler sur la couchette, K.O. pour le compte.

J'ai ouvert l'œil juste avant l'aube. Les effets anesthésiants bière-aspirine s'étaient dissipés et j'avais mal partout. Ça me pulsait en stéréo dans les côtes et, avec mon coccyx lancinant et ma migraine post-gueule de bois, j'étais carrément en quadriphonie… Cloué sur mon matelas mousse, j'étais un concentré de toute la misère du monde. Des lendemains qui déchantent, j'en avais connu, mais un comme ça, jamais. Laissez-moi crever. Maintenant !

Mon envie de passer l'arme à gauche n'a pas tardé à être supplantée par une envie de pisser plus aiguë encore. J'ai consacré dix bonnes minutes à décider quelle torture serait la plus supportable : me lever, ou rester couché avec une vessie au bord de l'explosion ? C'est ma vessie qui a eu le mot de la fin. Compte à rebours lancé ! Cinq, quatre, trois, deux, un… La porte arrière du combi s'est ouverte à la volée et un jet d'urine prométhéen a baptisé la latérite du bush australien.

Renouer avec la verticale et tenter de dégripper mes articulations ankylosées n'a pas été une partie de plaisir.

Affronter le kangourou que j'avais refroidi, non plus. Ses yeux vitreux me fixaient d'un regard lourd de reproche. Dans le ciel, un couple de busards en reconnaissance supputait ses chances de s'offrir un marsupial au petit déjeuner. J'avais peine à suivre leurs manœuvres intéressées, dans la semi-obscurité – le ciel, une toile d'un gris opaque percée d'un trou d'épingle, au ras de l'horizon. En un rien de temps, le trou d'épingle s'est élargi, dilaté, distendu, puis a semblé s'embraser. La nuit a écarté ses paupières grises, et le soleil a dardé son œil de cyclope.

Il s'est lancé à l'assaut du ciel, énorme, incandescent, me forçant à cligner des yeux pour lutter contre cette luminosité d'une intensité inouïe. Quand j'ai enfin pu voir où je me trouvais, je suis resté rivé sur place.

J'étais au centre d'un univers voué au rouge. Un rouge aride, stérile, couleur de sang séché. À perte de vue, de la latérite et une brousse maigre, poudrée de rouge. Le tout occupait un plateau d'une taille qui défiait l'imagination. Je me suis éloigné du combi et, planté au milieu de la route, j'ai contemplé les quatre horizons. Au nord, rien. Et rien non plus au sud, à l'est ou à l'ouest... Pas la moindre bicoque, pas un poteau téléphonique, pas l'ombre d'un panneau, qu'il soit routier ou publicitaire. N'était le ruban de bitume que j'avais sous les pieds, j'aurais pu être le premier homme à m'aventurer dans cette contrée. Un désert sans limites, sous un ciel d'un bleu implacable. L'infini, hypnotique à force de monotonie.

Dans quel siècle je suis, là ? À quelle ère géologique ?

Paléozoïque, année zéro, à vue de nez. À l'aube du premier matin du monde. Genèse, chapitre 1, verset 1.

Je me suis arraché au goudron pour m'enfoncer dans le bush. Avec l'impression de tremper le bout de mon gros orteil dans un océan sans bornes, capable de m'engloutir sans laisser de trace. La terre, cuite et recuite, s'effritait sous mes semelles. Je me suis faufilé avec précaution à travers des spinifex – ces herbes porcs-épics, redoutables malgré leur vague air de cactus anorexiques. Tout le coin en était tapissé, accentuant le côté « fin-du-monde » du paysage. J'ai poussé ma reconnaissance un peu plus loin, les yeux fermement fixés sur la ligne floue de l'horizon. Même en marchant sans m'arrêter pendant douze heures de temps, au coucher du soleil, je ne me serais pas rapproché d'un pouce des confins de ce désert. Pour la bonne raison que je me trouvais au cœur de l'Infini – ou de son équivalent géographique…

D'ailleurs, à supposer que je puisse marcher pendant une demi-journée d'affilée, au coucher du soleil, je serais mort de soif.

Sinistre perspective… Si loin que j'aille, la seule chose qui m'attendait au bout du voyage était le terme de mon existence. L'idée a suffi à me faire faire demi-tour et à regagner la sécurité du combi. Le soleil avait décidé de pousser le thermostat d'ambiance. J'avais le gosier plus sec que le Gobi – ma consommation immodérée de Swan n'y était pas étrangère – et mes fringues, dans lesquelles j'avais dormi, étaient en train de se souder à ma peau. Quand j'ai rallié le VW, il était plus que temps d'administrer une nouvelle dose d'anesthésique à mes douleurs. J'ai avalé trois aspirines et deux boîtes de bière. Après ce petit déjeuner roboratif, un brin de toilette s'imposait. Je me suis mis à poil et, ayant transféré l'eau de mon jerrycan dans un seau en plastique, je me la suis versée sur la tête, rouille comprise. Fin des ablutions.

Avec un short et un T-shirt propres sur le dos, je me suis senti prêt à reprendre la route. Enfin, presque : la ceinture de sécurité me sciait les côtes au niveau de mon Rorschach, et il a fallu que je la bricole un peu avant de mettre le contact. Par la portière, j'ai jeté un dernier regard sur ces milliers d'arpents de bush où j'avais fait une si brève incursion. Après tout, c'était pour voir ça que j'étais venu de si loin… Un paysage des premiers âges, à vous couper le souffle – et toute envie de vous y éterniser. La naissance de la terre… ou son agonie. Un néant, à l'égal de celui que j'étais.

Cela dit, à présent que je l'avais vu, à présent que j'avais obtenu, de façon irréfutable, la preuve visuelle de mon insignifiance, quel réel besoin avais-je d'en voir davantage ? L'outback ? J'y étais allé. Je l'avais « fait ».

Pendant quelques instants grisants, j'ai caressé une idée folle : faire demi-tour, foncer à Darwin, appeler le *Beacon Journal* à Akron, Ohio, et baratiner le rédacteur en chef pour qu'il me rende ce job dont j'avais fait fi avec une si coupable légèreté. Ensuite, je fourguerais ce combi de merde à un crétin quelconque qui venait d'entendre l'appel de la brousse, et je sauterais à bord du premier zinc en partance pour les Amériques. C'était une solution qui me permettait de limiter les dégâts. Un scénar qui, si je le jouais bien, me confirmerait tout ce que je redoutais à mon sujet : mon incapacité chronique à mener à bien le moindre projet, mon indécrottable esprit de clocher et ma peur du monde, au-delà de la petite sphère de mon univers quotidien. Pendant un bon quart d'heure, je suis resté assis, moteur tournant, à tenter de me persuader que je pourrais vivre avec cette image de moi. J'avais deux options géographiques : plein nord, vers le connu, ou plein sud, vers l'inconnu. Le nord m'aimantait, mais, allez savoir pourquoi, j'ai passé la première et mis le cap au sud.

Comme je m'éloignais, j'ai regardé machinalement dans le rétroviseur. Les deux busards fondaient sur le kangourou. Ils ont redécollé en emportant chacun un de ses yeux. Après ça, j'ai fixé la route devant moi…

J'ai conduit des heures sans rien rencontrer. À perte de vue, du bush, encore du bush et toujours du bush… Sur le coup de midi, je m'étais avalé quatre cents bornes de géographie, sans avoir vu âme qui vive ou véhicule qui roule. Il faisait une chaleur à crever. J'ai mis la ventilation plein pot. Fatale erreur ! Au lieu d'un souffle frais, c'est un nuage de poussière ocre que les ouïes m'ont craché. J'aurais dû m'arrêter et aller investiguer sous le capot la cause de ce simoun intempestif, mais un reste de prudence m'y a fait renoncer : sous ce soleil de plomb, faire de la mécanique ne pouvait que nuire gravement à ma santé. Alors j'ai continué à rouler, enduit d'une pellicule de sueur qui, au fil des kilomètres, se muait en un emplâtre de boue rouge.

Une centaine de kilomètres plus loin, juste comme ma cervelle parvenait au dernier stade de la torréfaction,

40

j'ai vu se profiler à l'horizon une vision réconfortante : une station-service. La première depuis Darwin. La chose n'avait rien de grandiose : une espèce de casemate de béton, maçonnée main, avec deux pompes devant. Mais après une nuit et une matinée de no man's land à haute dose, n'importe quelle réalisation due à la main de l'Homme – fût-ce des chiottes en parpaings – aurait suffi à me remonter le moral.

Le maître des lieux était planté sur le seuil. Il était bâti sur le même plan que son bunker : petit et carré, avec une ombre permanente de cinq heures du soir sur les bajoues et un T-shirt qui devait à l'occasion faire office de mouchoir.

« 'lut ! m'a-t-il lancé, indifférent.

— Salut ! j'ai fait. Y aurait moyen de prendre une douche, chez vous ?

— Dix dollars, payables d'avance.

— Dix dollars pour une douche ?

— C'est bien ce que j'ai dit…

— Ça fait pas un peu beaucoup ?

— À vous de voir. C'est ça, ou attendre Kununurra.

— Kununurra ? C'est quoi, ça ?

— Le bled le plus proche. Le seul endroit où vous trouverez une douche, à part ici.

— Et c'est encore loin ?

— Dans les six cents bornes.

— Vous vous foutez de moi ?

— Rien ne vous empêche d'aller vérifier… »

La perspective de me farcir cinq heures de route par

cette fournaise n'avait rien de particulièrement attrayant. J'ai allongé mes dix tickets.

« La douche est derrière, à côté des pissoirs, m'a lancé le type. Je vous fais le plein ?

— Oui… Et pendant que vous y êtes, regardez l'eau et l'huile. »

Il s'est approché du combi et a lorgné mon pare-chocs embouti et mon phare cassé.

« Vous vous êtes tapé un 'rou ? »

La douche consistait en une « cabine », sans porte et à ciel ouvert, juste à côté d'un vieil abreuvoir à vaches, qui faisait office d'urinoir. Dix ans de filtres de cigarettes bouchaient la vidange. L'odeur était à tomber. Je me suis déshabillé en retenant ma respiration et j'ai pris position sous la pomme de douche. Surprise : il y avait de la pression. Trop même. L'eau me cinglait si fort que mes douleurs se sont réveillées et que j'ai dû abréger mes ablutions. J'espérais mieux de mes dix dollars. J'ai renfilé mon short et mes tennis, et je suis retourné au combi, dégoulinant d'eau. Confortablement installé sur le siège passager, un vieil Abo roupillait, ses pieds nus, rouges de poussière, calés sur le tableau de bord.

« Hé ! Qu'est-ce qu'il fout dans ma bagnole, ce type ? »

La tête du pompiste a émergé de sous le capot et ses yeux ont zoomé sur les bleus qui m'ornaient le pectoral.

« Je m'étais pas gouré ! C'était bien un 'rou, hein ?

— Je vous ai demandé ce que ce type fout dans ma bagnole !

— Lui ? C'est Titus. Il vit dans le coin. Il cherchait quelqu'un qui le descende dans le sud. »

Titus, qui avait soulevé une paupière en guise de salutation, l'a refermée illico et a repris sa sieste.

« Vous auriez pu me demander mon avis ! »

Le pompiste a claqué le capot et a essuyé ses mains pleines d'huile sur son T-shirt.

« Votre 'rou a niqué le circuit de ventilation, a-t-il annoncé.

— C'est réparable, j'espère. À propos, vous n'auriez pas une grille de radiateur à me vendre ?

— Pour les pièces détachées, y a que Kununurra. Pour tout, y a que Kununurra, dans le secteur.

— Six cents bornes, vous dites ?

— Exact. Six cents. Normalement, vous devriez y être avant la nuit. Sauf si vous rencontrez un autre 'rou…

— Je vous dois combien, pour le plein ?

— Quarante-deux dollars.

— Je veux bien me laisser entuber une fois, mais pas deux !

— Allez voir à la pompe, si vous me croyez pas.

— Quarante-deux dollars pour un plein d'essence, c'est de l'arnaque !

— Non. C'est le prix… »

Buté, le con ! Je lui ai filé son fric et j'ai repris la route. Ça n'a pas dérangé Titus. Ou il avait le sommeil profond, ou il était dans le coma… Vu sa tête, aussi burinée qu'un bas-relief, il devait avoir dans les soixante, soixante-cinq ans.

« Alors, vous allez où, comme ça ? » ai-je fini par lui demander.

Il a entrouvert les paupières et m'a jeté un regard de chat siamois. « Plus loin…

— D'accord, mais où exactement ?

— Je vous ferai signe quand on y sera.

— Trop aimable !

— Vous êtes de la côte est, non ?

— Pardon ?

— Vous venez de Nouvelle-Angleterre. Du Maine, je dirais. »

Je l'ai regardé, sidéré. « Vous connaissez ?

— Je suis jamais sorti du Territoire du Nord.

— Comment avez-vous fait pour repérer mon accent.

— J'écoute les voix, c'est tout… »

Sur ce, il a refermé les yeux et a piqué du nez, coupant court à toute conversation. Un quart d'heure plus tard environ, il s'est redressé, s'est ébroué et a lâché : « C'est ici que je descends. »

On était en plein bush. Pas un village ou même une maison en vue. J'ai arrêté le combi.

« Vous voulez que je vous laisse ici ? »

Titus a eu un ample hochement de tête.

« Je peux savoir où vous allez ?

— Là-bas, a-t-il fait, en pointant le pouce sur le désert.

— Et qu'est-ce qu'il y a, là-bas ?

— Rien qui vous intéresse. »

Il avait ouvert la portière et sauté à terre. « Un bon

44

conseil : évitez d'aller traîner par là. Ne vous écartez pas de la route.

— Qu'est-ce que vous voulez dire ?

— Rien. Je vous dis simplement : ne vous risquez pas sur les pistes du bush. Ne quittez pas le macadam.

— Et je peux savoir pourquoi ?

— Parce que vous êtes un homme du macadam. »

Il a tourné les talons et s'est éloigné d'un pas souple. Plein d'envie, je l'ai regardé s'enfoncer dans le bush. Jaloux que quelqu'un puisse se sentir dans son élément dans ce désert.

« Vous êtes un homme du macadam. » C'est moi tout craché, mec !

Alors, pendant les cinq heures suivantes, je n'ai pas lâché la route d'un pneu, jusqu'à ce qu'elle me ramène à quelque chose qui s'apparentait à la civilisation.

5

Le pompiste n'avait pas menti. On trouvait tout à Kununurra. J'y ai dégoté une grille de radiateur pour le combi, de quoi bander mes côtes endolories et des bains-douches municipaux, où faire des orgies d'eau moyennant un tout petit dollar.

Trois douches quotidiennes n'étaient pas de trop pour venir à bout de la poussière et de l'odeur tenace de l'outback. Rester propre est même devenu chez moi une sorte d'obsession – une façon de m'imposer un peu de tenue, dans ce bled qui en était singulièrement dépourvu. Kununurra était une véritable incitation au laisser-aller. L'agglomération se réduisait à un assortiment standard de commerces, de bars et de petites cuillers pas nettes : une rangée de pompes à essence au milieu d'un désert. Pas vraiment le séjour enchanteur qui vous incite à la flânerie. Plutôt la ville étape, où faire le plein de vivres et de contacts humains avant de repartir affronter le bush. Je m'y suis pourtant incrusté plus d'une semaine. J'avais trouvé un terrain de camping intra muros, où j'ai garé le combi. Le premier soir, je me suis persuadé que j'avais besoin de temps pour me remettre de mes blessures. Au bout de quatre jours, mes côtes avaient perdu leur nuance encre de Chine et j'avais l'impression que mon coccyx s'était ressoudé.

« Mieux vaut rester un jour de plus, par mesure de sécurité », me suis-je dit, prêt à toutes les hypocrisies pour différer mes retrouvailles avec le bush. Ce délai de grâce expiré, j'ai décidé que quarante-huit heures supplémentaires ne seraient pas de trop pour récupérer complètement. Alors, j'ai poursuivi ma convalescence à l'arrière du combi, à me gaver de polars dégotés à la Foirfouille locale, n'en émergeant que pour aller acheter ma ration de conserves et faire mes trois ablutions rituelles quotidiennes.

Au sixième jour de mon séjour, la gardienne du camping s'est pointée pour me signifier mon avis d'expulsion.

« Ça va faire une semaine demain que vous êtes là, a-t-elle aboyé, et sept jours, c'est le maximum autorisé. Alors, faudrait voir à déhotter. »

J'ai jaugé la rombière – la cinquantaine fatiguée, la peau style cuir bouilli, la cigarette soudée au coin des lèvres –, en me demandant si j'avais affaire à une incorruptible.

« Il n'y aurait pas moyen de faire une petite entorse au règlement ? » ai-je demandé, suave.

— Et puis quoi encore ?

— Écoutez, j'ai eu un accident et je n'ai pas tout à fait récupéré.

— Vous m'avez pas l'air si amoché que ça...

— Regardez l'avant de mon camping-car, si vous ne me croyez pas. »

Elle y a jeté un œil. De glace. J'avais remplacé la calandre, mais le pare-chocs gardait encore l'empreinte de mon marsupial.

« Un 'rou, hein ?

— Exact.

— Je parie que c'était en pleine nuit… »

J'ai fixé mes pompes.

« Faut vraiment être taré pour conduire de nuit. Et je fais pas d'entorse au règlement pour les tarés. »

Je lui ai agité un billet de vingt dollars sous le nez.

« Vous me prenez pour qui ? »

J'ai ajouté un autre billet à mon éventail. Elle m'a arraché les fafiots des doigts.

« Ça vous donne droit à trois nuitées supplémentaires, à compter de demain. Après ça, faudra aller voir ailleurs.

— Bonne journée », j'ai fait, en lui claquant la portière au nez.

Peau de vache ! Facho ! Kapo de merde !

Et là, brusquement, j'ai senti comme un malaise. Un putain de malaise, même. Peut-être qu'elle n'avait pas tort… Peut-être que je m'attardais un peu trop à Kununurra. D'autant que ce bled ne présentait qu'un intérêt des plus limités – hormis le fait que c'était une *ville*. Mais vu ma désastreuse prise de contact avec l'outback, j'avais besoin d'un bain de civilisation pour me sécuriser. D'un lieu où goûter des plaisirs primaires, à l'abri de ce vide immense qui vous contraint à un face-à-face de tous les instants avec vous-même. Parce que c'est ça, l'effet pervers de l'outback : la façon insidieuse qu'a tout ce vide de décupler vos doutes personnels. Ne laissez personne vous dire que devant tant de beauté, vos problèmes et vos états d'âme vous paraîtront soudain insignifiants. C'est du baratin. En réalité,

48

le désert ne fait qu'aggraver vos incertitudes et la piètre estime que vous avez de vous. Parce que le paysage vous le dit tout net : *Tu n'es rien*. Mieux vaut se cantonner dans les villes, où promiscuité rime (grosso modo) avec sécurité.

Où il y a toujours moyen de ne pas se retrouver seul avec soi-même.

Cela dit malgré toutes ces fausses bonnes raisons qui me faisaient rechigner à quitter Kununurra, j'avais le sentiment que si je continuais à prolonger indûment mon séjour, j'allais finir par m'attirer des ennuis. Mes craintes ne reposaient sur rien de précis. Juste cette impression bizarre d'être un indésirable. « Fiche le camp, Jack... » – avant de prendre racine ici. O.K., O.K. ! Mais avant, accordez-moi encore trois journées sans bush.

Trois jours de grâce, neuf douches divines. Le matin du quatrième, j'ai effectué un ultime pèlerinage aux bains publics de Kununurra, pour une aspersion finale. J'ai bien dû laisser l'eau cascader sur moi pendant une demi-heure, incapable de m'arracher à cette fraîcheur. En rentrant au camping, j'ai trouvé la chef de stalag adossée au combi, en train de répandre ses cendres sur mon capot.

« Je croyais vous avoir dit de vider les lieux avant ce matin, dernière limite... »

Je suis passé devant elle raide comme balle et j'ai sauté au volant.

« Ça va ! Je me tire ! j'ai fait, en tournant la clé de contact.

— Où vous allez ?

49

— Là où je suis sûr de pas vous trouver ! »

Sur cette flèche du Parthe, j'ai écrasé l'accélérateur.

À dire vrai, je n'avais pas la moindre idée de l'endroit où j'allais. La prochaine ville – Broome – était à mille kilomètres, Une bagatelle… Entre elle et Kununurra, la carte ne signalait rien, hormis deux minuscules points noirs, réputés habités, et beaucoup de désert. En roulant non-stop pendant les huit heures à venir, je pourrais peut-être rallier la première des deux crottes de mouche avant la nuit. Ensuite… ? Demain il ferait jour. Il serait toujours temps de m'offrir une prise de tête… Pourvu que j'atteigne la communauté humaine la plus proche avant le coucher du soleil, je m'estimerais heureux.

J'ai fait halte à la station-service, à la sortie de Kununurra. Rien ne m'y obligeait : j'avais fait le plein la veille, mais quand j'ai aperçu le panneau planté au bord de la route – PROCHAINE POMPE : 400 KM –, ça m'a fichu les jetons. Bien que je sache qu'avec un plein, je pouvais aligner gaillardement cinq cents bornes, j'ai senti la paranoïa m'effleurer de son aile. Je me suis vu soudain en panne sèche au milieu de nulle part. Mieux valait jouer les pères la prudence, et remplir mon jerrycan à ras bord…

C'était une station self-service. Une fois certain que je ne manquerais pas de carburant, j'ai plongé sous le capot. D'accord, je faisais peut-être une petite fixation anale, pour tripoter ainsi les entrailles du combi, mais il n'était pas question que je laisse quoi que ce soit au hasard avant d'attaquer le bush.

Je devais bien avoir consacré dix bonnes minutes à

cette dernière révision quand j'ai levé la tête. C'est là que je l'ai vue. Elle était assise de l'autre côté de la rue, en face de la station-service, et lorgnait dans ma direction avec insistance.

Vingt ans et quelque, bien balancée, des cheveux blond cendré coupés court, et un hâle trop poli pour ne pas être de naissance. Elle avait le look rétro d'une nostalgique des sixties : T-shirt teint à la ficelle, jean coupé aux genoux, tongs en plastique et musette kaki « U.S. Army », avec emblème pacifiste cousu sur le rabat. Woodstock en diable – sauf qu'elle n'avait dû être conçue que cinq bonnes années plus tard...

« Salut ! a-t-elle lancé, quand elle a vu que je la regardais. Tu vas vers l'est ?

— Exact... mais si tu es sur l'autre trottoir, c'est que tu vas sur Kununurra, non ?

— Plus maintenant... »

Elle s'est levée et a traversé la route. Avec ce châssis, il n'y avait pas à se tromper. J'avais affaire à une Walkyrie, option surf : un mètre quatre-vingts de muscles, et des mains comme des battoirs, plus faites pour les travaux de force que pour les travaux d'aiguille. Pas le genre de fille à qui chercher des poux impunément, mais pas mal dans le genre « nature ».

« Je m'appelle Angie, a-t-elle dit, en me broyant les doigts d'une poigne de maître-masseur.

— Nick, j'ai répliqué, en récupérant mes phalanges.

— Américain ?

— Exact.

— T'es le premier Américain que je rencontre.

— Sérieux ?

51

— Ils sont plutôt rares, là d'où je viens.

— Et tu viens d'où ?

— De Wollanup.

— Jamais entendu parler…

— C'est un tout petit patelin, à quinze cents bornes au sud-ouest d'ici à peu près. En plein dans le Palpitant.

— Le… palpitant ?

— Le "Cœur rouge", si t'aimes mieux. Tu sais bien, le centre de l'Australie…

— Et Wollanup, c'est là ?

— Ouais. Au fin fond d'un putain de désert. À perpète, autant dire… Là où personne ne vit.

— Sauf toi…

— J'y suis née et j'en ai jamais bougé. Et j'ai jamais eu envie d'en partir parce que Wollanup, c'est génial. Une ancienne ville minière, et rien autour. Que du désert. Cinquante-trois habitants, et les plus proches voisins à sept cents bornes.

— Ça a l'air génial, en effet !

— Ça a pas l'air, ça l'est.

— T'en arrives ?

— Si on veut… Ça fait deux semaines que je fais la route. Histoire de voir un peu à quoi ressemble le pays.

— Comme moi, alors…

— Tu vas où, là ?

— Je descends sur Broome.

— Alors, c'est là que je vais aussi. »

Elle a ouvert la portière arrière du combi et balancé sa musette à l'intérieur.

52

« Il est zarbi, ton camping-car. T'es dans l'armée ?

— Non.

— Pourquoi il est de cette couleur, alors ?

— Ça, je n'y suis pour rien. Le camouflage, c'est une idée des précédents propriétaires.

— Eh ben, ils ont des idées à chier.

— Ça, tu l'as dit ! j'ai répondu, en me marrant.

— Broome, hein ?

— Pourquoi tu modifies ton itinéraire ?

— Parce que c'est là-bas que tu vas, tiens ! » m'a-t-elle lancé, avec une bourrade amicale qui a failli me déboîter l'épaule.

Elle avait fait le tour du combi et s'est installée sur le siège passager. Je me suis dit, si c'est une touche, cette nana mérite l'Hameçon d'Or ! Si c'est pas le cas... ben, au moins, je ne me cognerai pas le désert tout seul.

« C'est parti pour Broome... »

Je me suis mis au volant et on a pris la route. Je n'avais pas fait cinq cents mètres qu'elle m'a demandé : « Dis voir, Nick, tu serais pas un peu cul-bénit par hasard ?

— Moi ? Tu rigoles ?

— Ben, c'est quoi ce porte-clés débile ?

— Le crucifix, tu veux dire ? C'est comme le camouflage. Je l'ai eu en prime, avec le combi.

— J'aime mieux ça ! » Elle avait sorti de sa poche un paquet de tabac et du papier à rouler. « Moi, les bigots, je peux pas les blairer, a-t-elle ajouté en se roulant une cigarette.

— Tu en connais beaucoup ?

53

« — J'en ai jamais rencontré un. À Wollanup, on en a pas.

— Dans toutes les villes, il y a forcément un ou deux illuminés qui roulent pour Jésus.

— Pas à Wollanup. On a même pas d'église, là-bas.

— Comment ça se fait ?

— Tous les cultes sont interdits.

— C'est pas un brin illégal ? »

Elle a tiré une allumette de sa blague à tabac, l'a craquée d'un coup de pouce et a allumé sa cibiche. « Les lois australiennes n'ont pas cours à Wollanup. Tu fumes ? »

Sans attendre ma réponse, elle m'a collé sa cigarette entre les lèvres. Je n'avais pas refumé depuis ma rencontre avec le kangourou et bien que mes poumons se fussent remis de leur choc, à la première bouffée, un voile noir m'est tombé devant les yeux. À la deuxième, j'étais redevenu accro.

« Tu te les roules toujours ? je lui ai demandé.

— J'ai jamais rien fumé d'autre depuis que je me suis mise à la cigarette. »

J'ai plongé la main dans la boîte à gants et j'en ai tiré un paquet que je lui ai balancé sur les genoux.

« Essaie une des miennes. »

Elle examinait le paquet et le palpait sous toutes les coutures, comme si c'était un objet du dernier exotique.

« Ca-mel, a-t-elle ânonné. Elles sont bonnes ?

— Tu ne vas pas me faire croire que t'en as jamais goûté ?

— J'ai jamais fumé que des roulées main, je te dis.
Y a pas autre chose, à Wollanup.

— On ne trouve pas de *vraies* cigarettes, dans ton
bled ?

— Y a qu'un seul magasin, et vu que le mec qui le
tient n'aime que les roulées main, il ne vend que du
tabac à rouler.

— Tu veux dire que tu n'as jamais *vu* un paquet de
Camel, de Marlboro ou de Lucky… ?

— Jusque-là, j'avais jamais quitté Wollanup, mon
pote.

— Allez !

— C'est la vérité vraie ! Avant ça, je connaissais
rien du monde et de la vie.

— Tu as vécu… vingt-deux… vingt-trois ans, sans
bouger de ton trou ?

— Vingt et un ! Je viens juste de les avoir.

— O.K., vingt et un… Et pendant toutes ces années,
pas *une fois* tu n'es sortie de Wollanup ? »

Elle a craqué une autre allumette sur son ongle de
pouce, l'a approchée d'une Camel et a inhalé la fumée.
« Quand on vit à Wollanup, on a pas besoin du reste du
monde. On a tout ce qu'on peut rêver sous la main. »
Elle a laissé la fumée filer entre ses lèvres. « Pas
mauvais, pour du tabac yankee… » Elle m'a décoché
un sourire, dévoilant un chaos de dents noires de
nicotine.

« Si tu n'étais encore jamais sortie des jupes de ta
mère, qu'est-ce qui t'a décidé à le faire, là ?

— C'est une espèce de tradition, à Wollanup, de
partir à vingt et un ans pour voir du pays.

— Et il y en a qui reviennent ?

— On revient tous, cette question ! Je veux dire, si on est de Wollanup, c'est pour toujours.

— Toute ta famille vit là-bas ?

— Ouais. Tous les neuf.

— *Neuf ?*

— Les neuf gosses, je voulais dire... En comptant les parents, on est onze, en fait.

— Si je comprends bien, à vous onze, vous représentez le cinquième de la population de Wollanup ?

— Exactement... Le reste, c'est les trois autres familles de là-bas. »

J'ai eu un mal de chien à ne pas ricaner. Dans le genre plouc débarquant de sa cambrousse, cette nana atteignait des sommets : Miss Pétaouchnock en personne. Née native d'un bled paumé, peuplé de quatre familles nombreuses, sans église, sans bureau de tabac et – à en juger par l'état de son râtelier – sans cabinet dentaire... D'un seul coup, tous les péquenots du Maine parmi lesquels j'avais grandi me paraissaient le comble de la sophistication... même si pas un ne lui venait à la cheville, pour ce qui était de son côté « nature » et son charme musclé. Et tandis que mes yeux dérivaient vers sa croupe de jument poulinière, je me surpris à caresser des fantasmes typiquement masculins, qui pouvaient se résumer pudiquement à : Je cracherais pas dessus, pour une nuit ou deux...

« Et toi, Nick ? Vous êtes nombreux, dans ta famille ?

— Tu as toute ma famille devant toi.

— Ils sont tous morts ?

— Mes parents, oui. Je n'ai ni frère ni sœur.

56

« — T'es enfant unique ?

— Quand on n'a ni frère ni sœur, on est enfant unique, en général…

— T'as ni oncles, ni tantes, ni cousins ? Personne, nulle part ?

— Une vieille tante quelque part en Floride, je crois, mais on s'est perdus de vue après la mort de ma mère, il y a cinq ans.

— Et t'as personne d'autre ?

— Personne.

— Purée… Ça doit faire drôle !

— Quoi donc ?

— De se dire que si on mourait ou qu'on disparaissait subitement, personne s'en inquiéterait.

— Ça ne m'a jamais beaucoup préoccupé.

— Le vrai solitaire, hein ?

— Si on veut….

— Je trouve ça vachement triste. »

Je voyais d'ici où menait la voie sur laquelle la conversation était en train de s'engager et je n'étais pas très chaud pour m'y laisser entraîner : j'avais subi le même interrogatoire de la part de toutes les filles avec lesquelles j'avais fini par me retrouver au pieu. Je savais d'expérience que le couplet « Petit Garçon Perdu » marchait du tonnerre pour la drague, mais ça signifiait étaler ma vie de famille. Et parler de mes géniteurs – sujet que je préférais éviter. Pas que mes parents aient été des monstres. C'étaient juste deux timides qui avaient uni leurs déprimes et m'avaient engendré par hasard, vers la quarantaine. J'ai toujours eu l'impression qu'ils n'en étaient pas revenus… Mr. et

57

Mrs. Désespoir Tranquille, à l'univers aussi étriqué que la petite ville industrielle où ils avaient passé toute leur existence. De braves gens qui avaient le sens de l'épargne, au point d'y regarder à deux fois avant de mettre trois dollars dans une paire de chaussettes, et qui, même une fois remboursé l'emprunt qu'ils avaient fait pour payer leur maison, avaient toujours eu la conviction que la banque pouvait la leur reprendre du jour au lendemain. À dix-huit ans, j'avais fui ce morne nid familial pour n'y plus revenir que quelques jours par an, au moment de Noël. Mes parents avaient fini par mourir de vieillesse, à six mois l'un de l'autre, en 1987. Depuis, je n'avais jamais parlé d'eux à qui que ce fût – sauf, bien entendu, quand une fille que j'essayais d'attirer dans mon lit s'inquiétait de ma « tragique » situation d'orphelin. Auquel cas, j'éludais le problème avec une réplique incisive à la Bogart. Style : « Ça ne m'a jamais empêché de dormir ».

Sauf qu'Angie n'avait pas vu le film. Elle a insisté. « Tu veux dire que ça te plaît d'être seul au monde ?

— Je m'y suis fait, avec le temps.

— Mais t'aimerais pas avoir une grande famille, ou te sentir entouré par une communauté ? »

J'ai menti, sentant qu'un « Non » franc et massif risquait de compromettre mes chances de la sauter avant Broome. Mieux valait être diplomate et se cantonner à des généralités. Comme : « L'occasion ne s'en est pas vraiment présentée… »

Angie me coula un regard humide de compassion, assorti d'un sourire « Non-Nick-t'es-pas-tout-seul», et me pétrit le bras avec effusion : « Un jour peut-être, qui sait... ? »

Je lui ai retourné son sourire, songeant in petto : Décidément, le numéro « Petit Garçon Perdu » est une valeur sûre !

Au coucher du soleil, on avait avalé nos quatre cents bornes, en bavardant comme une paire de perruches. Angie me harcelait de questions sur les States. Elle voulait tout savoir sur les fast-foods, les autoroutes à six voies et nos trente-six chaînes de télévision. Son ingénuité avait un côté attendrissant – encore que son ignorance abyssale de ce qui se passait dans le monde, à l'extérieur de Wollanup, fût à vous couper le souffle. Jamais entendu parler des McDo', de CNN ou de Michael Jackson ? Tu ne connais pas ton bonheur !

Et puis, il y avait les rengaines qu'elle n'arrêtait pas de fredonner, entre deux questions : de vieux tubes des années soixante, style *Happy Together* ou *Along Comes Mary*. Là où j'ai écarquillé les yeux, c'est quand elle a entonné la *Ballade des Bérets Verts*, du film du même nom :

> *Back at home a young wife waits*
> *Her Green Beret has met his fate*
> *He has died for those oppressed*
> *Leaving her his last request :*
> *Put silver wings on my sons's chest*
> *Make him one of America's best...*

Je croyais le couplet « Cassons-du-Cong » passé de mode depuis vingt-cinq ans. Par quel miracle Angie connaissait-elle par cœur ce classique de l'impérialisme U.S., remontant à la guerre du Viêt-nam ? Elle m'a éclairé. À Wollanup, ils étaient si loin de tout qu'ils ne pouvaient capter aucune station de radio, et son éducation musicale était le fruit de l'écoute assidue d'une pile de super-45 tours appartenant à un sien oncle (le même qui lui avait offert sa musette des surplus de l'armée américaine avec l'emblème pacifiste). Il n'avait pas renouvelé son stock de disques depuis qu'il était revenu s'établir définitivement à Wollanup, en 1972.

Good Vibrations… Downtown… We Gotta Get Outta This Place… Voyager en compagnie d'Angie, c'était être branché sur « R'n'R Hall-FM » non-stop – sauf que le D.J. aux manettes était complètement largué s'agissant de l'actualité de la scène musicale.

« C'est quoi le dernier album de Jim Croce ?

— Croce ? Il est mort y a belle lurette.

— Drôle de titre ! »

Elle a été sidérée quand je lui expliqué que le gars auquel le monde devait l'immortel *Time in a Bottle*, lui avait dit définitivement adieu, suite à un accident d'avion dans les années soixante-dix. Elle a été tout aussi soufflée d'apprendre que les Archies étaient retournés à l'oubli après avoir enregistré *Sugar, Sugar*. Neil Diamond ? Lui, oui, il était toujours là, même s'il n'était plus l'idole que de quinquagénaires shootées au Valium, avec un goût immodéré pour les animaux de compagnie empaillés.

Nous avons déboulé à Hall's Creek – la première des crottes de mouche signalées comme lieu habité sur ma carte – au son d'un *Sweet Caroline* remixé de façon très personnelle par Angie. Hall's Creek est le genre de trou dont vous risquez de rater l'entrée si vous avez le malheur de cligner les yeux : une grand-rue et deux tranversales, un bureau de poste, une supérette et un pub – au comptoir duquel nous avons ingéré un steak incinéré garni de frites molles. On a fait descendre ce désastre culinaire avec un pack d'Export. Pour impressionner la galerie – moi –, Angie a séché quatre boîtes coup sur coup et a claqué un billet de dix dollars sur le zinc en réclamant six autres bières bien fraîches.

« T'as une sacrée descente ! j'ai fait.

— À Wollanup, on sait lever le coude. »

Comme Angie décapsulait sa cinquième Export, un jeune gars – la vingtaine, jean et blouson en denim, le Stetson vissé sur le crâne – est venu se poser sur le tabouret d'à côté. Il était schlass. Il lui a flashé un sourire pur houblon, qu'il croyait ravageur, et a allongé la main vers une des boîtes d'Export.

« Salut, Miss Postère-d'enfer !

— Repose-moi ça. »

Le type a fait sauter la languette et s'est envoyé une interminable lampée derrière les amygdales. La mousse lui dégoulinait des commissures. « Tu m'as causé, Miss Postère ?

— Repose-moi cette bière, je te dis. »

Le gars a refait glouglouter la boîte d'Export. « C'est un peu tard pour ça, pas vrai ? »

Elle lui a lancé un regard polaire. « T'as pas entendu, tête de nœud ?

— Qu'est-ce qui va me faire, ton Tarzan, si j'obéis pas ? »

61

Angie s'est laissée glisser de son tabouret et a collé son nez contre celui du mec. « Il te fera rien du tout, parce que ça, c'est strictement entre toi et moi.

— Ah ouais, connasse ? »

Angie est restée calme. Très calme. Trop. « Retire ça tout de suite.

— Je t'emmerde.

— Non, mec. *Je* t'emmerde. »

Comme l'éclair, sa main droite a jailli. Elle a empoigné Mr. Denim par les couilles et les lui a broyées, comme elle aurait malaxé une balle de caoutchouc pour travailler sa poigne.

« Excuse-toi », a-t-elle sifflé, sans cesser sa pression à froid.

Le problème, c'était que le gars était dans l'incapacité de s'exécuter. Il avait viré au bleu et criait grâce avec le filet de voix que lui laissait un souffle défaillant. Il devait bien y avoir une demi-douzaine de types accoudés au comptoir, mais pas un n'a moufté ou levé le petit doigt. Ils ont juste pris un air douloureusement crispé. Quand Angie a compris qu'elle ne tirerait pas d'excuses du gars, elle l'a envoyé valdinguer. Il a mordu le plancher, avec ce ululement particulier, couramment qualifié de « cri de bête blessée ». D'une main, Angie a raflé les survivantes de son pack d'Export, m'a empoigné de l'autre, et a jeté « Il est temps de mettre les bouts, Yankee ! »

On a marché sur la sortie, très cool. Mais sitôt la porte franchie, on s'est mis à cavaler vers le combi. J'ai démarré en trombe et on a foncé dans la nuit, sans échanger une parole avant d'avoir mis plusieurs kilomètres entre Hall's Creek et nous. Quand elle nous a jugés en sécurité, Angie m'a dit de me garer et d'éteindre les phares. Assise à côté de moi dans le noir, elle est partie d'un fou rire convulsif, a ouvert une boîte de bière et s'est baptisée d'une giclée de mousse tiède.

« Putain, quel pied ! Et mort aux cons ! » elle a hurlé.

Sur ce, elle a secoué sa boîte comme un Orangina et m'a ondoyé à la bière en me la faisant gicler en pleine poire. J'ai joué le jeu. Je me suis mis à rigoler – un rien nerveusement. C'est une clone de Calamity Jane, cette nana… je me disais.

« Rappelle-moi de ne jamais te chercher des poux, j'ai articulé.

— Ça risque pas d'arriver, mec ! Ça risque pas ! »

Elle est passée à l'action. Elle m'a sauté dessus – littéralement – et m'a immobilisé la nuque d'une main de fer avant de me bâillonner d'un baiser ventouse. Sans que j'aie pu faire ouf, elle m'avait arraché de mon siège. Je me suis retrouvé allongé par terre, à l'arrière du combi, les bras cloués au sol par une paire de genoux. Mon T-shirt s'est déchiré par le milieu et Angie s'est mise à me téter les seins. J'avais l'impression de subir les assauts d'une catcheuse professionnelle, mais j'étais trop sonné pour réagir. Je me suis soumis à ses désirs.

Comme toutes les agressions, celle-ci a été aussi brève que brutale. Son affaire faite, Angie s'est laissée tomber front à front avec moi. Elle avait pris ma tête entre ses mains et est restée longtemps à me dévisager avec intensité.

« Ouais… Tu feras l'affaire », a-t-elle conclu.

6

Le lendemain après-midi, nous n'étions encore qu'à mi-chemin de Broome et j'étais un homme aux abois. J'avais une puissante raison d'angoisser : Angie était une véritable tigresse, aux appétits aussi imprévisibles qu'insatiables. Notre petit corps-à-corps gréco-romain sur le plancher du combi n'avait été qu'un hors-d'œuvre : le prélude à une véritable orgie de sexe. J'avais sombré dans la catalepsie dès la fin de la première reprise, mais, à peine deux heures plus tard, elle me secouait pour un petit revenez-y. Et juste avant l'aube, elle m'avait ranimé sans douceur, pour exiger quelques petites gâteries buccales. Sa façon de sonner le « Lève-toi, soldat » ne manquait pas d'originalité, je dois le reconnaître : j'avais ouvert les yeux pour la trouver à califourchon sur moi, en train de me stimuler manuellement tout en me cornant aux oreilles : « Allez ! Debout les morts ! » Mais là, quand elle s'est penchée sur mon anatomie, alors qu'on n'avait pas fait trente bornes en direction de Broome (et que j'étais en train de changer de vitesse, en plus), j'ai décidé que ma prostate avait eu son compte.

« Laisse-moi souffler, Angie ! je lui ai dit, en tentant – en douceur – d'éloigner ses lèvres de mon entrejambe.

— Allez, quoi ! C'est marrant, non ?

— C'est dangereux, oui ! On roule à quatre-vingt-dix.

— Eh ben, t'as qu'à t'arrêter…

— Tu n'as pas eu ta dose, depuis ce matin ?

— Tu veux rire ?

— Désolé, mais je suis vidé…

— Je suis tombée sur un taureau sur le retour, ma parole !

— Sur les genoux, nuance !

— M'est avis que t'as besoin d'une sérieuse remise en forme, mon mignon ! »

Son mignon ? Moi ?

Ayant tant bien que mal négocié une trêve à son pilonnage sexuel, il m'a quand même fallu endurer trois heures de tendresses de jeune chiot. Elle avait vissé son bras autour de mon cou et me mordillait sauvagement le lobe de l'oreille. Je commençais à trouver Broome bien loin…

« Dis-moi, cette fixation sur les oreilles, tu l'as toujours faite ? ai-je fini par m'informer.

— Nan ! La tienne, c'est la première qui me fait cet effet.

— Et qu'est-ce qu'elle a de si spécial ?

— Rien du tout. C'est juste que c'est la première que je mordille.

— Tes petits amis ne t'ont jamais laissée jouer les Bugs Bunny avec leurs feuilles ?

— J'ai jamais eu de petit ami.

— Sans déc'… ?

— Sans déc' ! Je veux dire, comment j'aurais fait, à Wollanup ? On est tous parents… Faudrait être pas

65

bien pour faire ça entre cousins, ou avec un de mes frangins... »

Là, j'ai eu comme un frisson.

« Tu veux dire que... »

Elle a eu un sourire de première communiante et a serré son bras un poil plus fort autour de mon cou. « Eh oui, mon grand ! T'as été le Numéro Uno. »

Oh, merde ! Merde, merde, et re-re-merde !

Je me suis cramponné au volant et j'ai fixé la latérite, sans un mot. Mais sous mon crâne, une sirène d'alerte anti-aérienne venait de se déclencher, signalant un déluge d'emmerdes imminent... Pour un accro des jeux de l'amour et du hasard, baiser sans capote avec une vierge insatiable devait valoir dix sur son compteur de testostérone. Mais pour un type dans mon genre, qui s'était toujours ingénié à fuir les situations potentiellement explosives, c'était l'équivalent d'une opération kamikaze. Une mission dont j'allais m'exempter dès qu'on atteindrait Broome...

« T'es en pétard ou quoi ? a demandé Angie.

— Tu aurais pu me le dire...

— Te dire quoi ?

— Que j'étais le premier.

— Tu plaisantes, j'espère !

— J'en ai l'air ?

— Qu'est-ce que ça aurait changé ?

— C'est le genre de chose qu'un homme aime savoir, c'est tout...

— Parce que tu ne m'aurais pas sautée, peut-être, si t'avais su... ?

— C'est pas ce que je voulais dire.

— Qu'est-ce que tu veux dire, alors ?

— Tu prends la pilule ?

— Tu crois pas que c'est hier soir que t'aurais dû t'en inquiéter ?

— Alors ? Oui ou non ?

— Nan... »

J'ai crispé les mains sur le volant. Elle m'a décoché une autre de ses bourrades meutrières dans l'épaule gauche.

« Allez, Nicky ! Ça sert à rien de te foutre en rogne. D'autant que t'as aucune raison de t'en faire. Je vais avoir mes règles la semaine prochaine, alors, y a aucun risque. Te bile pas.

— Tu le jures ?

— Va te faire foutre ! »

Elle m'a tourné le dos, furax.

« Je suis désolé.

— Non, tu l'es pas. »

Elle avait raison. Je ne l'étais pas le moins du monde. En fait, je ne ressentais qu'un prodigieux soulagement – comme quelqu'un qui croyait conduire une bagnole pas assurée, et qui découvre qu'il est couvert par une police en béton et qu'il peut s'emplafonner en toute quiétude. J'ai rengainé les excuses que j'aurais dû lui faire, pour la façon cavalière dont je l'avais interrogée. Autant passer pour un mufle. Elle était vexée ? Tant mieux. Plus elle me considérait comme le roi des salauds, plus j'avais de chances qu'elle me lâche les baskets, sitôt arrivés à Broome. La bonne vieille recette du cavaleur : si tu veux qu'elle se barre, fous-la en pétard.

Quand on a atteint les faubourgs de Broome, j'avais toutes les raisons d'être optimiste. Le soir tombait, et on ne s'était pas adressé un mot depuis trois heures d'horloge. Autant dire qu'à l'intérieur du VW, l'atmosphère était orageuse. Il y avait un terrain de camping à deux ou trois bornes du centre-ville. Une fois garé dans un coin tranquille, j'ai posé la main sur l'épaule d'Angie, prêt à lui servir mon baratin standard : « Ça a été très chouette... Il faut savoir se quitter... » Mais je ne l'avais pas plutôt effleurée qu'elle m'a fait une clé au bras et m'a fait passer par-dessus la banquette avant. *Ça y est, c'est reparti comme en quarante...* Sauf que cette fois, il n'y avait pas la plus infinitésimale trace de tendresse dans sa façon de me culbuter sur le plancher. Elle s'est assise sur moi, et m'a coincé les épaules sous ses genoux. La position n'avait rien de confortable mais, comme j'esquissais un geste, elle m'a cloué le bec d'un poing énergique tandis que sa main libre, s'activait sur la boucle de mon ceinturon.

« Pas un mot, t'entends ! a-t-elle sifflé en s'attaquant à mes boutons de braguette. Pas un putain de mot ! »

En 1977, alors que je travaillais pour le *News and Observer* de Raleigh, on m'avait filé une dépêche U.P.I. à rewriter. L'histoire d'une nana de l'Utah, tellement dingue d'un missionnaire mormon qu'elle l'avait poursuivi de ses assiduités jusqu'en Angleterre, où elle avait engagé deux malfrats pour le kidnapper. Une fois qu'elle l'avait eu à sa merci, dans un cottage isolé, au fin fond de la campagne anglaise, elle l'avait enchaîné sur un lit, nu comme un ver, lui avait collé un revolver sur la tempe et lui avait ordonné : « Bande, Brigham ! »

Toute la rédaction – moi le premier – - avait fait des gorges chaudes sur la mésaventure du Mormon. Il fallait qu'il soit sacrément coincé, le gars, pour porter plainte. De l'avis général, il aurait dû être reconnaissant à la fille de cette petite expérience sado-maso. Mais en réalité, on devait tous être secrètement terrifiés par cette histoire. Parce que, au fond, la plupart des mecs sont incapables de supporter l'idée qu'une femme puisse faire la loi au pieu. Surtout, si elle brandit un .38…

Angie avait beau ne rien brandir du tout, je n'en menais pas large. Le sexe, avec elle, ressemblait à une resucée du sac de la Gaule par Attila : on se retrouvait complètement nettoyé en deux temps trois mouvements. Elle ne vous faisait pas l'amour, elle vous prenait d'assaut. Sans plus de tendresse que de sentiment. Comme la majorité des hommes au plumard, quoi…

Sa conception de l'amour vache avait beau me filer quelques appréhensions, je dois dire, pour être honnête, qu'en bon mâle, j'étais plutôt flatté de ses attentions. Après tout, ce n'est pas tous les jours qu'une femme se roule sur vous avec l'ardeur d'un bulldozer, ou sollicite instamment vos hommages toutes les deux heures. J'entendais bien ma raison me murmurer avec insistance : « Débarrasse-toi de cette fille avant que ça fasse des sacs de nœuds », mais le cochon qui sommeillait en moi lui a coupé la parole : « Tu vas pas refuser une affaire pareille ! T'as rien dans le calebar, alors ?…. Allez, relax, laisse-toi faire – d'autant que tu peux reprendre tes billes quand tu veux. » C'était couru d'avance : c'est le cochon que j'ai nommé grand conseiller…

Je n'ai opposé aucune résistance aux assauts répétés d'Angie. Lorsque enfin elle s'est laissée retomber à côté de moi, sur un ultime cri primal, j'ai décidé de remballer mon discours d'adieu. Et j'ai soigneusement évité de relancer les hostilités avec un mot malheureux, quand elle a agité le drapeau blanc pour négocier une trêve.

« Tu m'aimes bien, quand même, non ? » m'a-t-elle demandé, en se frottant le museau contre moi, comme un matou repu.

J'ai hoché la tête et j'ai souri.

« Mais ne recommence jamais une scène pareille ! Promis ?

— Promis…

— On ne se quitte plus, d'accord ? »

J'ai opiné du chef et, là, ça a été à son tour de sourire.

« Je savais que ça collerait, nous deux, elle a fait. Je l'ai su à la seconde où je t'ai vu. »

Je n'aimais pas trop sa façon de dire ça, mais j'ai songé : Oui, ça va coller, nous deux… jusqu'à la fin de la semaine, en tout cas – date à laquelle je reprendrai la route de mon côté. Seul…

Et le plus curieux, c'est que pendant les quelques jours qui ont suivi, ça a vraiment collé entre nous. On s'est même bien marrés ensemble. Broome n'avait rien du bled typique de l'outback auquel je m'attendais. La ville, qui doit sa prospérité à la pêche perlière, grouillait d'une foule cosmopolite, où les Australiens blancs avaient l'air presque perdus au milieu des Malais et des Polynésiens, qui dominent le marché de la perle depuis un bon siècle. Broome était une ville que je comprenais : avec ses maisons coloniales sur lesquelles le temps a déposé sa patine, ses vieux comptoirs commerciaux datant du siècle dernier, ses bars accueillants, et son rythme de vie indolent, on aurait dit la version exotique d'un petit port de la côte du Maine. Le genre de ville où tout le monde semblait traîner une perpétuelle gueule de bois, où le manque de productivité passait pour une vertu et où prendre une initiative personnelle signifiait cultiver une barbe de deux jours. Personne ne voyait la lumière du jour avant onze heures du matin. Toute la population semblait passer ses journées à la plage – près de deux kilomètres de sable chauffé à blanc, léché par l'océan Indien.

C'était la première fois qu'Angie mettait les pieds sur une plage. Jamais elle n'avait vu un rouleau se briser sur une grève ou senti le goût des embruns sur ses lèvres, et c'était un véritable plaisir de la voir découvrir, avec des yeux émerveillés, ce paradis du surf. Malgré son passé de fille du désert, elle a aussitôt manifesté une aptitude naturelle tout australienne à lézarder des heures entières au soleil. Le premier jour, nous étions allés faire un tour le long de la mer. Angie a bien observé les autres couples et a foncé illico s'acheter la panoplie complète de la vacancière de choc : natte de bambou, frisbee, ballon de plage, chemises hawaïennes gueulardes, romans de Jackie Collins et glacière portative – bourrée de bière en boîte. On a vite trouvé nos marques : neuf heures quotidiennes de farniente sur la plage, durant lesquelles on faisait un sort à une caisse de bière et à trois paquets de Camel, étalés sur le sable comme des méduses, au milieu de nos cartons de plats à emporter : fish-and-chips, brochettes satay, nouilles sautées à la thaïlandaise, rouleaux de printemps ou, histoire de changer, un cheeseburger. Au coucher du soleil, on se traînait en ville et, nantis d'une bouteille de riesling local et de crevettes au curry achetées dans un Take-Away chinois, on allait s'empiffrer devant l'écran du Sun, le cinéma en plein air de Broome. À la fin de la séance, on s'offrait un cornet de glace – deux boules – avant de regagner le combi, où on s'adonnait au coït sportif jusqu'à la nausée.

Bronzette, baignade, bouffe, bibine et baise. Le tout de façon orgiaque. Du matin au soir, on se vautrait dans l'excès. On bâfrait. On faisait du lard. On s'est même mis à s'aimer bien. Angie était une surprise continuelle. Elle avait beau ne jamais être sortie de Wollanup, elle refusait catégoriquement de jouer la bécasse de service. Et il faut avouer qu'elle a pris la vie moderne à bras-le-corps avec un aplomb confondant. Elle avait des avis sur tout. Pendant sa frénésie de shopping, elle s'était acheté un baladeur et une douzaine de cassettes, et est aussitôt montée d'un cran dans mon estime – sinon dans mon affection – en déboulonnant toutes les idoles du moment, de Madonna (« Rien qu'une pétasse oxygénée») à U2 (« Des petits branleurs prétentiards »). Elle n'avait pas vu trois films au Sun qu'elle s'est mise à émettre des opinions sur le Septième Art, déplorant le jeu monolithique de Kevin Costner et le sourire stéréotypé de Tom Cruise (« Mais faut reconnaître qu'il a un beau petit cul… »). Au sortir d'un pub où elle avait passé la soirée scotchée devant les programmes de CNN, elle m'avait sorti : « C'est pas mal… Mais pourquoi ils passent leur temps à répéter les mêmes histoires jusqu'à plus soif ? »

Angie avait de l'intuition. Tellement que ça frisait la voyance. Au cinquième jour de notre séjour à Broome, on a échoué sur la plage vers trois heures du matin, après nous être fait jeter d'un bar. C'était une de ces nuits claires où le ciel vous sort le grand jeu. Nous étions, elle et moi, dans un état d'euphorie avancée, et on s'est affalés sur le sable, essayant de convaincre nos pupilles de faire le point sur les effets pyrotechniques célestes.

Au bout de quelques minutes de contemplation silencieuse de la voie lactée, Angie m'a murmuré : « Tu vas me larguer sous peu, pas vrai ?

— Qu'est-ce que c'est que cette connerie ? » j'ai rétorqué, tout en me demandant : Suis-je vraiment si transparent ?

Angie a continué à fixer le ciel. « C'est pas une connerie, a-t-elle repris, d'une voix tranquille. C'est tout bêtement ce que tu t'apprêtes à faire.

— Arrête !

— C'est ce que tu fais à chaque fois…

— Ça, tu n'en sais strictement rien ! »

Elle m'a lancé un sourire sans joie. « Si, je le sais. Y a qu'à te regarder, Nick. C'est écrit sur ta figure. C'est ta technique. »

Qu'est-ce que je pouvais répondre à cette accusation,

à part « Je reconnais les faits » ? Mieux valait me taire. Je me suis perdu dans le cosmos. Jusqu'à ce qu'Angie me fasse brutalement redescendre sur terre d'un seul mot.

« Salaud ! » a-t-elle murmuré.

Avant que j'aie pu réagir, elle avait sauté sur ses pieds. Je l'ai regardée partir en courant vers le bout de la plage. Notre semaine de fiesta était terminée.

J'aurais dû lui courir après. C'est ce qu'on fait dans ces cas-là. Et c'est sûrement ce qu'elle espérait. Mais qu'est-ce que j'aurais pu lui sortir ? Un chapelet de « Je suis désolé », dont je ne pensais pas un mot ? Ou alors, ce grand classique des séparations : « Quittons-nous bons amis… » ? C'était hors de question. L'amour de vacances est une denrée périssable. On ne s'y lance que parce qu'on sait pertinemment qu'au-delà d'une huitaine de jours il cessera d'être consommable. Et à la date de péremption, il est inutile d'essayer de repousser l'échéance et de se demander si on ne pourrait pas le faire durer quelques jours de plus. Alors j'ai laissé Angie disparaître dans la nuit, en me disant qu'elle finirait bien par rentrer au camping. Qu'elle m'attendrait dans le combi – où j'allais finalement lui caser mon petit discours d'adieu. Un discours que j'aurais dû lui servir il y avait une semaine de ça…

Sauf que, quand j'ai ouvert la porte du combi, il n'y avait pas trace d'Angie. Je me sentais plutôt vaseux et je me suis allongé sur une couchette. J'ai dû dormir cinq ou six heures. Quand j'ai émergé de ma saoulo-graphie, Angie me regardait, assise sur l'autre cou-chette. Son sac à dos bouclé était posé à côté d'elle.

Elle avait les traits tirés et les yeux brillants, comme si elle avait pleuré.

« Y a longtemps que t'es là ? j'ai marmonné, l'esprit encore embrumé de sommeil.

— Une heure, à peu près…

— Je t'ai pas entendue rentrer.

— Normal, t'étais ivre mort.

— Où t'as dormi ?

— Sur la plage.

— Dur !

— Ouais, tu l'as dit… Dur ! » Elle s'est levée et a empoigné son sac. « Tu veux que je me tire, c'est bien ça ?

— Angie…

— Te fatigue pas, Nick. Dis-moi franchement oui ou non ? »

Je me suis surpris à reluquer ses jambes, me demandant si je pourrais la convaincre de m'accorder ses faveurs une dernière fois avant de s'en aller. J'ai allongé le bras et je l'ai attirée vers moi. « Viens te coucher, j'ai dit.

— C'est ta réponse ?

— Mmm-mmm…

— Tu veux vraiment de moi ?

— Oui. Vraiment…

— Tu en es bien sûr ?

— Sûr et certain !

— Parfait ! a-t-elle dit, en faisant passer son T-shirt par-dessus sa tête. Parfait, parfait ! »

Angie était crevée et j'avais la gueule de bois. On n'a pas exactement fait des exploits. Aussitôt après, je me suis rendormi. Avec l'impression de tomber dans le coma. Une chute libre à travers un univers d'un noir de poix, périodiquement transpercé d'éclairs de flash qui illuminaient de façon fugitive des tableaux vivants complètement surréalistes.

Angie m'attachant les poignets et les chevilles avec une corde…

Angie pompant le contenu d'un flacon dans une seringue…

Angie me plantant une aiguille dans le bras…

Un rêve sans queue ni tête. Mais je suis certain d'avoir senti cette piqûre dans le gras de mon biceps juste avant de plonger du haut du ciel dans le gouffre noir. Comme j'ai la certitude d'avoir entendu le moteur tousser. Et le combi sortir du camping. Et se mettre à bringuebaler, quand on a quitté le goudron.

Mais déjà, j'étais retourné aux ténèbres insondables de mon abîme. J'y suis resté des jours. Béatement lové au cœur de ce néant.

Jusqu'à ce que j'ouvre les yeux.

DEUXIÈME PARTIE

1

La guerre nucléaire venait de commencer. Les États-Unis de la libre Amérique avaient décidé d'en finir avec un dictateur arabe et mégalo, qui menaçait de faire d'Hawaï une République islamique modèle. Déjà, ses fous d'Allah s'étaient emparés de Waikiki et avaient entrepris d'imposer le port du tchador aux danseuses hawaïennes. Un autodafé solennel de mini-ombrelles en papier de soie, destinées à orner les verres de cocktails, avait été organisé sur la plage, et tout restaurateur surpris à servir un Mai Tai était sommairement exécuté séance tenante. Posséder un disque de Don Ho était désormais un crime passible de la peine capitale, et les vidéos samizdats de la version intégrale de *Sous le ciel bleu d'Hawaï* se négociaient à mille dollars pièce au marché noir. Pourtant, c'était la *fatwa* lancée contre Jack Lord qui avait eu raison de la patience de Washington, et le Département d'État avait fait donner l'artillerie lourde. Quatre ogives nucléaires de deux mégatonnes venaient d'être tirées depuis leurs silos secrets, enterrés sous le Tabernacle des Mormons, à Salt Lake City. Mais au lieu de frapper leur objectif en plein Pacifique, elles dévièrent de leur trajectoire pour venir s'encastrer droit dans ma tête.

Soulever une paupière a été ma première erreur. La lumière a atteint le nerf optique, déclenchant une série d'explosions en chaîne, Des fragments de missiles allèrent se ficher dans les plus petits recoins de mon cerveau. Des foyers d'incendie s'étaient déclarés. Un commando de Marines en tenue de combat a débarqué pour circonscrire le sinistre, mais les hommes se contentaient de larder les flammes de coups de baïonnette, au son du concert de sirènes d'alerte antiaérienne qui hurlaient entre mes deux oreilles.

J'ai ouvert l'autre œil. La lumière était si agressive que j'ai eu l'impression qu'on me plantait des crayons pointus en banderilles dans les pupilles. Comme je refermais les paupières, la nausée a pris le relais. Une torpille sous-marine m'a atteint au tréfonds des tripes et a libéré la charge toxique qui y était dissimulée. Elle a foncé sur sa rampe de lancement avant de décrire dans l'air une parabole polychrome de bile sous pression de plusieurs mètres. Cela fait, j'ai instantanément tourné de l'œil.

Cette fois, je ne sais pas combien de temps je suis resté dans les vapes. Lorsque j'ai renoué avec la réalité, l'odeur de vieux dégueulis qui polluait mon espace vital a bien failli déclencher une autre session de balistique intestinale. J'avais le visage encroûté des reliefs mal digérés de mon dernier repas à Broome (des nouilles sautées à la thaïe, apparemment) et, dans la bouche, un goût de syphon d'évier bouché. Je n'avais qu'un désir : me précipiter sous la douche la plus proche. Mais quand j'ai fait le geste de me lever, j'ai vite compris que je n'avais plus un atome de force. L'effort à produire rien que pour soulever la tête était si démentiel que j'ai replongé dans le néant.

Et voici que j'entendis du ciel une voix. Et la voix me parla, et dit : « Putain de merde ! Je vais t'apprendre, moi, sac à vomi ! »

Alors le déluge fut sur la terre. Un vrai Niagara. Quelqu'un me faisait le coup de l'arroseur arrosé. Le jet me fouaillait à m'ôter la peau du corps. Le sol et les murs avaient, eux aussi, droit à un décrassage en règle, mais quand j'ai risqué un œil, l'eau jaillissait si dense qu'elle me masquait le manieur de tuyau.

Le déluge a pris fin. Une porte a claqué et je me suis retrouvé seul. Ma séance d'hydrothérapie musclée m'avait remis les yeux en face des trous et, bien qu'épuisé, j'ai pu examiner les lieux. J'étais dans une minuscule cabane sans fenêtre – à peine plus grande que des cabinets de fond de cour. Des cloisons de planches disjointes et un toit de tôle ondulée. À part la paillasse défoncée sur laquelle je gisais et un seau en fer-blanc, la cahute était vide. Ça sentait le vieux poulailler. La volaille très faisandée, plus exactement.... À voir les éclaboussures de sang séché qui criblaient le plancher, ma cellule avait dû être le corridor de la mort de générations de gallinacés.

J'étais à peu près capable d'endurer la puanteur de mon abattoir à poulets. La chaleur, en revanche… Après Darwin et la route de Broome, je me croyais blindé contre les températures de rôtissoire du désert australien. Je me gourais. Parce que cette cabane était un véritable four à micro-ondes – un enfer précuit, avec déshydratation instantanée, sans supplément. Malgré ma douche forcée, j'étais déjà en train de transpirer comme un veau. Je n'avais pourtant que mon caleçon sur le dos, une bonne âme ayant eu l'idée de me débarrasser de mes fringues avant de me jeter sur ma paillasse.

Je me sentais encore trop flapi pour me hisser sur mes pieds. Comment avais-je fait pour m'affaiblir à ce point ? J'en étais à me le demander quand j'ai remarqué les boursouflures rougeâtres qui me marquaient les poignets et les chevilles. J'avais aussi une vilaine ecchymose sur le biceps gauche. Ça a fait tilt : boursouflures = corde / ecchymose = seringue. Exactement comme dans mon délire éthylique.

Sentiment de déjà vu.

D'un seul coup, j'ai commencé à paniquer. Au point de me mettre à ruer sur mon matelas et à larder de coups de pied la cloison la plus proche, en gueulant comme un possédé.

La porte s'est ouverte à la volée. J'ai levé les yeux juste à temps pour voir s'abattre sur moi une nouvelle cataracte. Elle m'a balayé de mon matelas. Presque aussitôt, l'eau s'est arrêtée et une voix – la même que la première fois – a parlé.

« Arrête de gueuler ! elle a fait. Et tout de suite, t'entends ? »

Cette fois, j'ai aperçu mon arroseur. Un petit bas-du-cul dans les cinquante balais, aux cheveux gris noués en queue de cheval. Il portait des bésicles à la Lennon, avec des verres ébréchés opaques de crasse et une monture rafistolée au chatterton. Son jean, coupé aux genoux, était usé jusqu'à la corde et devait avoir vingt ans d'âge. Comme son T-shirt Procol Harum, bouffé aux mites…

« Qui vous êtes ? j'ai articulé, la langue pâteuse.

— Moi, je suis Gus, a fait le gringalet. L'oncle à Angie.

— Angie ? » j'ai beuglé. Mais Gus s'est penché sur moi et a rapidement mis fin à mes débordements vocaux, en m'allongeant un aller-retour des familles.

« C'est pas une façon de réagir à l'évocation de sa légitime », m'a-t-il expliqué, accroupi à côté de moi.

Une vague de panique m'a envahi.

« Ma... légitime ?

— Eh oui ! a dit Gus, en tapotant l'anneau doré qui brillait à mon annulaire gauche. T'es marié, mec. »

Je me suis mis à me rouler par terre en braillant, comme un gosse qui fait un caprice. Et, comme un gosse qui fait un caprice, j'ai récolté une beigne.

« Pas la peine de péter les plombs, Nick, a fait Gus, très cool, d'une voix qui me semblait venir d'une autre planète. Bicoze tout va te sembler aller de soi dès que t'auras éliminé toute cette dope.

— Quelle dope ?

— Ben, la *Thorazine*... Par chez toi, on dit "Mickey Finn", si je me souviens bien. Angie t'en a filé quelque chose comme deux cents milligrammes toutes les huit heures. En tout cas, c'est la dose que je lui avais dit de t'injecter...

— *Vous... ?*

— C'est moi qui, euh... rédige les ordonnances, ici, a expliqué Gus, avec un sourire d'imbécile heureux. Désolé de l'état de ton bras, à propos... Angie est une brave fille, mais côté piquouses, elle est pas terrible. Pour ta gouverne, elle a dû te pomper dans les deux

83

mille trois cents milligrammes de Thorazine dans le système...

— Combien... ?

— Assez pour te mettre K.O. pendant trois jours et demi. C'est pour ça que tu vas sûrement te sentir vachement vaseux pendant une petite douzaine d'heures encore.

— Je suis resté dans les vapes pendant *trois jours et demi* ?

— Comme j'te l'dis...

— Mais je suis où, bordel ?

— À Wollanup. »

Une deuxième vague de panique m'a submergé.

« Le pays d'Angie ?

— Tu l'as dit, bouffi. »

J'ai fermé les yeux, trop effondré pour dire quoi que ce soit. Gus a dû s'en rendre compte parce que j'ai senti sa main me presser l'épaule, comme pour me réconforter.

« Écoute, mon pote... je comprends que tu sois un peu paumé, et que tu te demandes dans quel trip tu débarques, mais je te promets qu'on t'expliquera le topo dès que tu seras remis sur pied. D'ici là, si tu veux un conseil, relax, Max... Et te prends pas la tête. Prends plutôt une mousse », acheva-t-il.

Sa main plongea dans une poche de son jean et en tira une boîte qu'il décapsula.

« Tu peux te la foutre au cul ! »

Il s'est débarrassé les mains et m'a regardé sous le nez, l'air mauvais : « J'aime pas qu'on me parle sur ce ton, mec ! »

84

Le mollard que je lui ai craché à la figure lui a dégouliné sur la joue comme une larme. Cette insolence m'a valu une nouvelle mandale. Cette fois, j'ai morflé.

« Je vais faire comme si de rien n'était, a dit Gus, en s'essuyant avec un coin de son T-shirt. Je préfère mettre ça sur le compte de la Thorazine et passer l'éponge. Mais si t'as le malheur de recommencer, faudra que tu récupères tes ratiches par terre. Et c'est pas facile avec les doigts cassés...

— Qu'est-ce que je fous ici ?

— Une autre fois, mec, fit-il en se levant.

— Tu ne vas pas me laisser... ?

— Faut que tu te désintoxiques, avant le grand gala de réception qu'on te prépare.

— Qui ça, « on » ?

— Ta femme et toute la famille, c'te question...

— J'ai pas de femme ! Et j'ai pas non plus de famille !

— Oh, que si, détrompe-toi ! il a fait en ouvrant la porte. Allez ! Je repasserai dans une paire d'heures.

— Je vais crever, avec cette chaleur !

— T'en fais pas, t'en réchapperas ! Toute façon, plus tu transpireras, plus vite t'élimineras les merdes que tu te trimballes dans le sang. Si tu te sens pas bien, bois la bière. Je te la laisse.

— S'te plaît... Ho ! Attends ! »

Je me suis égosillé en pure perte. Gus m'a laissé croupir dans le noir. Je me suis joué tempête sous un crâne. Complètement paniqué. *Une femme... Une famille... Wollanup...* O.K., les gars, ça va ! Arrêtez votre charre ! Si c'est un gag, c'est pas drôle...

2

Les douze heures suivantes n'ont pas été une partie de plaisir. Je m'étais toujours demandé ce que pouvait ressentir un alcoolo sevré de vodka ou un toxico en manque d'héro. J'ai vite compris. J'ai commencé par dégueuler tripes et boyaux. Ensuite, des nausées sèches m'ont retourné l'estomac. Puis j'ai eu une chiasse de tous les diables. Et pour finir, une tremblote gratinée. Des frissons à pulvériser l'échelle de Richter, accompagnés de sueurs froides. Ma paillasse était une espèce d'éponge détrempée. Par là-dessus, je me suis mis à avoir des chauds et froids, qui me faisaient passer de l'Alaska à l'équateur en un clin d'œil, Les murs se gondolaient, comme si la cahute allait me tomber sur la tête. Je cramponnais les bords de mon matelas, fou de terreur, comme si j'étais coincé sur des montagnes russes, à bord d'un wagonnet emballé. Complètement azimuté, frappadingue, déjanté. À deux doigts de dérailler.

Schlooooff !

De l'eau… C'étaient pas des gouttes, c'était de la chevrotine. J'ai redressé la tête et, la bouche grande ouverte, j'ai laissé le jet me pilonner le visage, dans l'espoir d'étancher la soif qui m'incendiait le gosier. À travers les rideaux d'eau, j'apercevais Gus qui secouait

86

son tuyau d'arrosage, les lunettes embuées comme un masque de plongeur.

« Debout ! a-t-il gueulé, pour couvrir les bruits d'eau.

— 'Peux pas…

— Si, tu peux !

— Non…

— D'ici deux minutes, l'eau va être coupée, et plus d'eau, plus de douche. À toi de voir, mec… »

En mobilisant toute ma volonté, j'ai réussi à me hisser sur mes pieds et à me tenir debout, sur des jambes aussi fermes que deux bâtons de guimauve.

— Super ! a fait Gus. Et maintenant, frotte-toi avec ça !

Il m'avait balancé un pain de savon noirâtre, qui s'est écrasé à mes pieds. Je me suis baissé pour le ramasser et j'ai bien cru que j'allais pas me relever. Le savon était plein de terre et dégageait une odeur chimique à pousser poux et morpions au suicide. J'ai dû insister pour lui tirer un peu de mousse. Des relents d'antiseptique s'accrochaient à ma barbe de quatre jours.

« Rinçage final ! » a annoncé Gus, en me balayant le torse avec son jet. L'eau s'est arrêtée. « Tiens ! Essuie-toi ! » Il m'a expédié une serviette douteuse, à peine plus grande qu'une lavette à vaisselle.

« J'espère que t'es sensible au traitement, Nick. C'est carrément princier ! Je veux dire, l'eau est une denrée rare, à Wollanup. Alors, toutes ces douches auxquelles t'as eu droit, c'est quasiment comme si on déroulait le tapis rouge. Faut dire que ta petite femme a insisté lourdement pour qu'on te rafraîchisse à heure

87

fixe, tant que tu serais pas remis de ta petite indisposition. Et tu connais Angie... Ça lui fait mal aux seins quand on fait pas ce qu'elle veut.

— Je ne suis *pas* marié ! »

Gus m'a gratifié d'un de ses sourires de toxico. « Ça, c'est ce qu'on se dit tous, mec... A y est ? T'es sec ? »

J'ai hoché la tête. Malgré les déficiences de la serviette – du papier à cigarette aromatisé à la vieille sueur –, tout ce qu'elle n'avait pu absorber s'était évaporé en quelques secondes.

« Bon ! Je t'ai apporté des fringues propres. »

Le ballot de linge a changé de mains, J'ai reconnu mon caleçon Fruit of the Loom, mon T-shirt Gap blanc, mon short kaki et mes derby bateau L. L. Bean. À la vue des étiquettes – made in the U.S.A. –, mon moral en a pris un vieux coup. Tout m'est revenu : le jour, l'heure et l'endroit où j'avais acheté tout ça. Le caleçon et le T-shirt, en mai, au Maine Mall de Portland. Le short et les chaussures, en juin 91, une nuit où je n'arrivais pas à dormir. Pour tuer le temps, je m'étais tapé les soixante-dix bornes qui séparent Augusta de Freeport, et je m'étais retrouvé à trois plombes du mat' dans le Bean local, ouvert vingt-quatre heures sur vingt-quatre. Mais tout cela appartenait à une autre vie. Le mal du pays est le pire des tourments pour un exilé, surtout quand il s'agit d'un exil voulu. Ou qu'on se retrouve dans un monde dont on ignore les lois. Un monde où la logique ordinaire n'a pas cours. Où on se sent complètement largué.

« Où t'as trouvé mes affaires ?

— Chez toi, pardi !

88

— J'ai pas de chez moi !

— Angie apprécierait sûrement pas de t'entendre dire une chose pareille, mec ! Surtout vu comme elle s'est décarcassé pour arranger votre petit nid.

— Dis-moi… pourquoi… je suis… ici… »

J'avais parlé doucement, d'un ton presque implorant, en détachant les mots, comme un demeuré.

« Faut pas flipper comme ça, Nick. Patience, et les brumes du mystère se dissiperont.

— J'exige une explication, bordcl !

— Cool, mec ! Rappelle-toi : si t'as pas les bonnes vibrations, le courant passera pas et tu vas complètement casser la fête. »

Gus était en orbite stationnaire autour de la planète Freak. Il avait dû se taper un champignon magique de trop et maintenant, il se croyait en permanence du côté de Haight et Fillmore… Tu ferais bien de réactualiser un peu ton vernaculaire, Ducon ! J'ai pensé in petto.

« Allez, grouille-toi de te saper. Tout le monde piaffe de faire ta connaissance ! »

Pendant que je m'exécutais, Gus a avisé la boîte de bière, à côté du matelas. « Ben merde ! Tu l'as même pas buc !

— Ça n'aurait pas passé.

— Bois-la.

— Non, merci…

— T'as le cœur au bout des dents ?

— C'est rien de le dire…

— Je comprends, note bien, vu comment ça schlingue là-dedans. Le seau à merde déborde carrément.

89

— Ça t'étonne ?

— Avec un karma aussi négatif, tu risques de pas te faire beaucoup d'amis à Wollanup, Nick...

— Tu peux te carrer mon karma où tu sais ! Je veux sortir d'ici.

— Pas avant d'avoir séché cette bière.

— Ça va me faire gerber.

— C'est si tu descends pas cette bière que tu vas être mal, mec. Tu sais combien il fait, dehors ? Trente-cinq à l'ombre. Si t'as l'estomac à sec, tu vas tomber raide. Alors, si tu veux sortir, tu bois. »

J'avais pas le choix. La perspective de rester enfermé dans ce poulailler me terrifiait. J'ai fait sauter la languette et j'ai vidé la boîte. On aurait dit du consommé tiède. La bière a cascadé dans mon estomac vide. J'ai dû serrer la luette pour l'empêcher de remonter illico. Une nouvelle couche d'ouate est venue emmailloter mon cerveau déjà passablement cotonneux. En quelques secondes, j'étais bourré comme un coing.

J'ai balancé la boîte dans le seau à merde.

« Ben vrai ! s'est écrié Gus. Avec une descente comme ça, tu vas t'intégrer sans problème. Alors ? Prêt pour les présentations officielles ?

— Je crois que oui...

— Super ! »

Il a entrouvert la porte de quelques centimètres et a gueulé : « On arrive ! », avant de la refermer et de se tourner vers moi. J'ai eu droit à une ultime revue de détail.

« Tes tifs, c'est pas terrible... Personnellement, je

90

m'en balance, mais tu sais ce que c'est... C'est la première impression qui compte. »

Je me suis passé plusieurs fois les doigts dans ma tignasse encore humide.

« C'est mieux ?

— Impec, mec ! Une vraie gravure de mode ! »

D'un geste théâtral, Gus a ouvert la porte toute grande. Une lumière d'un blanc incandescent a inondé la cabane. Le genre de lumière biblique à vous plonger dans l'extase un pécheur fraîchement repenti. Jusqu'à ce nabot de Gus qui semblait prendre de l'envergure, dans cette gloire céleste. Tel saint Pierre aux portes du Paradis, il m'a pris par le bras et a lancé : « Bienvenue dans ton nouveau royaume. »

J'ai marché vers la lumière.

Sur le coup, j'ai vu que dalle. Quatre jours d'incarcération avaient rendu mes prunelles rétives à l'overdose de watts. Tout n'était que flou douloureux. Et mes premiers pas dans ma nouvelle existence furent si chancelants que Gus dut me passer un bras autour de la taille pour m'empêcher de m'effondrer. Mes poumons sevrés d'air frais se gonflèrent... pour se ratatiner instantanément sous l'impact d'un gaz ardent – l'oxygène, chauffé à blanc par la température caniculaire et chargé de relents pestilentiels. Ce fumet délétère imprégnait tout – une *Eau de Cloaque* qui vous collait une vraie claque dans les naseaux.

J'ai pris conscience de la présence d'un groupe de gens. Deux douzaines de visages renfrognés me fixaient avec intensité. Le silence était si épais, si lourd d'hostilité, que j'ai eu l'impression d'être un condamné en marche vers l'échafaud. Mes yeux commençaient à s'accoutumer à la luminosité. Peu à peu des détails se sont précisés. J'avais devant moi un assortiment de T-shirts teints à la ficelle, de pattes d'ef, de cheveux longs, de barbes de prophète, de gosses à poil, et de beaucoup de râteliers pas frais. Dans quelle communauté de hippies attardés étais-je tombé ? Des baraques sommaires s'alignaient de part et d'autre d'une « rue » en terre battue, où une meute de chiens faméliques aboyait aux talons de tous les présents. Et dominant tout cela – pincez-moi, j'hallucine ! – une montagne d'ordures, de près de vingt mètres de haut. La source du parfum d'ambiance…

« Bonjour, toi ! »

Cette voix… Je l'ai tout de suite reconnue. Comme j'ai tout de suite remis les bras de lutteuse qui venaient de me ceinturer. Je n'ai pas non plus tardé à reconnaître la langue qui me titillait les amygdales, et l'étreinte qui me broyait la cage thoracique.

« Comment tu vas, m'amour ? »

J'ai levé les yeux vers Angie. Dans ses yeux à elle luisait une lueur de triomphe qui m'a fait froid dans le dos.

« Alors, il est pas craquant ? a-t-elle lancé à la cantonade. Il est pas fabuleux ? »

Elle s'est tournée vers moi et m'a contemplé avec cette sorte de tendresse possessive, réservée d'ordinaire au chien-chien de la famille.

« Mon petit mari chéri. Mon petit Yankee à moi…

— Ordure… » ai-je eu le temps d'articuler, avant de lui tomber dans les bras. Évanoui.

3

Un lit. Un vrai grand lit. Avec un matelas moelleux. Et des draps frais. Et des oreillers de plume. Et quelque part, pas loin, l'arôme du café chaud et une appétissante odeur d'œufs au plat. Dehors, un chœur de kookaburras me donnait l'aubade. Dans la pièce, un oiseau des mers du Sud d'un tout autre métal massacrait avec entrain un air que j'avais déjà entendu quelque part. « *I feel pretty, Oh so pretty, I feel pretty and witty and bright !* »

Dans quel nouvel enfer suis-je tombé ? Après la cage à poules, les chaînes du mariage ?

« Bonjour, m'amour ! »

M'amour. Comme « *mon amour* ». Comme « terme de tendresse conjugale »…

Il m'a fallu quelques secondes pour prendre mes marques et découvrir sous quelles latitudes j'avais atterri, après mon second séjour sur la planète Coma.

« Alors, bien dormi, m'amour ? »

Contre toute attente, oui. Huit heures d'affilée. Et sans assistance chimique – à en juger, du moins, par la relative fraîcheur de mes facultés d'idéation… Pour la première fois depuis des jours et des jours, j'avais l'impression de faire à nouveau partie de l'espèce humaine, à titre de membre (quasi) opérationnel. Ramollo, mais plus ensuqué.

« Je te sers ton petit déj', m'amour ? »

La veille, cette simple suggestion m'aurait fait bader, mais là, j'aurais pu manger un cheval. Avec la selle.

« Je t'ai préparé des œufs brouillés, des toasts et du café. Du vrai ! Mais Gus dit qu'il faut que tu manges très lentement, parce que les trucs solides risquent d'avoir du mal à passer, après quatre jours à l'eau sucrée et rien d'autre. C'est avec ça qu'on t'a alimenté pendant que t'étais patraque. »

Patraque ? C'est comme ça qu'on dit « défoncé » ou « kidnappé », en politiquement correct ? Si je n'avais pas été aussi affamé, je lui aurais balancé ses œufs à la figure et j'aurais exigé des explications. Mais une petite voix intérieure m'a conseillé d'y aller avec circonspection et d'entrer dans son jeu, jusqu'à ce que j'aie pu faire le point sur ma situation. Après tout, si ma « femme » trouvait naturel de me bourrer de tranquillisants, de m'enlever, puis de m'enfermer dans un poulailler le temps d'une désintox, il était raisonnable d'imaginer qu'elle n'hésiterait pas à recourir à d'autres moyens de coercition si ma conduite avait le malheur de lui déplaire. Mieux valait décocher à cette garce un sourire de contentement et ingurgiter ses œufs brouillés caoutchouteux, ses toasts froids et son jus de chaussette.

Angie, elle, buvait du petit-lait à voir tant de tendresse et de reconnaissance dans mes yeux. Elle m'a regardé vider mon assiette avec un sourire attendri. L'image même de la femme au foyer modèle, dont la seule ambition est de veiller au bien-être de son petit mari…

« Il est comment, mon café, m'amour ?

— Ex-quis ! ai-je menti.

— Le vrai café en grains, c'est un produit de luxe, à Wollanup. Le mien, il y a trois ans que je le garde précieusement. »

Du café vieux de trois ans… Pas étonnant qu'il ait cet arrière-goût subtil de poussière moisie.

« Et tu sais pourquoi je l'ai économisé comme ça ? Pour cet instant-ci : mon premier petit déjeuner en tête à tête avec mon mari.

— Quelle délicate attention…

— Tu trouves aussi ? a-t-elle fait, en se blottissant contre moi.

— Si tu me parlais de notre mariage ? ai-je suggéré, d'une voix délibérément enjouée.

— Ça a été… féérique ! » Ses yeux s'éclairèrent à l'évocation de ce souvenir d'un romantisme échevelé. « On a fait ça au pub. C'est Daddy qui nous a mariés. Il fait fonction de juge de paix, ici. Un mariage superbe. En blanc, ça va sans dire ! J'avais la robe de mariage de m'man, une splendeur, tout en dentelles, et toi, un super-costume bleu. C'est Gus qui te l'avait prêté. Évidemment, vu que t'étais patraque, on a dû te transporter au pub en chaise roulante, et t'as pas vraiment pu te lever pendant le service religieux. Alors on a dit "Oui", assis l'un à côté de l'autre.

– Et je peux savoir qui a dit "Oui" pour moi ? me suis-je enquis, en me cramponnant à mon calme.

— Tonton Gus. C'était lui, ton témoin. C'est une crème, Gussie.

— Ouais, y a pas d'autre mot, j'ai articulé, en repensant aux quatre mandales qu'il m'avait collées, et à ses menaces de représailles, au cas où je ruerais dans les brancards…

— Elle te plaît, ton alliance ? »

J'ai considéré le cercle de métal qui ornait mon annulaire. (« Veuillez échanger vos anneaux de rideau… »)

« C'est un bijou de famille ? j'ai demandé.

— Si on veut… C'est l'alliance du mari de Krystal. Ma sœur…

— Et il est où, lui ?

— Oh, euh… il est mort, a fait Angie en baissant les yeux.

— Récemment ?

— Deux mois.

— Ici ? À Wollanup ?

— Mmmmmm…

— Qu'est-ce qui lui est arrivé ? »

Elle s'est remise à fixer le sol, l'air gêné. « Un accident à la con…

— Ça veut dire quoi ?

— Juste ce que je t'ai dit. Il a eu un accident.

— Quel genre ?

— Un accident de chasse.

— Il a pris un coup de fusil, c'est ça ?

— C'est ça. Il a été tué par balle…

— Accidentellement. »

Plusieurs anges passèrent avant qu'elle réponde. « Oui… Un accident stupide, d'un bout à l'autre.

96

— Ça a dû être un sacré choc, pour ta sœur.

— Elle a remonté la pente.

— En deux mois ?

— En fait, elle le connaissait pas depuis très long-temps. » Angie regrettait d'avoir laissé échapper ce commentaire, et ça s'est vu : elle s'est empourprée jus-qu'au blanc des yeux et s'est empressée de ramener la conversation à son conte de fées personnel, version collection Harlequin. « Tu sais, j'avais quatre demoi-selles d'honneur, toutes les quatre en robe de mousse-line rose, et c'est Ringo, le petit dernier de Gus, qui portait les alliances... Il a cinq ans. Tout le monde a trouvé ça trognon, vu son nom... Après le mariage, on s'est fait une bouffe au pub. Bière et sandwiches. On n'a pas lésiné. J'ai bien dû vider une douzaine de boîtes, rien qu'à moi toute seule.

— J'étais là ?

— Non... On avait dû te remettre dans le poulailler, parce que tu commençais à faire surface, et Gus a eu peur que tu pètes les plombs si tu te réveillais au beau milieu de ton mariage.

— C'est une attention qui me touche...

— Mais rassure-toi ! Je t'ai gardé une part de gâteau. La spécialité de tante Ruthie : mélasse et chocolat. Tu la veux maintenant ?

— Merci, sans façons...

— Mon seul regret, c'est que t'aies pas pu assister à toute la cérémonie.

— Et moi donc ! Personne n'a fait de photos ?

— Nan.

— Comment ça se fait ?

97

— J'en aurais bien voulu, mais… il n'y a pas un seul appareil photo à Wollanup.

— Ah bon ?

— Ils sont interdits.

— Non !

— Si ! Ici, prendre des photos, c'est interdit par la loi.

— Quelle loi ?

— La nôtre, tiens…

— Mais, c'est complètement dingue

— C'est comme ça… Je te l'ai dit, quand on s'est rencontrés : les lois australiennes n'ont pas cours à Wollanup. »

J'allais lui demander si la loi wollanupienne approuvait l'enlèvement et les mariages forcés avec un conjoint shooté à la Thorazine, mais, là encore, je me suis retenu. Ce n'était pas le moment de mettre de l'huile sur le feu. N'empêche, je n'en croyais pas mes oreilles – et je n'avais qu'une envie : me mettre à hurler et à exiger qu'on mette fin à cette mascarade. Mais devant le regard perdu avec lequel elle me narrait par le menu tous les détails intimes de notre nuit de noces, j'ai compris que ce n'était pas un canular. J'étais coincé. Elle avait décidé de jouer au papa et à la maman, avec moi dans le rôle du jeune premier, et quelque chose me disait qu'elle veillerait à ce que je me conforme au scénario. Et que je joue mon personnage à fond, et en respectant les règles qu'elle avait fixées. Celles de Wollanup.

« M'amour… » Elle s'était emparée de mes mains et me regardait dans le blanc de l'œil. « Je sais que ça va

98

te prendre un moment pour t'adapter à nos façons de faire. Tu comprends, quand on vit coupé de tout, comme nous ici, on a forcément ses propres habitudes, ses propres valeurs. Elles risquent de paraître un peu tordues à quelqu'un d'extérieur, mais elles nous conviennent parfaitement. Alors, s'il te plaît, Nick, te braque pas. Laisse au charme de Wollanup une chance d'agir. Parce que je veux que tu sois heureux ici. Et aussi parce que... » Elle hésita, pesant soigneusement ses mots. « ... Parce que je voudrais pas que tu réagisses comme d'autres nouveaux venus, qui n'ont pas pu s'y faire. Et résultat, les choses ne se sont pas très bien passées pour eux. Mais ça va pas être pareil avec toi, hein ? »

Qu'est-ce que je pouvais faire, à part lui sortir mon sourire le plus niais et lui assurer que j'allais sûrement m'adapter sans problème ?

« Oh, Nick ! T'es extra ! » Ce cri du cœur s'accompagna d'une clé au cou passionnée. « On va s'en payer tous les deux, pas vrai ?

— Une sacrée tranche ! j'ai fait.

— Tu sais ce qu'on va faire pendant les trois jours qui viennent ?

— Non, quoi ?

— On va s'offrir une petite lune de miel !

— Où ça ?

— Bah, ici, cette question ! Dans notre grand lit. Pendant soixante-douze heures, je vais te sauter dessus comme un serpent à sonnette. Et j'espère bien ne rencontrer aucune résistance, c'est compris ?

— Cinq sur cinq ! » ai-je fait, pris d'une subite angoisse.

4

Par bonheur, Angie a rapidement renoncé à son projet de me garder au lit pendant soixante-douze heures. Et elle n'a pas non plus fait de notre « lune de miel » le marathon d'amour que j'appréhendais. Du moment qu'on se prenait sauvagement trois fois par jour – de préférence avant les repas –, elle était satisfaite. J'avais un peu de mal à supporter le traitement, mais je me suis bien gardé de repousser ses avances. Mon objectif, dans l'immédiat, était de la maintenir dans de bonnes dispositions à mon égard et d'établir un solide climat de concorde et d'harmonie entre nous avant de tirer des plans sur la comète. Même si cela impliquait de feindre la folle passion trois fois par jour et de me plier à tous ses désirs. J'étais un homme entretenu, après tout. Un mari otage. Et tant qu'Angie avait toutes les cartes en main, je savais qu'il était inutile de tenter de jouer la mienne...

> *Getting to know you,*
> *Getting to know all about you,*
> *Getting to like you,*
> *Getting to hope you'll like me...*

Cet immortel chef-d'œuvre a bercé notre voyage de noces à domicile. Du matin au soir, Angie se passait cet

100

air en boucle sur son électrophone, couvrant de ses bêlements la voix de Gertrude Lawrence – la créatrice, à Broadway, du rôle de « Moi », dans *Le Roi et Moi*.

« Où est-ce que tu as déniché cette pièce de collection ? ai-je fini par lui demander, comme elle reposait pour la énième fois la tête du pick-up sur sa plage favorite.

— C'est un cadeau de mariage de Gus. Il a des dizaines de 33 tours chez lui. En plus de celui-là, il nous a offert la bande originale de *West Side Story*. Les chansons sont pas mal, mais l'histoire, bonjour… ! Je trouve ça plutôt nunuche, pas toi ?

— C'est pourtant censé s'inspirer de *Roméo et Juliette*.

— Qui ça ?

— *Roméo et Juliette*…

— Meuh non ! Les deux amoureux, c'est Tony et Maria qu'ils s'appellent.

— N'empêche que c'est basé sur *Roméo et Juliette*.

— Jamais entendu parler… »

> *When I am with you*
> *Suddenly it's bright and cheery*
> *Because of all the beautiful and new*
> *Things I'm learning about you*
> *Day by day.*

Non seulement Angie me régalait de ce titre dix fois par jour en moyenne, mais elle insistait pour me le chanter, joue contre joue, en me tenant par le cou, dans la plus pure tradition de Hollywood.

« C'est *notre* chanson », disait-elle, avant de m'entraîner de force dans un romantique pas de deux, au son des flots d'harmonie. Et tandis qu'on évoluait, tendrement enlacés, je ne pouvais m'empêcher de me demander si cette débauche de guimauve ne dissimulait pas un plan machiavélique pour m'endormir et m'amener à accepter ce mariage « arrangé ». Parce que, par nature, Angie était aussi douce et tendre qu'un pilier de mêlée – une virago en graine, qui carburait à la bière, et rotait comme un homme. Pourquoi cette subite métamorphose en une copie douteuse de la Femme aux Petits Soins ? Pourquoi me servir le déjeuner au lit, me faire des gâteaux, me masser les pieds, m'apporter mes pantoufles ? Pourquoi m'inonder de déclarations affolantes, style : « Je suis l'esclave de tes désirs », me saouler de ses rengaines débiles et s'acharner à appeler « nid d'amour » notre petit intérieur ?

Car même en cherchant bien, le lieu qui abritait nos amours n'avait rien de romantique. Et si « nid » il y avait, c'était plutôt dans le genre « à rats ». Une minuscule bicoque, à pièce unique : quatre murs en contre-plaqué nature, surmontés d'un toit de tôle, qui sonnait comme un ensemble de percussions à la moindre averse. Par terre, une dalle de béton brut, si râpeuse qu'en quelques jours j'avais retrouvé des pieds de bébé. Un carré de moquette gueularde était posé devant un canapé en skaï vert pomme – le bain de siège garanti, vu qu'il avait tendance à emmagasiner la chaleur qui régnait dehors, d'où l'impossibilité de s'y prélasser.

Seul autre élément de confort de notre nid : une poire en velours côtelé grenat, déconseillée aux nez sensibles à cause du puissant fumet de chien qui l'imprégnait. Un rideau de perles délimitait le « coin cuisine » – un évier, un réchaud, un frigo lilliputien, une table de bridge pliante et deux chaises de jardin en fer peintes en vert. Un autre dissimulait le lit conjugal, relativement confortable tant qu'aucun de nous deux ne roulait dans la dépression qui creusait le centre du matelas. Une couverture clouée au chambranle d'une porte isolait la « salle d'eau » : une cabine de douche et des chiottes chimiques – qu'il fallait vider une fois par semaine. Pour meubler nos loisirs, nous disposions de la bibliothèque d'Angie (six romans d'amour en milieu hospitalier), de sa pile de 45 tours, et des deux bandes originales offertes par Gus. Point.

« Il est pas adorable, notre petit nid ? » a soufflé Angie, en me serrant à m'étrangler, tandis que nos pas épousaient les roucoulades du duo Yul Brynner-Gertrude Lawrence.

— Si ! Et d'un goût…

— Faudra pas que t'oublies de remercier Daddy, quand tu le verras. Cette maison, c'est son cadeau de mariage. Il l'a construite exprès pour nous !

— Pour *nous* ?

— Disons pour moi et le mari que je ramènerais…

— Tu veux dire que quand je t'ai rencontrée, tu te cherchais un mari ? »

Je l'ai sentie se raidir contre moi.

« Bien sûr que non ! Ça s'est trouvé comme ça. On

103

s'est croisés et dès que je t'ai aperçu, j'ai su, au premier regard, que tu étais l'homme de ma vie…

— Je vois… »

Mon ton a dû lui déplaire. Elle s'est écartée de moi pour me dévisager, l'air menaçant.

« Tu me crois pas, c'est ça ? »

Danger, terrain miné !

« Mais si je te crois, Angie !

— Alors, arrête avec tes questions à la con !

— Je te demande pardon.

— C'est notre lune de miel et je te laisserai pas me la gâcher ! »

Transformation à vue. Déjà la virago perçait sous la tendre épousée…

« Et si on allait faire une petite balade, Angie ?

— Qu'est-ce qu'on a besoin d'aller se balader, bordel ? a-t-elle sifflé, furibarde.

— C'était une simple suggestion, tu sais.

— Une suggestion débile !

— O.K., n'en parlons plus.

— Si tu veux aller faire une putain de balade, faudra que t'attendes la fin de notre putain de lune de miel. Là, tu pourras t'offrir toutes les putains de balades que tu voudras. »

Elle hurlait. J'étais confondu. Confondu par son numéro à la Jekyll et Hyde. Et par le peu qu'il lui fallait pour prendre la mouche.

« Allons, Angie, je t'en prie… »

Impossible de la calmer. Elle arpentait la pièce comme une tigresse en furie.

« T'es vraiment qu'un sale con de Yankee ! Faut

absolument que tu gâches tout, hein ! Je me mets en quatre pour rendre cette maison agréable, je te traite comme un coq en pâte, et toi, tu penses qu'à aller te balader. Je sais pas ce qui me retient de te tuer ! De t'arracher tes sales yeux de Yankee de merde. Espèce de salaud de… »

Je l'ai empoignée par les épaules et je l'ai secouée comme un prunier.

« O.K., O.K., ça va ! » J'avais beau gueuler, il n'y avait pas moyen de l'arrêter. Elle s'est dégagée d'une secousse et a rugi : « Non, ça va pas, non, ça va pas, non, ça va pas !»

Sans prévenir, elle m'a décoché sa droite. Une fois dans l'œil gauche. Une fois dans le nez. J'ai giclé à l'autre bout de la pièce. Je me suis retrouvé sur le canapé, en train d'arroser de mon sang le skaï brûlant.

Un étrange silence a investi le nid d'amour. Le genre de silence irréel qui suit un accident. Puis vinrent les larmes et le repentir.

« Mon Dieu, mon Dieu, mon Dieu, mon Dieu, mon Dieu ! » Elle gémissait, en me berçant dans ses bras puissants. On s'est répandus l'un sur l'autre – elle en larmes, sur le plastron de ma chemise, moi en sang, sur son T-shirt. Puis, comme le remords la frappait de plein fouet, elle s'est mise à faire retentir la pièce de « Qu'est-ce qui m'a pris ? Qu'est-ce qui m'a pris ? Qu'est-ce qui m'a pris ? Qu'est-ce qui m'a pris ? » On aurait dit une dévote un peu dérangée récitant son acte de contrition.

Puis les « Pardon » ont pris le relais. Deux bonnes douzaines, enchaînés avec la même ardeur désespérée que le mantra « Qu'est-ce qui m'a pris ? ». J'ai lu je ne sais plus où que les mecs qui battent leur femme sont coutumiers du fait. Quand ils ont bien dérouillé leur moitié, ils tombent à genoux et implorent son pardon. Je savais qu'Angie voulait que j'accepte ses excuses fébriles, mais j'étais trop sonné pour articuler un son. Du moins, jusqu'à ce que la douleur se mette de la partie.

« Va chercher des glaçons », j'ai dit, très calme.

Elle a foncé au frigo et a presque arraché la porte du freezer. Au bout de quelques secondes de recherches frénétiques, elle s'est tournée vers moi en secouant la tête, complètement paniquée.

« Y a pas de glace.

— De la viande surgelée, alors… »

Elle s'est remise à ravager l'intérieur du frigo et, cette fois, sa quête a été couronnée de succès. Elle s'est relevée, tenant un morceau de barbaque d'un pied de long, qui avait viré au bleu.

« Qu'est-ce que c'est que ça ?

— Un filet de 'rou.

— Du filet de *kangourou* ?

— Ben, oui…. Je voulais t'en faire la surprise, ce soir.

— C'est tout ce qu'on a pour le dîner ? »

Elle a hoché la tête, attendant avec anxiété que je tranche le dilemme.

« Envoie ! Et trouve quelque chose pour essuyer tout ce sang. »

Elle n'a fait qu'un bond jusqu'à moi, armée du filet et d'un torchon douteux, amidonné au jaune d'œuf.

106

J'ai émigré sur la poire en velours et, deux coins de torchon vrillés dans les narines, je me suis étalé le steak sur le nez et l'œil gauche. Angie a volé vers moi, m'a pris la tête dans ses bras et a cédé à une violente attaque de « bouhou-bouhou-bouhou».

« Je ne sais pas quoi te dire…

— Alors, ne dis rien.

— Tu me pardonneras jamais… »

Tu ne crois pas si bien dire ! T'es bonne à enfermer, fillette ! Un psychopathe une nuit de pleine lune, c'est rien à côté de toi. La seule chose qui me retienne de te rectifier le portrait, c'est que cette satisfaction me coûterait sûrement très cher. Et tout bien considéré, je préfère quand même ton lit à ce putain de poulailler. Sans compter que je pourrai peut-être exploiter tes remords pour t'extorquer une ou deux réponses aux questions que je me pose…

« Comment je pourrais ne pas te pardonner ? » j'ai menti.

Son visage s'est éclairé. « C'est vrai ? T'es sincère ?

— Oui. Mais… il y a un truc que j'aimerais savoir.

— Tout ce que tu veux ! Demande-moi ! »

J'ai respiré à fond et je me suis lancé. « Qu'est-ce que je fous ici ? »

Elle m'a regardé, l'œil rond. « Je comprends pas…

— Pourquoi suis-je ici ? Avec toi. À Wollanup.

— Mais… on est *mariés* ! C'est pour ça que t'es ici ! »

J'ai pesé mes mots au scrupule près avant de l'ouvrir. « Sauf que moi… je n'ai jamais eu l'intention de t'épouser.

107

— C'est pas vrai ! elle a fait, toute chamboulée. Tu m'as demandé ma main. »

Ça, c'était un scoop.

« Quand ça ?

— À Broome, dans le combi ! Après qu'on s'est chamaillés, la fois où j'ai passé la nuit sur la plage, tu te rappelles pas ? Quand je suis rentrée, au petit matin, je t'ai demandé si tu voulais que je m'en aille. Et là, qu'est-ce que t'as fait ? »

Tout m'est revenu, avec une clarté aussi aveuglante qu'atterrante.

« Je t'ai dit de venir te coucher.

— *Exactement !* Mais juste avant de me fourrer sous les draps avec toi, je t'ai redemandé, une deuxième fois, si tu voulais *vraiment* de moi. Et là, t'as dit "oui", et sans hésiter. Et toc !

— Mais c'était pas une demande en mariage ! j'ai fait, une note de désespoir dans la voix.

— Alors, comment t'appelles ça, toi ? »

Des boniments de petit dragueur… Qu'est-ce qui m'a pris de vouloir la sauter une dernière fois ?

« C'est juste que… je ne voulais pas qu'on se quitte comme ça…

— C'est pas ce que t'as dit. C'est pas ce que tu m'as promis !

— Je ne t'ai *rien* promis du tout !

— De mon point de vue, quand tu m'as sorti que tu voulais *vraiment vraiment vraiment* de moi, t'as pris un engagement. *Envers moi.* En plus, le jour où on s'est rencontrés, tu m'as dit que tu voulais te marier, fonder une famille.

— Ho ! Minute !

— Tu l'as *dit* ! Je t'entends encore. Tu m'as raconté que tes parents étaient morts et que tu n'avais plus de famille du tout. Et quand je t'ai demandé si ça te plairait d'avoir une grande famille ou de te sentir entouré par une communauté, t'as pris une bouille de petit garçon perdu et tu m'as répondu que l'occasion ne s'en était jamais présentée. »

Une bouille de petit garçon perdu. Sauf que c'était pas voulu comme une demande d'adoption...

« Écoute, Angie, il y a manifestement eu un monstrueux malentendu... »

Qu'est-ce que je n'avais pas dit là ! Un masque de malveillance s'est posé sur son visage.

« Il n'y a rien eu de monstrueux là-dedans, Yankee ! Tu voulais une famille, tu m'as demandée en mariage, j'ai accepté et je t'ai ramené ici. Point final. Y a pas à ergoter.

— Tu m'as drogué...

— T'étais plutôt mal en point, à Broome...

— Pas du tout...

— Si je te le *dis* ! Tellement que tu ne pouvais même pas décoller la tête de l'oreiller. Alors, je t'ai soigné comme j'ai pu. T'as fait une réaction au traitement et t'es resté dans les vapes pendant trois jours de rang. Et ça veut dire que j'ai dû me cogner toute cette putain de route jusqu'ici.

— Et notre mariage ?

— En arrivant ici, t'étais toujours crevard, mais tous les préparatifs étaient faits, alors on a décidé de respecter le calendrier.

— Bien que je sois complètement envapé ?

— Ben, ouais… »

Là, ça a été à moi de voir rouge. « Et tu t'imagines que je vais avaler ces conneries ? j'ai gueulé.

— Fais gaffe à ce que tu dis…

— Tu m'as ni plus ni moins kidnappé avant de m'épouser sans mon consentement, et maintenant t'essaies de te justifier en me sortant je ne sais quelle histoire complètement tordue, comme quoi je t'aurais demandée en mariage en langage codé. Mais tout ce que je voulais, Angie, c'était te sauter ! Tu piges ? Te faire tomber la culotte et te tringler. Rien de plus, pauvre c… »

J'ai pas pu achever. Angie m'a coupé la chique en me balançant son poing dans le nez pour la deuxième fois. Le steak de 'rou a valdingué et je me suis remis à pisser le sang. Une douleur fulgurante. Je ne savais pas que je pouvais beugler si fort. Bien qu'agitée d'une bonne tremblote, Angie a pris les choses en main. Elle avait dégoté un autre torchon et a entrepris de stopper l'hémorragie. Puis elle m'a allongé sur le lit et m'a reposé mon cataplasme de kangourou surgelé sur l'œil et le nez, avant de me coller deux aspirines et une boîte de bière tiédasse dans la main. Cela fait, elle a mis le cap sur le pick-up, a posé le saphir sur la B.O. du *Roi et Moi*, et m'a infligé ses variations sur *We Kiss in the Shadow* :

> *We kiss in the sunlight*
> *And say to the sky*
> *Behold and believe what you see,*
> *Behold how my lover loves me.*

La musique adoucit les mœurs, dit-on…. On n'a pas desserré les dents de la soirée. J'avais fait descendre mes aspirines à la bière, et j'ai surfé sur des vagues de douleur jusqu'à ce que je sombre dans les bras de Morphée.

Quand j'ai rouvert les yeux, une aube grise filtrait par les carreaux. J'avais l'impression d'avoir fait une hémiplégie faciale. Malgré mes narines colmatées par un bouchon de sang séché, mon odorat était intact. Une odeur de graillon s'évadait par le rideau de la cuisine. Angie m'avait entendu remuer. Elle est venue jusqu'à mon chevet en trois tours de valse et m'a roulé une pelle.

« Bonjour, m'amour ! a-t-elle gazouillé, les yeux brillant d'une ardeur de plaire de jeune épousée. Il se sent comment, mon seigneur et maître, ce matin ? »

Elle veut faire comme si de rien n'était. Ni engueulade, ni coups, ni contentieux. Aujourd'hui, tu entames le reste de ta vie. À Wollanup. Souris et tâche d'arriver entier au bout de cette journée… « Très bien. En superforme !

— Prêt pour le petit déjeuner, m'amour ?

— Et comment ! Qu'est-ce que tu me mijotes de bon ?

— Un steak de 'rou. »

5

Notre lune de miel s'est achevée sans un nuage. Pas un mot de travers, pas un poing brandi, pas un œil au beurre noir entre nous. Et pas une fois je n'ai suggéré d'aller faire un tour. On a fainéanté dans notre « nid d'amour », en jouant aux jeunes mariés.

Il y a tout de même eu un moment délicat. Celui où j'ai risqué, avec prudence, le mot « contraception ». Je m'attendais à ce que mon audace me coûte une incisive ou deux, mais non… À ma grande surprise, Angie est restée d'un calme souverain.

« J'ai eu mes affaires pendant que t'étais patraque, ce qui veut dire qu'on a encore une semaine de bon, avant d'avoir à prendre des précautions. Alors, tu vois, m'amour, inutile de te biler. Tu peux être tranquille. »

Getting to Know You continuait à caracoler en tête du hit-parade d'Angie et à monopoliser le plateau de l'électrophone, mais j'avais de temps en temps la permission d'interrompre Rodgers et Hammerstein pour me passer quelques tubes des années soixante. *Bus Stop, Sloop John B…* Toute mon adolescence, dans le Maine. Je ne sais pas pourquoi je m'entêtais à les écouter parce que, chaque fois, ça me collait le bourdon.

« Tu veux que je te fasse entendre un truc génial ? »

a demandé Angie, en posant un 45 tours sur le tourne-disque. Une intro à la basse, reconnaissable entre mille, a explosé dans le haut-parleur nasillard, et la voix râpeuse d'Eric Burdon s'est élevée. *We Gotta Get Outta This Place*, le vieux hit des Animals… Je n'ai pas pu m'empêcher de sourire.

« C'était un de tes morceaux préférés ? a demandé Angie, à qui ma réaction n'avait pas échappé.

— C'est bien parti pour le redevenir ! » j'ai fait, mais le sous-entendu lui a totalement échappé. Même, elle cherchait tellement à m'être agréable, qu'elle s'est mise à me le passer presque aussi souvent que ses airs favoris du *Roi et Moi*. J'avais rien contre… De ce jour, *We Gotta Get Outta This Place* est devenu ma chanson fétiche, mon hymne personnel, mon programme de tous les instants.

« À la jaffe ! »

Ces trois mots n'ont pas tardé à scander mes journées. Après nos trois plongées quotidiennes sous les draps, Angie bondissait d'une seule détente post-coïtale du lit aux fourneaux et, une heure ou deux plus tard, passait la tête à travers le rideau de perles pour me crier, d'un ton chantant : « À la ja-affe ! » Très vite, sa façon de me convier à passer à table m'est devenue presque aussi odieuse que sa cuisine délétère. Dire qu'Angie était totalement dépourvue de talents culinaires serait injuste. Elle devait se débrouiller avec les quelques denrées de base disponibles sur la place de Wollanup – dont aucune n'était fraîche, à part la viande de kangourou.

« Côté bouffe, on n'est pas gâtés à Wollanup,

m'avait-elle expliqué, le premier jour. Les œufs et le lait, on les a en poudre uniquement. Y a pas de vaches, ici, et donc ni beurre ni fromage. On n'a pas non plus de vrais légumes. Juste des carottes, des haricots, des tomates et du maïs en conserve. Si t'en as marre du 'rou, la seule chose sur quoi tu peux te rabattre, c'est le Spam ou le corned-beef. Pour les fruits, on a le choix entre l'ananas et les pruneaux au sirop. Et si tu trouves l'eau du robinet imbuvable, t'as intérêt à aimer la bière, parce que c'est tout ce qu'il y a d'autre à boire. »

Je comprenais maintenant d'où les œufs brouillés d'Angie tiraient leur arôme pure chimie et pourquoi la flotte avait ce goût de fer prononcé. Reste que ses « À la jaffe ! » présageaient en général une épreuve redoutable, vu les trésors d'imagination qu'elle déployait pour tenter de varier notre ordinaire. Elle restait des heures devant son réchaud, avant de m'annoncer avec cérémonie sa spécialité du jour.

Ça donnait : « Tu vas te régaler, m'amour : Filet de 'rou en beignet, nappé de sauce aux morceaux d'ananas glacés.

— J'en ai l'eau à la bouche ! » disais-je, en m'efforçant à l'enthousiasme.

Ou bien : « J'ai essayé une nouvelle recette, ce matin : omelette à l'espagnole…

— Qu'est-ce que tu nous as mis dedans ?

— Spam, carottes et œufs en poudre.

— Mazette ! »

Ou encore : « Comme ce soir c'est notre notre dernier dîner en amoureux, j'ai décidé de mettre les petits plats dans les grands, Rôti de corned-beef et pruneaux flambés !

— Tu me surprendras toujours ! »

« À la jaffe ! » C'est ce festival de cuisine déjantée qui a été le véritable supplice de ma lune de miel – loin devant mon œil au beurre noir et mon nez en compote. Je me cramponnais farouchement à l'espoir que, sitôt installés dans notre train-train conjugal, Angie se lasserait d'épuiser sa créativité devant les fourneaux, ou (mieux encore) qu'elle abdiquerait son cordon-bleu en ma faveur.

Loin de moi, bien sûr, l'intention de me laisser enfermer dans un emploi d'homme au foyer… Parce que, dès qu'on m'autoriserait à mettre le nez hors de ces quatre murs et que j'aurais pu voir à quoi ressemblait Wollanup, mon premier soin serait de chercher un moyen de jouer la fille de l'air à la faveur de la première nuit sans lune. Mais avant de songer à mettre le moindre projet d'évasion à exécution, j'aurais un obstacle de taille à surmonter : je n'avais plus ni argent ni passeport.

C'est le dernier jour de ma lune de miel que j'ai découvert ce détail. Depuis que j'avais repris conscience dans le lit conjugal, je vivais dans les mêmes fringues. Impossible de savoir où étaient passées mes affaires. Angie était restée très vague sur leur localisation. Tous les soirs, avant qu'on se couche, elle insistait pour laver mon T-shirt, mon short et mon caleçon de ses blanches mains, et les mettait à sécher sur le canapé en skaï. Cette lessive vespérale m'avait bien paru bizarre, mais la bizarrerie semblait être la norme à Wollanup et, plutôt que de compromettre notre fragile entente cordiale, j'avais renoncé à aborder le problème.

Du moins, jusqu'à ce dernier soir de notre lune de miel, où j'ai réussi à me tartiner « accidentellement » le giron avec la moitié de mon corned-beef aux pruneaux, amoureusement concocté par Angie – m'évitant ainsi le pensum de finir mon assiette.

« Ah ! C'est malin ! a-t-elle fait en se levant de table. Je vais te chercher quelque chose de propre.

— Mes affaires sont ici ?

— Ben, évidemment ! Où tu veux qu'elles soient ? Elles y sont depuis le premier jour ! a-t-elle rétorqué en plongeant le bras sous le lit et en exhumant la petite cantine où je rangeais mes vêtements dans le combi.

— Tu ne me l'avais pas dit.

— Tu me l'as pas demandé ! »

Elle a soulevé le couvercle. Toutes mes fringues étaient là, soigneusement pliées. Je me suis déshabillé et j'ai choisi un T-shirt et un short, tout en procédant discrètement à un rapide inventaire pour voir si rien n'avait disparu. Il y avait deux grands absents : mon passeport et ma pochette de chèques de voyage, que j'avais planqués au fond de la cantine.

« Dis voir, Angie… ça me gêne de te dire ça, mais euh… j'ai comme l'impression qu'il me manque quelques trucs.

— Ton passeport et ton argent, c'est ça ?

— Tu les as ?

— Nan… Je les ai donnés à tonton Les.

— En quel honneur ?

116

— Parce que c'est lui le banquier à Wollanup, pardi !

— Il y a une banque à Wollanup ?

— Disons… un coffre-fort, mais c'est tonton Les qui en a la clé. Alors, tu vois, t'as pas à te faire de cheveux ! À propos, tu m'avais pas dit que t'étais cousin avec les Rockefeller. Six mille cinq cents dollars U.S… Ça fait un joli paquet !

— C'est toute ma fortune.

— Eh ben, t'inquiète ! Tonton Les veille dessus. Tes dollars peuvent dormir tranquilles. Toute façon, on paie rien en argent à Wollanup.

— Vous ne… ?

— Nan. Ici, on marche au système tickets. Tu verras ça pas plus tard que demain, après le boulot.

— Parce que… je vais bosser ?

— Gussie t'avait pas dit ? Tu vas filer un coup de main à Daddy au garage. À propos, c'est là qu'il est, ton combi….

— Qu'est-ce qu'il fiche au garage ?

— Il m'a fait des petits pépins en route, mais t'en fais pas. Daddy s'en occupe.

— Il s'y connaît en mécanique ? »

Angie m'a regardé, les yeux ronds. « Papa ? C'est un dieu ! »

Au même instant, on a frappé à la porte.

« On a de la visite ! » a gazouillé Angie, en allant ouvrir. C'était Gus – dans le même jean dégueulasse coupé aux genoux, mais arborant cette fois un T-shirt « Les Rolling Stones à Altamont », qui flottait sur sa poitrine de rachitique.

« Alors, ça boume, les tourtereaux ? On se fait l'amour, pas la guerre ?

— C'est génial ! » a fait Angie, en lui tendant une boîte de lager. Pendant qu'il faisait sauter la languette, son regard a zoomé sur mon coquard et mon pif violacé.

« On dirait que t'as eu une lune de miel d'enfer, mec ! » Il s'est marré, en m'expédiant son coude dans les côtes.

« Ouais, d'enfer… j'ai fait.

— Ça a été le super-pied ! est intervenue Angie, en me cravatant d'une de ces clés au cou dont elle avait le secret.

— Ça me tue de vous casser l'ambiance, a annoncé Gus, mais ils veulent te voir, mec.

— Qui ça, "ils" ?

— Le conseil municipal, a expliqué Gus. Autrement dit, moi et les trois autres pater familias de Wollanup. On fait comme qui dirait office de comité d'accueil, ici.

— Tu vas enfin faire la connaissance de Daddy ! a pépié Angie.

— Et il lui tarde de rencontrer son gendre, je te dis que ça ! a dit Gus. Une fois les présentations officielles faites, tu vas pouvoir trinquer avec tout Wollanup, vu que c'est jour de meeting mensuel, au pub.

— Qu'est-ce que je vais pas faire comme jalouses, m'amour !

— Est-ce que tonton Les fait partie du comité d'accueil ?

118

— Je veux, mon neveu ! a fait finement Gus. Il est chef de famille…

— Parfait ! Parce que j'aurais quelques questions à lui poser sur les pratiques bancaires, dans cette ville. »

Gus a tenté de retenir un ricanement. « Je suis certain qu'il t'expliquera tout ce que tu veux savoir là-dessus. Tu y es, là ?

— Tu crois que je devrais me changer ? » j'ai demandé, pensant qu'il fallait peut-être que je soigne mon look pour affronter ma belle-famille. Mais, là encore, Gus a eu l'air de trouver ma question désopilante.

« Putain, mec ! Mais t'es carrément en smoking, par rapport aux canons de la mode d'ici ! »

Angie m'a pressé sur son cœur et, d'un ton dramatique, m'a murmuré que c'était notre première séparation depuis notre mariage. Je lui ai assuré qu'on y survivrait sûrement. Gus a ouvert la porte et m'a propulsé dehors. Je ne peux pas dire le soulagement qui m'a envahi. Ma lune de fiel était finie. Je n'étais plus consigné dans mes quartiers.

Il était pas loin de six heures du soir – l'heure où, dans le désert, le soleil vire au brun caramel, comme une noix de beurre jetée dans une poêle trop chaude. J'ai pompé une pleine poumonnée d'air. J'ai aussitôt regretté mon impétuosité. J'avais oublié la montagne d'immondices qui, à quelques centaines de mètres, émergeait des toits de Wollanup centre.

« Ça fouette, hein ? m'a fait Gus, tandis que je m'étranglais, comme un tubard au dernier stade de l'hémoptysie.

« — Comment vous faites pour supporter ça ?

— Tu t'y feras, va… D'ailleurs, tout ça va cramer d'ici une semaine. Tous les trois mois, rituellement, on transforme le tas d'ordures en feu de joie et on en profite pour s'offrir un barbecue monstre.

— Vous n'avez jamais envisagé de les enfouir, vos déchets, au lieu de les laisser s'accumuler comme ça ?

— La terre est trop dure. En plus, comme tu vois, on est très très entourés par Mère Nature, ici. »

J'ai regardé au bout de l'index que Gus pointait et mon moralomètre a chuté à zéro. Wollanup n'était pas simplement « entouré » par le relief. Ce patelin en était tout bonnement prisonnier. Otage d'un paysage sadique.

Une vallée aride, profonde comme une entaille, cernée de falaises rouge sang, dont le schiste se délitait. Ces remparts naturels écrasaient la vallée, telles les murailles cyclopéennes d'un fort préhistorique. Du haut de ces à-pics d'une bonne centaine de mètres, on devait se dire : « Cette fois, je l'ai vu, l'endroit le plus déshérité de la planète. » Un puits sans fond, écrasé de soleil. Un gouffre sans issue. Mais, planté au centre de ce gouffre, les yeux fixés sur ces murailles sanglantes, on se sentait nargué par leur présence écrasante. Comme si des divinités chtoniennes vous susurraient : « Essaie un peu de te sortir de ce cul-de-basse-fosse, Ducon… »

Mon choc a dû être palpable – celui du détenu qui, au terme d'un voyage au bout de la nuit, découvre toute la réalité de sa prison haute sécurité. Dans le rôle du maton, Gus a jaugé en silence mon degré de consternation, tandis que je prenais la mesure de cet univers carcéral. Je le sentais lire comme à livre ouvert les pensées paniquées qui se bousculaient dans ma tête. Suivre mes yeux qui exploraient frénétiquement le paysage, en quête d'une possible porte vers la liberté. Accompagner mon regard le long du chemin de terre qui coupait la ville en deux – et de la piste qui serpentait vers le haut de la falaise, à l'autre bout de Wollanup. Écouter la petite voix intérieure qui me murmurait : « C'est par là qu'on sort de ce trou. »

Il savait par quoi je passais. Au point que quand il m'a lancé : « En route ! », ça a été d'une voix douce, presque compatissante. Comme pour me préparer aux chocs qui m'attendaient encore.

Des quelques nanosecondes de conscience dont j'avais bénéficié en émergeant, aveuglé, de mon poulailler et juste avant de m'effondrer dans les bras d'Angie, j'avais gardé l'image d'un agrégat de bicoques faites de bric et de broc – une espèce de communauté de robinsons du désert. Mais rien n'aurait pu me préparer à la sordide réalité de Wollanup. A l'abomination que c'était.

Rien que la « rue »… Une langue de latérite – un parcours du combattant, truffé d'ornières et de nids-de-poule. Des crottes de chien comme s'il en poussait. Et partout, des épaves de la société industrielle. (À Wollanup, tout ce qui était trop gros ou trop lourd pour être balancé sur le tas d'ordures restait à se décomposer le long de la rue.) Ça allait du frigo sans porte au fauteuil défoncé, décoré de chiures d'oiseaux, en passant par le sac de ciment éventré, la cuvette de chiottes, les carcasses de voitures désossées et les pièces détachées bouffées de rouille, et même – incroyable mais *vrai* ! – une bonne demi-douzaine de têtes de kangourous, à divers stades de décomposition. Toutes avaient l'air d'avoir été rongées par les meutes de chiens qui rôdaient autour des maisons – des cabots faméliques aux yeux fous, la bave aux lèvres, qui aboyaient et grondaient en se disputant des lambeaux de barbaque.

Notre nid d'amour était la dernière maison de la « rue ». Au-delà, la « chaussée » se perdait dans la terre caillouteuse qui tapissait le fond plat de la vallée et, à trois kilomètres de là environ, la plaque de latérite butait contre les falaises qui servaient d'écrin à cette riante bourgade. En face de chez nous, de l'autre côté de la « rue », s'élevaient trois cabanes en chantier. Mais Angie et moi devions être logés en grande banlieue, car la majorité des maisons de Wollanup était groupée en carré, à trois cents mètres de là. Toutes affichaient le style « L.M. », comme dans H.L.M., sans vraiment en mériter le « H » : cloisons en plaques d'agglo – léger – sans même une couche de badigeon, toit de tôle, véranda étroite en planches à peine rabotées, et cabinets en parpaings au fond de la cour. Le look bidonville. Époque primitif appalachien.

Passé ces bicoques, on entrait dans le « quartier des affaires » de Wollanup. L'école – un hangar ouvert à tous les vents, abritant une douzaine de pupitres et un tableau noir. La centrale électrique – un blockhaus de béton, jouxtant le tas d'ordures. Le grand magasin – une espèce de méga-conteneur en tôle d'aluminium. Le plus vaste édifice du centre-ville était du même métal : un entrepôt, tout en longueur, sur lequel était apposée une enseigne, peinte à la main par un amateur débutant, où on lisait : Boucheries Réunies de Wollanup.

Et puis, il y avait le pub. À l'étalon de Wollanup, c'était un monument historique, Et, avec son étage, l'unique gratte-ciel de la ville. Des murs de planches, passés à la chaux, un toit d'ardoise, un porche supporté par deux colonnes de fonte ouvragée, pour l'extérieur. À l'intérieur, un comptoir de bois poli en fer à cheval, derrière lequel s'alignaient des glacières intégrée Deux publicités lumineuses rétro pour des marques de bière et une tête de kangourou naturalisée se partageaient un des murs avec un drapeau australien, accroché tête en bas. Un escalier branlant menait à la Direction : une petite pièce exiguë, qu'occupaient un bureau métallique, une chaise en alu, une armoire de fer, un coffre blindé, et trois malabars qui m'attendaient pour me serrer la pince – le comité d'accueil.

« Eh ben, le voilà, ce sacré Yankee ! a jeté Gus, comme on s'encadrait dans la porte. Tout frais émoulu de sa lune de miel. Angie lui a gentiment arrangé le pif et les mirettes, non ? »

Le trio est resté de marbre. Ils avaient l'air d'avoisiner la cinquantaine, comme Gus. Mais à la différence du tonton, ils devaient être croisés Néandertal – trois gorilles de plus de trois cents livres, et à côté desquels, malgré mon mètre quatre-vingt-deux, je me sentais lilliputien.

« Lui, là, c'est Robbo », a fait Gus, en désignant un gars avec des battoirs de kangourou poids lourd, et une

verrue, hérissée d'un poireau, au milieu de son front bas.
« C'est lui le P.-D.G. des Boucheries de Wollanup. »

Robbo a poussé un vague grognement.

« Et voilà Les… » (Quatre crocs se battant en duel
dans la bouche, le nez bourgeonnant du pochard invé-
téré, une trogne pire qu'un terrain de culture intensive
de pénicilline…) « Il tient le magasin et c'est aussi
notre grand argentier.

— 'Jour ! a fait Les, d'une voix neutre.

— Et enfin, je te présente ton beau-père. Daddy… »

Beau-papa devait frôler le mètre quatre-vingt-quinze.
Et que du muscle. Il portait un bleu de mécano, et rien
dessous. Un chou-fleur irradié greffé sur les épaules.
Des bras comme des troncs d'arbre. Deux yeux noirs
impénétrables. Et une poigne qui m'a laissé en mal de
physiothérapie.

« Alors, c'est toi, l'enfant de salaud ! » a-t-il articulé.

J'ai esquissé un pâle sourire, et suis resté coi, attendant de voir où cette entrée en matière allait nous
mener.

« T'as avalé ta langue, mon gars ?

— Non… monsieur.

— Alors, réponds quand on te pose une question !

— Quelle question ?

— "C'est toi l'enfant de salaud qui a niqué ma fille
à Broome ?"… *Cette* question !

— Ben, euh… Je crois, oui…

— Comment ça, tu crois ! ? Tu ne sais pas si tu l'as
niquée ou non ? »

Les choses semblaient mal s'emmancher…

« Si ! Je le sais !

124

— C'est un bon coup, ma petite princesse ?

— Je vous en prie, monsieur !

— Quoi donc ?

— Nous sommes... mariés à présent.

— Un peu que vous l'êtes ! Même que je peux te le raconter, ton mariage – chose que tu serais bien en peine de faire, hein ! »

Hurlements de rire de la bande des quatre.

« Ma princesse m'a dit que t'es journaleux, a repris beau-papa.

— C'est exact.

— Rien à foutre d'un journaleux, à Wollanup. Y a pas de journal, ici. D'ailleurs, y a pas non plus grand monde qui sache lire. »

Nouvelle rafale de rires gras. Les primates avaient l'air de bien s'amuser.

« À côté de ça, ma princesse prétend que t'as des notions de mécanique. C'est vrai ?

— C'est pas faux... Aux États-Unis, j'ai toujours assuré moi-même l'entretien de ma bagnole, et j'ai entièrement révisé le combi que j'ai acheté en arrivant ici.

— Tu l'as payée combien, ta chiotte ?

— Deux mille cinq cents dollars. »

Exclamations d'incrédulité, dégénérant en gros rires.

« Vingt-cinq billets de cent pour ce tas de boue ? a fait Daddy, en branlant du chou-fleur. Tu t'es fait arnaquer !

— Il m'a pourtant amené de Darwin jusqu'ici, ce tas de boue !

125

— Peut-être bien, mais à l'heure qu'il est, il serait infoutu de faire un tour de roue. Le carbu est mort et deux soupapes ont claboté. Mais à part ça, il est impec'. Cela dit tu vas pouvoir t'atteler aux réparations demain, à la première heure. Ma princesse m'a demandé de te trouver de l'occupation dans mon garage. Apparemment, elle a décidé que t'étais un peu trop chochotte pour faire ce qu'elle se cogne, elle, tous les jours.

— Et... c'est quoi ?

— Tu veux dire qu'elle t'a rien dit ? Et que tu le lui as pas demandé ? Qu'est-ce que vous avez foutu, alors, tous les deux, pendant ces trois jours ? »

Les rires ont suivi au quart de tour.

« Comme tout le monde à Wollanup, ma princesse bosse aux Boucheries Réunies. C'est notre seule industrie. Notre unique source de revenus. C'est ce qui fait vivre cette ville.

— Faut la voir manier le couperet, ta légitime ! est intervenu Robbo. Je serais toi, je ferais gaffe... »

J'étais le roi du gag pour ces mecs : un rire à la minute...

« T'as déjà dépecé un 'rou, petit ? a demandé Robbo.

— Ma foi, non...

— Si tu veux t'instruire, passe à l'abattoir. Parce qu'on fait pas autre chose à longueur de journée : transformer des 'rous en pâtée pour les chiens. C'est le pied.

— J'ai pas l'impression que ce soit ta façon favorite de prendre ton pied, Pisse-copie... a fait beau-papa. J'ai même carrément l'intuition que tout ça ne te semble

126

que moyennement réjouissant, mon gars. Je me trompe ? »

J'ai préféré me taire.

« Alors, t'as ravalé ta langue, Pisse-copie ? Ou est-ce que t'es tellement ravi d'être parmi nous que le bonheur te rend muet ?

— Non… j'ai coassé. Je suis loin d'être ravi. »

Beau-papa m'a décoché un sourire mauvais.

« Enfin honnête ! Eh ben, ça me fend le cœur de te savoir… euh…. contrarié. Mais je n'ai qu'une réponse à te faire, mec : ta contrariété, tu peux te la foutre au cul ! T'as sauté ma princesse, tu te l'es refaite et tu as continué à te l'envoyer, alors, maintenant, faut assumer. Comme t'as dû t'en rendre compte, ma princesse ne badine pas avec ce genre de chose. Ce qui veut dire que moi non plus. Personnellement, j'avoue que je vois pas bien ce qu'elle peut trouver à un petit branleur de ton acabit, mais bon… Tu l'as demandée en mariage, elle a accepté et maintenant…

— Je ne l'ai *jamais* demandée en mariage ! » j'ai lâché, sans réfléchir.

Erreur fatale. Beau-papa s'est tourné vers ses trois acolytes, a secoué la tête, l'air excédé, et s'est retourné vers moi, avec un regard meurtrier.

« T'as pas dit ça, si ?

— Non, j'ai soufflé, d'une voix étranglée. J'ai pas dit ça.

— Plus fort, j'entends pas.

— J'ai Pas Dit Ça !

— Tu lui as demandé sa main et elle a accepté. C'est bien comme ça que ça s'est passé ? »

J'ai eu une seconde d'hésitation.

« Oui ou non ? il m'a beuglé dans les oreilles.

— Oui, absolument.

— À la bonne heure ! Parce que, si c'était pas le cas, tu insinuerais que ma petite princesse est une menteuse. Ce qu'elle n'est pas, bien entendu, 'pas ?

— Bien entendu....

— C'est toi, le menteur.

— C'est moi.

— Parfait ! J'ai l'impression qu'on commence à s'entendre, nous deux. Tu trouves pas ?

— Moi aussi, je trouve.

— Alors, écoute soigneusement ce que je vais te dire, mec. Il y a trois choses qu'il faut que tu t'entres dans le crâne, à propos de Wollanup. Primo : comme ma princesse a déjà dû te le dire, la population de la ville est constituée de quatre familles, et tu as devant toi les chefs de ces quatre familles. Ici, il n'y a aucun représentant de l'ordre. On n'a ni flics, ni tribunal, et on n'a pas davantage de juges ou d'avocats. Ici, c'est nous quatre qui prenons les décisions. Nous quatre qui faisons les lois. Et nous quatre qui punissons les fouteurs de merde.

« Deuzio : pour ta gouverne, sache que la ville la plus proche est à seize heures de route d'ici. Ou plutôt "de piste", pour être exact... Autrement dit, on est tellement loin de tout qu'on pourrait aussi bien ne pas exister. D'ailleurs, pour ces putains d'enfoirés de Perth ou de Canberra, on n'a aucune espèce d'existence. Wollanup ne figure sur aucune carte.

« Enfin, troisio : il faut que tu saches qu'à Wollanup,

on ne voit pas d'un très bon œil les mecs qui plaquent leur femme. Alors essaie de te défiler et on te niquera ton service trois pièces. Très lentement. Des questions ? »

J'avais l'impression d'avoir pris un coup de poing dans le plexus. Mon souhait le plus cher était de me recroqueviller dans un coin noir, la tête dans les bras, et de prétendre que rien de tout cela n'avait la moindre réalité. Beau-papa n'a pas apprécié que je reste muet.

« J'aime pas me répéter. Alors, des questions… ? »

Je me suis mordu les lèvres si fort que mes yeux ont commencé à larmoyer. J'étais coincé. Piégé. Fait comme un rat. Foutu.

« Non, m'sieur ! ai-je dit à travers mes larmes. Pas de questions.

— Je crois que notre petit Yankee a du vague à l'âme, Daddy, est intervenu Les. Il a quasiment la larme à l'œil !

— Si c'est pas une honte, à son âge » a modulé beau-papa.

Et les trois connards de s'esclaffer bruyamment.

« T'avais pas une question à poser à Les ? a glissé Gus. A propos des… (har ! har ! har !)… pratiques bancaires à Wollanup ? »

Les était tout sourire. « Tu t'inquiètes pour ton blé, le Yank ? »

J'ai fait « oui » de la tête.

Il s'est agenouillé devant le coffre et a tripoté le cadran. La porte s'est ouverte. « Tout est là », a-t-il fait, en jetant sur le bureau ma liasse de travellers. « J'ai aussi ton passeport, au cas où tu te demanderais » Il l'a ouvert à la première page. « *Le Ministre des*

*Affaires étrangères des ÉtatsUnis d'Amérique demande
à tous ceux qui sont habilités de faciliter la libre circulation du porteur et de lui apporter toute l'assistance
et la protection légale dont il pourrait avoir besoin* »,
a-t-il ânonné, avant de me le faire claquer au ras des
narines. « J'ai pas l'impression que les States ont établi
des relations diplomatiques avec Wollanup. Qu'est-ce
que t'en dis, Gus ?

— Pas à ma connaissance...

— Dommage pour toi, Yankee ! On dirait que ce
baratin à propos de "la libre circulation du porteur" n'a
pas cours à Wollanup, a craché Les, en me lançant mon
passeport à la figure. Tu peux le garder, si ty tiens.
Toute façon, y a peu de chances que tu t'en resserves.
Et pendant que tu y es, compte donc tes fafiots.

— C'est pas la peine.

— Compte-les ! a aboyé Les. J'insiste ! »

J'ai fait ce qu'il demandait, assis derrière le bureau
métallique. Ça m'a pris plusieurs minutes pour éplucher les soixante-cinq coupures de cent dollars déli-
vrées par l'American Express. Elles étaient toutes là,
au grand complet.

« Alors, satisfait ? a demandé Les.

— Oui.

— Parfait ! Eh ben, maintenant, voilà de quoi écrire,
a-t-il ajouté, en me balançant un bic tout mâchonné. Au
boulot !

— Pour quoi faire ?

— Pour signer les chèques, quoi d'autre ?

— Mais j'ai pas besoin de les encaisser !

130

— C'est pas toi qui vas les encaisser, Yankee. Toi, tu te contentes de les signer.

— Pour qui ?

— Nous…

— C'est une plaisanterie

— On a l'air de plaisanter ? a demandé Les.

— Mais… il est à moi, cet argent !

— Plus maintenant. À Wollanup, la propriété privée n'existe pas. Personne n'a d'argent à lui. Personne n'en a sur lui. Et quiconque s'intègre à la communauté est tenu de renoncer à son pognon et à ses possessions personnelles au profit des finances de la municipalité. À partir de maintenant, ton combi est à nous. Idem pour ton fric. Mais comme on est bons princes, on t'autorise à garder tes fringues.

— Je ne signerai pas.

— Oh, que si !

— Pas question ! Allez vous faire foutre. C'est non ! »

J'entendais ma voix trembler. Il y a eu un silence impressionnant. Puis, comme un seul homme, le conseil municipal de Wollanup s'est mis à hennir de rire.

« Il en a plein les couilles, ce mec ! Le Niagara, c'est rien à côté », a fait Daddy, en m'envoyant une chiquenaude sur le nez.

Ses doigts m'avaient à peine effleuré, mais il m'avait ajusté un coup si vicelard, en plein sur mon cartilage déjà endolori, que j'ai eu l'impression qu'on m'enfonçait un clou en pleine tronche. J'avais pas fini de beugler que beau-papa s'est accroupi à côté de ma chaise pour m'expliquer, calme et rationnel, pourquoi je ferais mieux de les lui signer, ces chèques.

« T'aurais tort de t'entêter. Parce que, tu vois, ta situation est comme qui dirait désespérée. Si tu refuses, on va être obligés d'employer la manière forte. Et tu risques de souffrir. Beaucoup. Plus que t'as jamais morflé de toute ton existence. Et si tu persistes à faire ta tête de mule, on sera contraints de devenir vraiment méchants. Et de te démolir les deux rotules. Ou de demander à ce bon vieux Gus de te sectionner le tendon d'Achille. Et une fois que t'auras subi tout ça, tu seras quand même le dindon de la farce, parce que tu finiras *forcément* par les signer, ces chèques. Alors, mon gendre, tu crois pas que tu ferais mieux de t'épargner toutes ces petites misères ? »

Ces six mille cinq cents dollars, je les avais épargnés à coup de cent dollars par mois, prélevés sur mes maigres appointements de journaliste, parce qu'une fois déduits les impôts, les taxes, le loyer et la bouffe, c'était tout ce que je pouvais mettre de côté. Ils représentaient cinq ans et demi d'économies draconiennes. Cinq ans et demi de ma vie, à me serrer la ceinture. C'était tout ce que j'avais sous le soleil. Sans ce fric, j'étais réduit à l'indigence. Si je m'y cramponnais, je mourrais riche.

J'ai arraché le bic des doigts boudinés de Daddy et j'ai signé. Quand j'en ai eu terminé, j'ai poussé la pile de chèques à l'autre extrémité du bureau et j'ai détourné la tête. Ça me faisait mal au bide de regarder Les les examiner un à un, pour s'assurer que je les avais bien tous contresignés, Cela fait, il a recollé mes fonds détournés dans son coffre, qu'il a refermé avec des bruits de geôlier. Il m'a tapé dans le dos, amical en diable.

« Bravo, mec ! a-t-il lancé, débordant de fausse bonhomie. Et après ça, j'ai comme l'impression qu'on pourrait offrir une petite mousse à ce Yank, qu'est-ce que vous en dites ?

— J'en dis qu'on a une réunion du conseil municipal à tenir », a jeté Daddy en quittant la pièce. Robbo et Les ont disparu dans son sillage. Gus a attendu que leurs pas s'éloignent dans l'escalier avant de se tourner vers moi.

« T'as fait le bon choix, mec. Crois-moi, t'as sagement agi en optant pour la manière douce.

— Parce que pour toi, c'est la manière douce ?

— Les choses vont s'arranger…

— Ben tiens !

— Tu finiras par t'adapter.

— Et mon cul…

— Tu vas le faire, parce que t'es *forcé*. T'as pas le choix. Et Daddy… »

Je lui ai coupé la chique : « Qu'est-ce que c'est que cette manie de merde que vous avez tous de l'appeler "Daddy" ? Il a bien un nom, comme tout le monde, non ?

— Ben, ouais : Daddy.

— En quel honneur ? C'est la version Wollanup de Jim Jones ou de ce taré de Charles Manson ?

— Gaffe, mec ! Fais gaffe à ce que tu dis. »

La basse de Robbo monta du rez-de-chaussée : « Daddy veut voir le Yank en bas, et tout de suite !

133

— Les désirs de Daddy sont des ordres », a fait Gus, en me propulsant vers la porte. Sa main m'a serré le coude. « Un dernier conseil, mon pote. Surveille ta grande gueule, si tu tiens à tes dents… »

En bas, ils m'attendaient. Tous les habitants de Wollanup au grand complet. Cinquante-trois âmes, entassées autour de quatre tables. Quatre tables, quatre groupes, quatre familles… À l'exception des quatre patriarches et de leurs légitimes, personne dans la pièce n'avait plus de vingt-cinq ans. Et une bonne moitié de la population de Wollanup en avait moins de dix. La couvée de Gus était facilement repérable. Sa femme et ses huit moutards faisaient penser à une tribu de Californiqués mal lavés, tout droit sortis de leur caverne écolo à l'enseigne de « La Vie Alternative ». Robbo et Les avaient chacun engendré dix gamins. Leurs épouses respectives avaient une ligne de sumotoris femelles, et leur descendance semblait bien partie pour faire avancer la cause des obèses.

Et puis, il y avait ma belle-famille.

« Coucou, m'amour ! » a piaillé Angie, en me sautant au cou et en me régalant d'un baiser baveux sous les yeux du Tout-Wollanup. J'ai eu le sourire modeste du Jeune Marié Extatique, qu'elle voulait que je sois.

« Daddy m'a dit que vous vous étiez entendus comme cul et chemise, tous les deux !

— S'il le dit… »

Elle s'est tournée vers le clan familial et a fait les présentations. « Eh ben, le voilà ! Avouez qu'il a meilleure allure que la dernière fois que vous l'avez vu.

— J'aurais pas dû le tirer de ce poulailler, a

marmonné Daddy, avant de passer derrière le comptoir.

— Toujours le mot pour rire, Daddy !

— Qu'est-ce qui est arrivé à son œil et à son nez ? s'est enquise une femme maigre et revêche – quarante printemps bien carillonnés, le cheveu blondasse veiné de gris, une clope roulée main parquée au coin de la commissure droite.

— Des petits témoignages d'amour, a fait Angie. M'amour, je te présente manman. Gladys…

— Enchanté, m'dame », j'ai fait.

Gladys a ignoré ma main tendue. « Tu t'es collé dans une foutue mélasse, pas vrai, Yankee ?

— Voyons, manman…

— Quoi, voyons ? Regarde-moi c'te fleur de nave… Je t'avais pourtant recommandé de pas ramasser un étranger. De te trouver un gars du cru, un bon gros cul-terreux qui s'adapterait ici. Et qu'est-ce que tu nous ramènes ? Un petit branleur de Yank, qui sait même rien foutre.

— Qui sait rien foutre, c'est toi qui le dis ! a fait Angie, hissant l'étendard de la révolte.

— Toute façon, t'écoutes jamais les conseils qu'on te donne. Quand tu t'es mis une connerie en tête, y a pas moyen de t'en faire démordre.

— C'est toi qui dis que des conneries…

— C'est ça… Mademoiselle, Je-Sais-Tout ! La petite princesse à son papa…

— Daddy ! a piaulé ma moitié.

— Ça va comme ça, vous deux, écrasez ! a fait

beau-papa. Angie, finis de faire les présentations, qu'on puisse ouvrir la séance. »

Ravalant sa colère, Angie m'a débité les noms de ses frères et sœurs. La benjamine était une gamine de trois ans, prénommée Sandy. Au-dessus s'échelonnaient quatre pisseuses d'âges variés, et une paire de jumeaux de dix-huit ans, Tom et Rock, qui me gratifièrent d'un signe de tête sans enthousiasme. Et puis, il y avait l'aînée. Krystal. Vingt-trois ans. Blonde comme Cérès. Grande et bien découplée, mais sans le côté mastoc d'Angie ou sa dangereuse affabilité. Pas trace, sur son visage, du hâle de rudesse qui caractérisait le faciès de la plupart des Wollanupiens. Il y avait même en elle une certaine distinction. Elle avait des yeux immenses, verts, avec une touche d'angoisse. Elle n'avait pas l'air à sa place au milieu de ce zoo.

« Krystal, c'est l'intello de la famille, a fait Angie. Et elle en a dans la caboche, notre instit', pas vrai, Krys ?

— Vous êtes institutrice ? » j'ai demandé.

Krystal a détourné les yeux et a fixé un coin de lino. « Oui. C'est moi qui fais la classe, ici.

— Avec qui ?

— Personne. Je représente tout le corps enseignant de Wollanup.

— Faut dire qu'on est tous plus cancres les uns que les autres, a claironné Angie, déclenchant les rire de tous les scolarisables présents.

— Ma sœur m'a dit que vous êtes journaliste.

— Je l'étais…

— Vous pourriez peut-être venir expliquer aux

136

enfants ce qu'est le métier de journaliste, un de ces jours ? Leur parler des États-Unis, de l'organisation de la presse là-bas et…

— Pas question ! a aboyé beau-papa. Le Yank va bosser avec moi au garage.

— Enfin, Daddy… Ce serait l'affaire d'une heure, alors, exceptionnellement, tu pourrais peut-être…

— Sa place est au garage. Point. »

Il y a eu un silence pénible, puis Krystal a haussé les épaules, l'air excédé, et m'a murmuré :

« Désolée…

— Y a pas de quoi, j'ai répondu, avant de me jeter à l'eau et d'ajouter : À propos, j'ai appris pour votre mari… Toutes mes condoléances… »

L'espace d'un instant, elle est restée le souffle coupé, comme si je l'avais giflée, mais elle s'est reprise et est retournée s'asseoir, avec un « Merci » très digne.

« Bon ! a fait Daddy. Et maintenant, je déclare ouverte la réunion du conseil municipal. Qui veut la parole »

Les quatre pater familias, juchés sur des tabourets de bar, trônaient devant le comptoir. On aurait dit les juges suprêmes du tribunal des taulards de Sing Sing. C'est d'ailleurs ce à quoi le meeting n'a pas tardé à tourner : un forum où vider ses querelles personnelles, réclamer l'amélioration de l'ordinaire, exiger que justice soit faite ou crier merci. La démocratie directe en œuvre – du moins pour autant que l'on acceptait la mentalité « *l'État, c'est nous* » de Daddy et de ses trois Stooges.

137

Le premier à exposer ses griefs a été Rock, un des frères jumeaux d'Angie.

« Ras le cul des pruneaux et de l'ananas en boîte, comme dessert ! Ça me fait péter comme un âne. Et je pense aussi que la plupart des mômes sont d'accord avec moi qu'il devrait y avoir des bonbecs, à la boutique. Du chocolat au lait, tout ça, quoi… »

Les – coiffé de sa casquette d'épicier – a bloqué l'attaque. Acheter des confiseries ou du chocolat fin pour autant de morfales était au-dessus des moyens de Wollanup mais, à l'avenir, il tâcherait d'avoir plus de chocolat à cuire en stock.

« C'est de la merde, ce chocolat ! a tenté d'objecter Rock.

— Peut-être bien, mais c'est ça ou rien, a tranché Les. Y a pas moyen d'avoir autre chose. »

Une des gamines de Robbo a levé le doigt pour demander si, au moins, Les pourrait envisager de mettre un peu de variété dans ses fruits au sirop.

« Il est pas impossible que mon grossiste puisse m'avoir des cerises dénoyautées. Je lui en toucherai un mot la prochaine fois que j'irai au ravito.

— C'est bon, les cerises ? a demandé la gosse.

— Extra ! » lui a assuré Les. (Pauvre gosse, j'ai pensé. Et elle n'est peut-être pas la seule, à Wollanup, à croire qu'il n'existe que deux sortes de fruits sur terre, et qu'elles poussent toutes les deux en boîte.)

Les plaintes des consommateurs de Wollanup ont occupé la majeure partie de la réunion. Gladys – belle-maman – a râlé qu'elle s'était fait refiler deux paquets de tabac éventé, la semaine précédente, et a déposé une

138

réclamation (hebdomadaire, comme je l'ai découvert par la suite) pour disposer de vraies cigarettes, « des toutes faites » (une exigence régulièrement ignorée par Les). Greg, l'aîné de Robbo, a demandé si la ration mensuelle de rasoirs ne pourrait pas passer à quatre ; dans la foulée, sa femme, Carey, a réclamé des serviettes périodiques plus absorbantes – ce qui a fait glousser toute la marmaille, jusqu'à ce que Daddy pousse un « Vos gueules ! » retentissant.

À les écouter égrener leurs récriminations, j'ai soudain mesuré le rôle central que Les jouait dans la vie de Wollanup. Toutes les relations avec le monde extérieur se faisaient par son canal. Et c'était lui qui assurait la circulation des biens de consommation. J'ai illico noté dans un coin de ma tête que je ferais bien de m'intéresser au quand et au comment de ses expéditions « ravito ».

« Quelqu'un a autre chose à dire ? » a demandé Daddy.

Gus avait une annonce à faire comme prévu, le feu de joie-cum-barbecue aurait lieu le dernier samedi du mois. Est-ce que tout le monde pouvait faire preuve d'un peu de civisme et coller les têtes de kangourous qui traînaient dans la rue sur le tas d'ordures, avant le coucher de soleil du jour J, dernière limite ? Ensuite, Robbo a pris la parole pour rappeler à tous les présents que la Journée Annuelle des Chiens se tiendrait sous quinze jours – façon pudique de dire qu'à cette date, chaque famille devrait en liquider cinq, pour empêcher la population canine de Wollanup de proliférer.

« Et je veux pas voir de clebs en train de pourrir

dans tous les coins, comme l'an dernier ! a ajouté Robbo. Ils vont droit aux ordures, vu ?

— Bien ! a fait Daddy. Passons au point suivant de l'ordre du jour. Charlie et Léa. ! Approchez, vous deux, et que ça saute ! »

Deux adolescents boutonneux, dans les seize ans, se sont levés et ont avancé vers le comptoir, en échangeant des regards angoissés.

« Alors, vous croyiez qu'on était pas au courant ? a demandé Daddy, d'une voix calme. Vous vous imaginiez qu'on se rendrait compte de rien ? »

Léa s'était mise à pleurnicher et Charlie lui a pris la main.

« Lâche-la, t'entends ? » a gueulé Daddy. Léa a fondu en larmes. Charlie, lui, avait l'air d'avoir du mou dans le genou.

« Robbo, Mavis ! Il est à vous, ce corniaud. Qu'est-ce que vous suggérez qu'on fasse ?

— Qu'on lui donne une leçon, a fait Robbo. Une qu'il oubliera pas de si tôt.

— Tom, Rock ! Amenez-vous et tenez-le bien », a dit Daddy.

Les jumeaux se sont réparti les bras de Charlie pendant que Daddy descendait de son tabouret de bar. Il a fait craquer ses jointures une à une, avant de se tourner vers l'assistance. « Ouvrez bien vos mirettes, tous autant que vous êtes, et prenez-en de la graine. Voilà ce qui arrive aux petits merdeux qui respectent pas la loi. »

Sur ce, il a pivoté et, dans le mouvement, a expédié son poing dans l'œil de Charlie. Un coup à assommer un bœuf. Daddy y était allé de tout son poids, pour faire le maximum de dégâts et causer le maximum de douleur. Léa s'était mise à bramer. Ça n'a eu aucun effet sur Daddy. Il a juste marqué une pause, histoire de bien prendre son souffle, puis s'est ramassé sur lui-même. Un deuxième exocet a explosé la tronche de Charlie. Puis un troisième. Et un quatrième. Après, j'ai cessé de compter…

Angie, assise à côté de moi, m'avait pris la main et la serrait à la broyer. Moi, c'était plus que je n'en pouvais supporter. J'ai détourné les yeux. Ceux de Krystal étaient fixés sur moi, comme des lasers. À peine a-t-elle croisé mon regard qu'elle a piqué du nez, décomposée. Pendant ce temps, les coups continuaient à pleuvoir…

Quatre impacts plus tard, Daddy a paru s'essouffler. « Allez, emmenez-le d'ici et aidez-le à se refaire une beauté », a-t-il ordonné aux jumeaux – encore qu'il fût évident qu'après une telle dégelée, il faudrait des mois à Charlie pour simplement retrouver figure humaine.

Comme Tom et Rock sortaient le pauvre gosse, Mavis sur leurs talons, Daddy s'est envoyé deux lampées de bière pour se remettre.

« Alors ? il a fait, bonhomme comme pas un, quelqu'un a quelque chose d'autre à dire avant qu'on lève la séance ? »

La main d'Angie s'est dressée.

« Oui, ma princesse ? a demandé Daddy, la face fendue du sourire qu'il réservait à sa fifille adorée.

— J'ai une nouvelle à vous annoncer, a minaudé Angie, avec des grâces d'ingénue. Une *grande* nouvelle...

— Accouche ! a fait Daddy.

— Je suis enceinte. »

6

« Tu m'as menti !

— Quelle vieille vache, ma mère ! a glapi Angie.

— Tu m'avais dit qu'il n'y avait aucun risque.

— Toujours à m'engueuler, toujours à me rabaisser. Elle me gonfle !

— Tu m'as assuré qu'on n'avait aucun souci à se faire.

— Une sale conne, voilà ce qu'elle est. Une putain de salope de vieille conne de merde.

— T'as pas été réglo avec moi !

— Sauf que maintenant que je suis enceinte, elle va être obligée de mettre la pédale douce…

— Tu m'as mené en bateau, exprès. T'as idée de ce que t'as fait, bordel ? Tu sais dans quel merdier tu nous a foutus ? »

Je vociférais. Elle a souri.

« Ouais, je sais.

— Tu m'as possédé jusqu'au trognon.

— Tu t'es laissé avoir, nuance !

— Si j'avais su qu'il y avait le moindre risque, j'aurais fait attention…

— Mais j'ai jamais dit que c'était complètement sans risque à cent pour cent ! Je t'ai juste dit de pas te biler. *Tu* as décidé, tout seul, de courir le risque. Toute

143

façon, tu ne t'es inquiété de savoir si je prenais mes précautions qu'après m'avoir sautée un certain nombre de fois !

— Mais pourquoi m'avoir raconté que tu avais eu tes règles pendant que j'étais dans ce foutu poulailler, bordel ?

— Je voulais pas te gâcher ta lune de miel…

— M'enfin, ça porte un nom, ça, Angie ! C'est du mensonge pur et simple ! »

J'ai eu droit à un autre sourire de gamine innocente.

« Ben, ouais, en un sens…

— Nom de Dieu de merde !

— Ça sert à rien de te foutre dans des états pareils, Nicky. T'y peux plus rien, maintenant. C'est fait, c'est fait ! D'ailleurs… » Elle m'a plaqué sur le lit, à califourchon sur moi, au grand dam de mes côtes. « … t'es pas heureux ? »

C'était pas une question. C'était une menace.

— Je suis aux anges.

— J'aime mieux ça… Parce que, vu comment tu parlais, là, on aurait dit que la nouvelle te faisait pas vraiment plaisir.

— Je suis un peu… surpris, c'est tout.

— Qu'est-ce que tu penses de Sonny, si c'est un garçon, et de Cher, si c'est une fille ? »

(Je pense surtout que je vais faire l'impossible pour me trouver à quinze mille bornes d'ici quand ce marmot poussera son premier vagissement, voilà ce que je pense !)

« Ça sonne bien, comme prénoms ! j'ai soufflé.

144

— T'as vu Daddy ? Il avait l'air vachement content, non ? Son premier petit-enfant, tout ça... »

En fait, Daddy avait sauté sur l'occasion pour s'offrir une cuite. Monstrueuse. Angie n'avait pas plus tôt fait son annonce fracassante, qu'il déclarait le bar ouvert pour fêter l'événement. Il ne lui a fallu qu'une trentaine de minutes pour se transfuser une demi-caisse de lager dans le système. Ce traitement de choc a dopé la petite fleur bleue qu'il cachait sous sa rude écorce de Néandertal. Complètement pété, il est tombé dans les bras de Robbo et de Les (qui en tenaient une sévère, eux aussi) et a fait donner les violons. « Ma princesse va d'venir maman, il sanglotait dans l'oreille de Robbo. Non mais, t'imagines, mon salaud ? Ma petite Angie maman... »

Gladys n'avait pas l'air d'apprécier les réjouissances, et moins encore les effusions de son Daddy de mari. « Tu vas la mettre en sourdine, oui ? » elle lui a balancé. Il l'a fermée aussi sec et, tout péteux, a battu en retraite en direction du bar, en quête d'une énième bière. Puis Gladys a décidé de se faire les crocs sur moi.

« Féli... fitafions, Yankee ! elle a fait, en rallumant le mégot qui lui pendait au coin des lèvres. Grâce, à toi, cet abruti nage en plein bonheur. Pour l'instant, du moins...

— Et vous ? Ça vous fait pas plaisir ?

— Pas particulièrement. Et à *toi* ?

— Si... bien sûr.

— Bien sûr que non, ouais ! Ça se voit comme le nez au milieu de la figure. Je parie que t'étais même pas au courant qu'elle était en cloque.

— J'avoue que ça a été, euh… une sacrée…

— Bombe ! elle a achevé à ma place.

— Si vous voulez…

— Un peu que je veux ! Et tiens, en voilà une autre, de bombe : tous tes plans sur la comète pour jouer la fille de l'air – te fatigue pas à nier, je sais que t'en fais –, un bon conseil : oublie-les. Parce que maintenant que tu lui as engrossé sa petite princesse adorée, Daddy te tuera si t'essaies de te défiler. Et crois-moi, c'est pas un vain mot. Il te fera la peau. Avec un plaisir que t'imagines pas. » Elle m'a gratifié d'un sourire au vitriol. « Amuse-toi bien, Yankee. C'est ta fête, 'pas ? »

Je regardais belle-maman s'éloigner dans un sillage de fumée quand un bras s'est noué autour de mon cou et a aussitôt entrepris de me greffer la pomme d'Adam sur les cervicales. Mes efforts louables pour échapper à l'asphyxie furent récompensés par un baiser à forte teneur en houblon, que deux grosses lèvres humides me plaquèrent sur le front. Daddy avait l'affection dangereuse.

« Tu sais que je pourrais te tordre le cou comme un rien ? a-t-il susurré, en me garrottant consciencieusement. Je pourrais te péter la nuque comme un cure-dents. Mais ça, ça laisserait l'enfant de ma fille sans père, pas vrai ?

— Ça…

— Et faut un père à ce marmot, pas d'accord ?

— Si… »

Il avait dû décider de m'épargner la strangulation. Il

146

a changé sa cravate en clé au bras. « Tu vas être un père modèle, hein !

— Oui.

— Et tu vas faire ce qu'il faut pour rendre ma princesse heureuse, hein !

— Promis, juré !

— Sois bon époux, bon père, et t'auras aucun souci à te faire.

— Exemplaire, je vais être !

— Je saurai te faire tenir ta promesse, enfoiré », a fait beau-papa. Puis, en digne père de sa fille, il m'a vidé sa boîte de bière sur la tête. « Je pensais jamais finir beau-père d'un Yank. Mais t'es O.K. Enfin, il me semble. Et oublie pas, mec : au premier faux pas, ton cou... crac ! Comme un cure-dents. Et demain matin, t'as intérêt à te pointer au garage à six heures pétantes... »

Il mit un cap hésitant sur le bar, en réclamant à cor et à cri une pisse en boîte pour remplacer celle qui avait servi à mon second baptême. J'explorais la salle du regard pour tenter de localiser Angie, quand un torchon volant m'a atterri en pleine poire.

« Sèche-toi ! a dit Krystal.

— Merci, j'ai fait, en me frictionnant les cheveux.

— Daddy est redoutable quand il a bu un verre de trop.

— Daddy m'a l'air redoutable en toutes circonstances.

— Il l'est, a-t-elle répliqué en évitant mon regard. Alors, sois prudent.

— Je me suis fait piéger.

— Je sais.

— Comme ton mari, non ? Il s'est pas fait piéger, lui aussi ? »

Elle a blêmi. J'aurais tout donné pour ne pas lui avoir posé la question.

« Faut que j'y aille… » elle a murmuré.

Avant que j'aie pu trouver quoi dire, elle avait traversé la pièce. La porte s'est refermée sur elle. Au même moment, j'ai senti une main explorer mes rondeurs postérieures.

« Alors, on drague ma grande sœur, mmm ? »

C'était Angie. Complètement blette.

« On causait juste…

— Elle est partie bien vite… Qu'est-ce t'y as dit ?

— Que t'étais la reine de la turlutte.

— Ben, toi alors ! » Angie s'est écroulée – de rire et sur mon épaule, simultanément.

« Je crois que je ferais mieux de te rentrer, j'ai suggéré en tentant de la stabiliser.

— J'veux encore une bière.

— Tu as ta dose, Angie.

— À partir de main'nant, faut qu'je boive pour deux », a-t-elle bafouillé, avant de partir d'un rire idiot.

Je l'ai empoignée par le bras et je l'ai aidée à tanguer vers la sortie.

« Dis bonsoir à tout le monde.

— 'Soir tout l'monde ! » a-t-elle lancé à la cantonade.

On n'avait pas échangé une parole sur le chemin de notre nid d'amour. Une fois là, elle a subitement dessaoulé, puis on a eu notre fameux petit échange de vues sur les mérites de la méthode Ogino. À la suite de quoi, elle a tenté de me refracturer quelques côtes en me chevauchant.

Sonny et Cher... Toute la nuit, ces deux prénoms ont rythmé mon insomnie, tandis que je ruminais, prisonnier des bras d'Angie comme des tentacules d'une pieuvre. Je n'avais aucun goût pour le conjungo et pas le moindre désir de paternité rentré. Jamais je n'avais été tenté de perpétuer mon triste moi. Et sous peu, j'allais devenir l'heureux papa de...

Sonny et Cher... Sonny et Cher... Sonny et Cher...

Le glas de mes espoirs.

Ça m'a filé le frisson. J'ai cherché l'oubli du côté de chez Morphée.

Un bruit de dégueulis m'a arraché au sommeil. Au fond des chiottes, cramponnée à la porcelaine, Angie payait à la justice divine le prix de ses excès de la nuit précédente. Pourtant, dès qu'elle a été en mesure de parler, ses premiers mots ont été pour m'annoncer : « Ça y est, voilà ces putains de nausées qui commencent ! »

Le salaud en moi a jubilé. Après tout, ses souffrances n'étaient qu'une juste rétribution, pour tous les maux gastro-intestinaux dont j'avais été affligé, à cause d'elle, au fond de mon poulailler... Et lorsqu'elle a été prise de haut-le-cœur incoercibles, j'ai pris le ton le plus « mari attentionné » que j'ai pu trouver, pour lui glisser : « Ça va pas, chérie ?

— Je suis malade comme une bête.

— Tu devrais peut-être t'allonger...

149

— Impossible ! a-t-elle eu le temps d'articuler avant qu'une nouvelle nausée ne la terrasse.

— L'abattoir, ça risque pas d'être un peu trop pour toi, aujourd'hui ? (Ceci suggéré avec un plaisir pervers.)

— Tais-toi.

— Peut-être qu'une petite bière… ?

— Uèèèèèèèèèèèrk »

Un haut-le-cœur l'a pliée en deux. Elle avait viré à une nuance puce fort intéressante.

« Je ferais mieux d'aller prévenir Robbo que t'as besoin d'une journée de repos.

— Merci… »

J'ai sauté dans un T-shirt et un vieux boxer-short – ma tenue de travail – et j'ai décoché Angie un sourire de futur papa épanoui.

« Au revoir, chérie. Tâche de passer une *bonne* journée… »

Il était six heures moins des poussières mais les classes laborieuses de Wollanup étaient déjà pied d'œuvre, dans la lumière chiche de l'aube. J'ai couvert les trois cents mètres qui me séparaient du centre-ville au son de voix enfantines qui ânonnaient un vieux classique, sous leur hangar-école :

> *Mary had a little lamb*
> *Its fleece was white as snow*
> *And everywhere that Mary went*
> *Her lamb was sure to go.*
> *It followed her to school one day*
> *That was against the rules…*

Plus j'approchais de l'école, mieux je distinguais la voix de Krystal, qui flottait sur la cacophonie. Arrivé au niveau du hangar, je me suis arrêté. Face aux pupitres, elle scandait de la main la récitation des gamins. Instit' en diable, avec sa robe-chemisier blanche et ses lunettes à monture d'écaille perchées au bout du nez. Et étrangement séduisante. Elle a levé les yeux de son livre mais, à ma vue, son regard a replongé sur la page ouverte devant elle. J'y ai vu une invite à passer mon chemin.

> *... It made the children laugh and play*
> *To see a lamb at school.*
> *And so the teacher turned it out,*
> *But still it lingered near,*
> *And waited patiently about*
> *Till Mary did appear.*

Chapeau à l'urbaniste de génie qui avait eu l'idée d'implanter un abattoir à deux pas d'une école primaire... Les Boucheries Réunies de Wollanup étaient à trente secondes à pied de la classe, et les grincements saccadés du convoyeur menaçaient de noyer les bêlements des enfants et du petit agneau de Mary. Et au cas où les têtes blondes que Krystal avait la charge d'éduquer se lasseraient de leur comptine, elles n'avaient qu'à tourner les yeux pour contempler le spectacle qui s'offrait à ma vue, à savoir le camion à plateau découvert qui venait de s'arrêter devant l'usine, chargé à ras bord de cadavres de kangourous encore chauds. Mes deux beaux-frères, Tom et Rock, sautèrent de la cabine

151

et, sans perdre une seconde, se hissèrent sur la plate-forme arrière. Puis, des kangourous sanguinolents jus-qu'aux genoux, ils entreprirent de balancer les cadavres sur la dalle de béton, devant l'entrée de l'abattoir.

Robbo, en cuissardes de caoutchouc et tablier en toile cirée maculé de sang, expédiait l'inspection sani-taire en retournant sommairement chaque bête du bout du pied, avant que deux manutentionnaires ne s'en emparent pour disparaître avec à l'intérieur du bâti-ment. Là, deux autres aides les soulageaient du marsu-pial. Ils lui passaient autour des pattes arrière un étrier, relié à un filin par lequel l'animal était hissé sur son rail de transport. Pendu la tête en bas, il parcourait quelques mètres avant de s'arrêter à la verticale d'un baquet en plastique, devant lequel Gladys l'attendait de pied ferme, armée d'une machette.

Elle était affublée de ce qui, d'où j'étais, avait tout l'air d'un sac poubelle de deux cents litres. Une char-lotte à douche en plastique blanc et des lunettes de ski complétaient son équipement. Sans cesser de tirer sur la cigarette vissée au coin de ses lèvres, elle a croché d'une main un kangourou par les oreilles tandis que, de l'autre, elle lui tranchait la jugulaire, du geste auguste du coupeur de canne. Aux premières giclées cracho-tantes a succédé un jet de sang régulier qui cascadait dans le baquet. Une fois assurée que le système cir-culatoire du bestiau était purgé à fond, Gladys a pressé un bouton et l'animal a poursuivi son circuit en direc-tion d'un autre baquet, au-dessus duquel un mec lui a fait sauter la tête d'un coup de tronçonneuse bien appli-qué. Dûment décapité, le kangourou a glissé jusqu'à un

152

troisième baquet, où l'une des gamines de Robbo lui a taillé une boutonnière en arc de cercle sur la panse d'un revers de cutter. Puis, écartant à deux mains les lèvres de l'incision, elle a plongé les bras dans le ventre béant pour en extraire la masse des entrailles, tranchant sans remords tout fragment d'intestin ou de viscères qui s'entêtait à ne pas vouloir lâcher prise.

« Bravo, Maggie, beau boulot ! » a lancé Robbo à sa fille. Il m'a enfin aperçu, planté de l'autre côté de la rue.

« Qu'est-ce qu'elle fout, ta meuf, putain ?

— Elle dégueule...

— Vu le nombre de bières qu'elle a torchées hier soir, ça m'étonne guère.

— D'après elle, ce serait son début de grossesse...

— Ouais, bon... Heureusement que Maggie s'est fait la main, pendant qu'Angie s'offrait sa petite virée !

— Parce que c'est ça le boulot d'Angie ? j'ai demandé, en regardant Maggie éviscérer un nouveau kangourou sans tête.

— Une vraie artiste du surin, ta légitime. Elle te vide un 'rou en trente secondes, montre en main. Et c'est pas elle qui te laissera un boyau traîner à l'intérieur. Question anatomie, elle en connaît un rayon ! Dis-toi que les 'rous, on vend pas que leur viande. On se fait aussi un petit quelque chose avec la tripaille : cœurs, foies et boyaux. Alors, faut qu'Angie y aille avec délicatesse, parce que notre client ne nous prend que les abats intacts pour sa pâtée pour chiens. Avant, c'était le job de Gladys, mais... » La voix de Robbo a plongé dans les graves – le registre de la confidence.

«… pour tout te dire, elle avait tendance à charcuter un peu n'importe comment. Avec Gladys, faut que ça saigne. C'est pour ça qu'elle fait merveille à leur trancher la jugulaire. Mais Angie… Une vraie lady. Tout en finesse. Cela dit, préviens-la que si elle se met à avoir des absences répétées, Mags pourrait bien lui chourer son poste. »

Ma femme, une artiste du surin. L'éviscéreuse de choc de Wollanup. Quel titre de gloire !

« Vous m'avez l'air d'avoir une petite affaire prospère, ici, j'ai fait, en m'efforçant de ne pas trop respirer, mes narines n'étant pas accoutumées au fumet d'entrailles fumantes.

— J'aurai traité mes soixante 'rous d'ici à ce qu'on ferme, à midi.

— Parce que l'abattoir ne tourne que le matin ?

— Faudrait avoir le cul où on a la tête pour travailler de la barbaque passé midi, avec les températures qu'il fait ici…

— Et elle vient d'où, la viande fraîche ?

— Suffit de sortir de Wollanup. Le plateau, tout autour, c'est un vrai club de rencontres pour 'rous, dès que le soleil se couche – heure à laquelle Tom et Rock y débarquent pour faire parler la poudre.

— Il n'y a qu'eux qui vont chasser ? »

Robbo a pigé au quart de tour ce que j'avais derrière la tête. Il a plissé les paupières. « Personne d'autre n'a le droit d'aller se balader là-haut.

— Sauf Gus, Les, Daddy et vous, bien entendu…

— Tu l'as dit, bouffi ! » Sa paluche s'est refermée sur mon coude droit à le broyer. « Viens par là, que je

154

te fasse visiter le reste de nos installations ! a-t-il suggéré, en m'entraînant à l'intérieur. Une fois vidés, les 'rous passent à la baignoire. » (La baignoire était un cuveau débordant d'eau bouillante.) « On appelle ça un échaudoir. Soixante secondes là-dedans, et la peau vous tombe toute seule du dos. Une putain de torture quand on y pense, non… ? » Il m'a flashé ses deux dernières ratiches – sa conception personnelle d'un sourire.

« Je ferais mieux d'aller bosser, j'ai articulé, en récupérant mon coude.

— Ouais, tu ferais mieux… »

J'ai dû me retenir de fuir l'abattoir à toutes jambes. Dehors, la montagne de détritus avait l'air, par comparaison, d'exhaler un parfum de prairie alpestre.

Le garage de Daddy était derrière l'usine, au bout d'un chemin de terre. Une remise plantée au milieu d'un vaste dépotoir envahi de pare-chocs oxydés, de portières, de sièges baquets, de pots d'échappement et de pare-brise étoilés. Le seul véhicule intact en vue était un antique camion frigorifique, sur les flancs duquel s'étalaient, peints à la main, les mots « Boucheries Réunies de Wollanup ». Comme j'approchais du bahut, Daddy a émergé dc dessous, couché sur un chariot à roulettes, tellement enduit de graisse et de cambouis qu'il aurait pu remplacer Al Jolson au pied levé.

« T'es en retard ! a-t-il attaqué.

— Angie était patraque.

— Ici, on démarre à six heures pile, pas une seconde de plus. Vu ?

— Désolé…

— Va voir dans l'atelier. Je t'ai préparé du boulot. »

J'ai mis le cap sur la remise et j'ai ouvert la porte toute grande. Mon combi trônait au milieu. Ça m'a mis du baume au cœur. Du moins jusqu'à ce que je remarque qu'il était sur cales. Et que, sous son capot ouvert, il n'y avait plus rien. Le moteur était étalé en pièces détachées sur la terre battue. Le combi avait été consciencieusement vidé, comme un des kangourous de Robbo. J'ai contemplé le désastre, en état de choc. Un puzzle géant, d'un bon millier de pièces. Je me suis retourné. Debout sur le seuil, Daddy me regardait. Son mufle noir luisait au soleil. Jubilatoire.

« Ben, reste pas planté comme un manche. Tu crois qu'il va se remonter tout seul ? »

7

Au bout d'une semaine de travail, j'ai touché mon premier salaire : quarante tickets. Le Smic de Wollanup… De quoi me coller de la nourriture dans le corps, de la fumée plein les poumons et m'embrumer les synapses à la bière tous les soirs.

Le *ticket* était la monnaie d'échange locale.

Une authentique monnaie de papier, vu que ces fameux « tickets » n'étaient autres que de vieux billets « Valable pour une entrée », comme ceux que délivraient, dans le temps, les cinémas de province ou les cirques ambulants. Tonton Les en possédait tout un stock de rouleaux, déposés, sous haute surveillance, à la Banque Centrale de Wollanup (i.e. son coffre-fort). Le vendredi soir, toute la population active du cru venait faire la queue devant le pub, pour percevoir la rémunération de ses trente-cinq heures de turbin hebdomadaires… et repartait, une longueur de billets de cinéma à la main. D'une semaine sur l'autre, les tickets changeaient de couleur, pour la bonne raison qu'ils n'avaient cours que sept jours durant.

« Ici, la notion d'épargne, on est contre par principe, comme Gus me l'expliqua un soir, au pub. Ça fait que pousser les gens à amasser du blé, à en vouloir toujours plus et, de fil en aiguille, à se comparer aux autres et à

se dire des trucs genre : "Il en a plus que moi, ce mec !"
C'est pour ça qu'on a décidé que ce que tu te fais dans
la semaine, tu dois le claquer dans la semaine. Chez
nous, personne pète plus haut que le voisin et ça évite
des tas d'emmerdes. »

Et de fait, le système tickets donnait d'excellents
résultats, dans la mesure où il permettait à tout un
chacun de se procurer les produits de première nécessité. Il reposait sur deux données socioculturelles fon-
damentales concernant la population adulte de la ville :
à Wollanup, tout citoyen de plus de quatorze ans buvait
et fumait. En conséquence, la priorité des priorités
était de satisfaire les besoins en alcool et en tabac des
Wollanupiens.

«À ce qu'on a constaté, m'avait exposé Gus, on
consomme chacun en moyenne douze boîtes de bière
par jour, et quatre paquets de tabac à rouler par semaine.
Alors on a fixé les salaires de façon que personne ne
reste jamais le gosier sec ou soit prêt à tuer son voisin
pour une clope. »

Le pack de bière et le paquet de tabac coûtaient res-
pectivement deux tickets pièce, soit un poste budgé-
taire hebdomadaire de vingt-deux tickets pour le
Wollanupien moyen, carburant au rythme « normal »
de douze bières/jour et quatre paquets de tabac/semaine.
Au taux du Smic, ça vous laissait dix-huit tickets à
répartir comme suit :

2 kg de viande de kangourou	2 tickets
4 boîtes de viande en conserve	4 tickets
8 boites de légumes en conserve	2 tickets

500 g de lait en poudre	1 ticket
250 g de poudre d'œufs	2 tickets
500 g de café instantané	3 tickets
2 rouleaux de papier hygiénique	1/2 ticket
1 paquet de lessive	1/2 ticket
7 barres de chocolat	3 tickets
500 g de sucre en poudre	2 tickets
chewing-gum	1 ticket

Bien entendu, ces dix-huit tickets étaient nettement insuffisants pour subvenir aux besoins d'une famille nombreuse, et une allocation supplémentaire de dix tickets par enfant à charge était donc versée aux parents. Les enfants d'âge scolaire recevaient cinq tickets d'argent de poche par semaine. À partir de quatorze ans, âge auquel ils entraient dans la vie active, leur salaire hebdomadaire était plafonné à trente tickets pendant les quatre premières années – par souci de limiter leur consommation de bière à un pack par jour.

Outre son serpentin de tickets, tout salarié recevait, le jour de la paye, un lot d'articles de toilette – une poche en papier contenant une savonnette et un petit tube de dentifrice. Les produits « de luxe », style shampooing, déodorant, mousse à raser ou talc de toilette, étaient inconnus à Wollanup. Chaque citoyen avait droit à une brosse à dents neuve par mois, et les hommes touchaient, en sus, un rasoir jetable tous les quinze jours. La population féminine, elle, pouvait se faire délivrer, sur simple demande, des garnitures périodiques – en taille standard. Quiconque avait besoin de médicaments devait faire des ronds de jambe à Gus, l'homme-médecine à tout faire de Wollanup. Il consultait chez lui, dans un cagibi qui servait à la fois de pharmacie et d'antenne chirurgicale. Le couronnement de sa brillante carrière était l'appendicectomie qu'il avait pratiquée sur sa table de cuisine. Le patient avait survécu, m'avait-il assuré fièrement.

« J'ignorais que tu avais fait ta médecine.

— Ben, si... J'ai suivi deux trimestres de cours de première année, à la fac de Perth. »

Outre l'accès libre et gratuit à ces services de santé de pointe, la municipalité assurait aux Wollanupiens le renouvellement sans frais de leur garde-robe. Mais uniquement en cas de nécessité criante. Dans son arrière-boutique, Les stockait des piles de sous-vêtements, de chaussettes, de shorts et de T-shirts mais, pour se faire délivrer un article neuf, il fallait lui rapporter le précédent et prouver qu'il n'y avait plus rien à en tirer. Un simple accroc ne vous garantissait pas l'échange standard de votre calecif. Il fallait que l'entrejambe ait atteint le stade arachnéen pour que Les juge votre demande légitime. La première fois que je m'étais pointé aux grands magasins de Wollanup, il avait examiné mon short et mon T-shirt de marque avant de lâcher : « T'es pas un client pour moi ! Ce que t'as sur le dos est parti pour te durer encore cinq ans minimum. »

Cinq ans ! La nuit, je me réveillais en sursaut et, au rythme des ronflements métronomiques d'Angie, je me répétais, en fixant l'envers des tôles du toit : *Perpète à Wollanup, sans conditionnelle...* C'était vraiment ça qui m'attendait ? Comme un taulard condamné

160

à la prison à vie, je me cramponnais à l'espoir qu'un beau matin, un maton me taperait dans le dos en m'annonçant : « Allez, Nick, c'était pour rire ! Tu es libre ! » Ou qu'il y avait une faille dans le dispositif de sécurité de mon Q.H.S.

Je savais que tout Wollanup m'avait à l'œil et n'attendait qu'une chose : me voir tenter la belle. Alors, pour la première fois de ma vie, j'ai décidé de penser en termes de stratégie. Plutôt que me lancer dans une évasion à grand spectacle, mieux valait me faire oublier pendant une petite quinzaine de jours. D'autant qu'il n'existait aucun moyen conventionnel de jouer la fille de l'air : pas de murs à escalader, de clôtures de barbelés à cisailler ou de tunnels le long desquels ramper. Je n'avais qu'une seule et unique voie vers la liberté : cette piste défoncée, au fond de la vallée. Une – rude – grimpée dans l'inconnu… Selon mes estimations, il fallait quatre heures de marche minimum pour atteindre le sommet du plateau qui surplombait Wollanup. Mais même à supposer que je parvienne là-haut sans avoir été repéré, qu'est-ce qui m'attendait ensuite ? Un trek de sept cents bornes pour rallier la ville la plus proche ? Sur une piste en latérite, par quarante à l'ombre ? Merci ! Mieux valait tordre son cou à l'hydre de la colère, de la peur et du désespoir qui me bouffait le cœur et faire comme si je me résignais à mon sort – tout en faisant le relevé des lézardes qui fragilisaient les murs de ma prison.

Je me suis jeté à corps perdu dans le remontage de mon moteur, arrivant au garage à cinq heures du matin et n'en sortant que bien après la sacro-sainte heure de

161

fermeture de Midi Pile. J'avais décidé de ne pas me borner à redonner vie à mon moteur. J'allais le réviser de A à Z et en faire un petit chef-d'œuvre de la combustion interne, histoire de prouver à cet étron fumant de Daddy que je tâtais ma bille en mécanique.

Ça m'a pris pas loin de trois semaines. Un travail de Romain tatillon. Pas une pièce qui n'ait été décapée, vérifiée et, au besoin, remplacée par une de celles qui traînaient dans l'atelier de Daddy. J'ai décalaminé les culasses. Contrôlé les sièges de soupapes. Changé les segments, les paliers, et posé un nouveau jeu de bougies. Installé un nouveau carburateur. Rééquilibré le vilebrequin. Remplacé le démarreur. Réglé le rotor du distributeur d'allumage. Rajeuni tout le circuit électrique. Nettoyé le gicleur. Réglé le ralenti. Et, cerise sur le gâteau, j'ai passé le bloc-moteur à l'huile de coude jusqu'à ce qu'il étincelle comme les pompes d'un Marine, un jour de revue de détail.

J'ai pris mon pied à fignoler le boulot – parce que ça meublait mes journées, que ça m'aidait à tuer le temps et que ça me donnait une raison valable de me tirer du lit dès l'aube. On passe sa vie à se faire accroire que le travail qu'on s'appuie a une finalité supérieure – un but qui va bien au-delà du simple besoin de s'assurer le vivre et le couvert. Mais, au fond, on ne bosse que pour combler le vide des heures – pour éviter de se confronter à l'inanité de son existence. Le boulot est une drogue comme une autre. Alors défoncez-vous, et vous n'aurez pas à méditer sur l'absurde futilité du temps que vous passez sur terre. Ou sur la situation sans issue où vous vous trouvez. Et où vous vous êtes collé vous-même, ça va sans dire…

Je m'imposais des journées de dix heures, à m'absorber jusqu'à l'obsession dans la tâche que je m'étais fixée – me prenant la tête sur les aiguilles de pointeau spéciales qu'il me fallait, calculant à la goutte près l'exacte quantité d'huile dont je devais lubrifier les pistons. Comme un banlieusard morfondu d'ennui, je me shootais au bricolage pour oublier que je m'étais laissé prendre au piège de la domesticité. Et je découvrais que le travail à haute dose remplace avantageusement la novocaïne comme analgésique contre ce mal sournois qu'est le mariage. Levé à cinq heures et demie, je ne rentrais à la maison que sur le coup de trois heures et demie, quand la chaleur mettait tout Wollanup K.O. – et couvert de la tête aux pieds d'huile de moteur, afin de décourager les poussées de libido d'Angie. Lorsque j'émergeais de la douche et que j'attaquais la première des six bières que je m'envoyais avant le dîner, Angie était, en général, en train de piquer un petit roupillon. Sa « sieste de future maman », comme elle disait… Quand elle refaisait surface, aux alentours de six heures, j'avais déjà mis le dîner en route – ayant réussi à enlever de haute lutte des mains toxiques de ma chère et tendre le contrôle des fourneaux. Après manger, lestés d'une très classique omelette nature (aux œufs en poudre) ou d'un steak de 'rou (très grillé et très relevé), nous descendions « en ville », pour tuer les deux dernières heures de la journée au pub. Puis retour au bercail, et extinction des feux à neuf heures.

L'ennui est une maladie domestique endémique. Il

faisait rage à Wollanup, la ville étant dépourvue de ces merveilleux tueurs de temps que sont la télé, les centres commerciaux, les bowlings et le Top Cinquante à la radio. Trouver de quoi lire relevait de l'exploit. Sorti des manuels de lecture courante que Krystal utilisait à l'école, les seuls ouvrages disponibles dans tout Wollanup se bornaient aux quelques romans de gare qui prenaient la poussière au fond de la boutique de Les, Trente-cinq, très exactement – j'avais poussé le vice jusqu'à les compter, un jour. Les Wollanupiens ne se ruaient pas dessus, vu que la lecture était tenue pour une activité qui empiétait trop sur les heures de boisson. Et boire était, de loin, le loisir favori des Wollanupiens. Sauf si, comme moi, vous aviez un moteur à remonter...

Au fur et à mesure que le combi retrouvait son état d'origine, j'ai commencé à me demander s'il serait l'instrument de mon salut. Une fois remis à neuf, il était probable que Les le réquisitionnerait pour une de ses expéditions « ravito » à Kalgoorlie. Parce que sa propre fourgonnette aurait l'air d'une guimbarde poussive à côté du bijou que je mettais au point. Et si je parvenais à être du voyage incognito ? Il suffisait d'aménager une cache sous une des couchettes et de trouver un moyen de m'y glisser durant la nuit, avant le départ de Les...

L'idée était encore trop nébuleuse pour mériter le nom de plan, mais j'ai entrepris de dégager un espace sous le bâti d'une couchette. Et j'ai retrouvé le goût d'espérer. Lorsqu'on est sans espérance, on doute d'arriver au bout de la journée. Mais à la première lueur d'espoir, on arriverait même à se persuader qu'on a un avenir, après ce concentré de Mort-dans-la-Vie qu'est Wollanup… Alors, j'ai voué tous mes instants à la remise en état du combi, parce que je savais que c'était mon unique planche de salut. Mon passeport pour l'avenir. Le mien, s'entend…

« T'en es vraiment dingue de ton tas de merde ! m'a fait Angie, un soir au lit.

— Je veux juste bien le retaper.

— Tu lui consacres plus de temps qu'à moi.

— Mais non ! Tu sais bien que je n'aime que toi, ai-je menti, l'instinct de survie l'emportant sur l'envie de lui asséner ses quatre vérités.

— Mais pas autant que ton gros char boche. T'es quasiment en ménage avec cet engin à la con !

— C'est que j'aimerais tellement prouver à Daddy que son gendre n'est pas manchot, côté mécanique… »

L'argument lui a cloué le bec, Et le jour où j'ai enfin convié Daddy à examiner le VW restauré, il est resté sans voix, lui aussi. Pendant une poignée de secondes, du moins…

C'était un vendredi matin. J'avais bossé toute la nuit, pour effectuer les ultimes réglages du moteur, espérant que personne n'était venu s'intéresser à ce que je fabriquais depuis une semaine, claquemuré dans l'atelier. Sur le coup de cinq heures, j'en ai eu terminé. Je me suis laissé choir par terre devant ma création. Je me suis roulé une clope, j'ai ouvert une boîte de bière, et je me suis aussitôt pris une grande claque, de cet étrange mélange euphorie/déliquescence qui suit toujours l'achèvement d'un travail de longue haleine. Une

heure plus tard, j'ai entendu les pas de Daddy approcher. Je me suis hissé sur mes pieds, j'ai tourné la clé
de contact et ouvert les portes de l'atelier à la volée
– geste théâtral, qui a eu l'effet escompté.

Daddy s'est figé sur place, avec un « Ben, merde
alors ! » éloquent.

Comme je m'y attendais, c'est le blanc qui lui en a
fichu plein la vue. Ce blanc supersonique, que j'avais
poncé et lustré pendant des heures, jusqu'à lui donner
le brillant d'une laque. Trois couches il m'avait fallu,
avant de venir à bout de la barbouille camouflage.
J'avais aussi vidé un pot entier d'enduit pour colmater
les gnons des pare-chocs. Mon travail de peinture
n'était pas du niveau sortie d'usine mais, comparé à
l'état dans lequel se trouvait le combi avant que je m'y
attaque, ça en jetait. Les enjoliveurs avaient retrouvé
leur éclat, les chromes luisaient de tous leurs feux, le
capiton des sièges était débarrassé de la poussière de
brousse qui l'incrustait, et les vitres, faites à la peau de
chamois, avaient l'eau du cristal de roche. J'avais
même ciré le tableau de bord, et récuré à fond l'habitacle, à l'arrière. Et puis, bien sûr, il y avait le bloc-
moteur. Le capot était levé et le moteur étincelant, réglé
au quart de tour, ronronnait sans une fausse note
– comme un orchestre bien accordé.

Daddy s'est approché du VW avec quelque chose
qui frisait la révérence. Il a laissé ses doigts courir sur
la carrosserie immaculée, contemplant le phénix de
1 300 CV rené de ses cendres qui trônait sous le capot,
écoutant avec attention les cadences lyriques d'un
moteur qui tournait comme une valse viennoise.

166

« T'as fait ça tout seul ? » a-t-il laissé tomber, rompant le silence.

J'ai eu un sourire modeste.

« T'avais déjà fait ce genre de boulot avant ?

— Pas sur une aussi grande échelle. Et c'est la première fois que je m'essayais à la peinture…

— Là, putain, tu m'en bouches un coin ! a fait Daddy. J'aurais jamais cru que t'en tâtais à ce point.

— Moi non plus. Ça vous dit d'aller l'essayer ?

— Ce qui me dirait, c'est une bière. Deux même, et bien glacées, pour arroser ça ! Wollanup s'est enrichi d'un as de la mécanique, à ce qui paraît…

— Merci, Daddy. »

Beau-papa m'a regardé avec une lueur de respect inaccoutumée dans l'œil. « Chapeau, Yankee » il a fait.

Je ne m'étais encore jamais trouvé accoudé à un comptoir de bar à six heures et quart du matin. Daddy avait la clé du pub (Les était parti au ravitaillement) et, quand j'ai signalé que j'avais déjà bu mon allocation de tickets-bière de la semaine, il m'a dit de pas m'en faire, que c'était la maison qui offrait la tournée. Vers huit heures, on avait chacun fait un sort à un pack de bière quand Gus et Robbo ont débarqué (c'était la pause, à l'abattoir). Une heure plus tard, avec trois mousses de mieux à bord, Daddy a suggéré qu'on se transfère tous les quatre au garage, pour que ses deux compères puissent admirer le boulot. À dix plombes, on était de retour au pub et, pendant que Gus et Robbo me tressaient des couronnes, on a mis la glacière à mal, en causant bagnoles entre hommes. Il devait être onze heures lorsque Les est rentré de Kalgoorlie. Du coup, histoire de lui montrer ma petite merveille, on a refait une expédition jusqu'au garage, suivie d'un inévitable retour au pub, où on s'est offert trois tournées de plus. Il n'était pas midi que je tutoyais tout le monde et que Daddy et moi étions copains comme cochons.

« Cette semaine, Les, tu vas me filer un bonus exceptionnel de vingt tickets à ce Yankee, pour son boulot de pro.

— T'es un pote, Daddy.

— Sacré putain de mécano ! » a répété beau-papa pour la dixième fois au moins de la matinée.

Il m'a gratifié d'un sourire à la bière, avant de se propulser dehors en tanguant. J'étais crevé, mais mon tour de force me dopait au moins autant que les démonstrations d'amitié de Daddy et de ses trois satellites. Pour la première fois depuis mon arrivée à Wollanup, je me sentais totalement à mon aise. Comme si, enfin, je faisais partie des meubles. Je flottais comme un poisson dans l'eau dans l'atmosphère léthargique de cette beuverie débonnaire. Ayant temporairement oublié mon statut de détenu. Ivre mort.

Je tenais une telle cuite que descendre de mon tabouret de bar s'est révélé une opération de haute stratégie. Les, à qui mon équilibre précaire n'avait pas échappé, m'a aidé à me lever et m'a quasiment porté jusqu'à un lit de camp, dans une petite pièce à l'arrière du pub. Trente-six heures que je n'avais pas fermé l'œil. J'ai dû sombrer instantanément.

À cinq heures du soir, Les m'a réveillé d'un coup de latte.

« Tu ferais bien de rentrer chez toi ! »

Rond défoncé avant le coucher du soleil : une expérience inédite… et à ne pas renouveler. L'envie de pisser m'a contraint à braver l'enfer des chiottes. J'en ai profité pour me coller la tête sous le robinet avant de négocier la sortie du pub. J'allais mettre le cap sur mon nid d'amour quand l'idée m'est venue de repasser au garage, histoire de m'offrir une petite séance privée de nombrilisme. Je reviendrais dans la soirée faire admirer à Angie le fruit de mon génie mécanique.

À quelques mètres de l'atelier, les vrombissements d'une perceuse électrique et des bruits de tôle martelée m'ont alerté. J'ai écarté les vantaux. Un vrai carnage.

Le bloc-moteur était de nouveau en pièces détachées.

Les pneus étaient lacérés.

Le pot d'échappement ressemblait à une passoire.

Un pot de peinture noire dégoulinait sur le capot.

Les deux pare-chocs étaient pliés en équerre.

Le torse ruisselant de sueur, Daddy était en train de perforer le carburateur à la perceuse.

Je suis resté cloué sur place, en état de choc. Totalement privé de réaction et de mouvement. Daddy a fini par s'apercevoir de ma présence. Il s'est interrompu et a laissé choir la perceuse à mes pieds.

« T'as plus qu'à le remettre en état. »

J'ai juste trouvé la force de balbutier : « Mais pourquoi…

— Parce que t'es un foutu putain de mécano… Voilà pourquoi ! »

8

C'est dans le courant de la nuit qu'a commencé l'élimination des corniauds surnuméraires. Et tandis que chaque famille sélectionnait ses cinq bâtards les moins présentables pour les expédier ad patres, tout Wollanup s'est mis à retentir d'aboiements et de décharges de chevrotine. Angie et moi n'avions pas de chien, mais j'aurais donné cher pour avoir un flingue. Je l'aurais vidé sans remords. D'abord sur Daddy. Puis sur sa maudite rejetonne.

« Daddy dit que t'y connais rien en bagnoles.

— L'enfoiré !

— Il m'a dit que t'avais fait un vrai boulot de gougnafier.

— C'est lui qui a tout bousillé !

— Parce que t'avais merdé tes réparations.

— C'est pas vrai !

— À ce qu'il dit, le moteur toussait même pas…

— Il tournait à la perfection !

— Il a dit que t'étais même pas foutu de changer une bougie.

— Il ment, cet enculé !

— Ne le traite pas d…

— Un putain d'enculé et un menteur-né, voilà ce

170

qu'il est. Et complètement débile en plus. Comme tout le monde, dans ce foutu patelin de merde... »

Schtaff ! Sa droite m'a cueilli au menton. Sans réfléchir, j'ai riposté d'un revers de main bien appliqué. Angie a fait un demi-tour sur elle-même et a atterri à quatre pattes sur le béton en se couronnant les genoux. Elle s'est mise à bramer et, à la seconde, j'ai regretté de l'avoir frappée. Je me penchais sur elle, la main tendue, pour l'aider à se relever, prêt à me confondre d'excuses, quand elle m'a balancé un direct au foie. Le genre de coup qui vous fait vous demander si ne venez pas d'être éventré. Ça m'a ôté le souffle... et toute trace de remords.

J'ai battu en retraite vers le lit conjugal et je me suis enfoui la tête sous un oreiller tandis que Angie lâchait la bride à une de ses crises de furie marathon. Elle s'est mise à se soulager la bile à tue-tête, ne laissant pas une âme de Wollanup ignorer que j'étais le dernier des derniers. Un incapable. Un lâche, qui frappait une Femme Enceinte. Un connard. Une sous-merde. Une nullité.

Mais rien ne pouvait m'atteindre. Foutre en l'air le VW, c'était me foutre en l'air, moi. Ce salaud de Daddy savait ce qu'il faisait. Et puisque sa petite princesse adorée, elle aussi, était décidée à me laminer, qu'ils le fassent ! Parce que ma situation était sans issue. Désespérée. Je touchais le fond. Ah, ils voulaient un zombie ! Eh ben, ils allaient voir ce qu'ils allaient voir...

Je me suis couché. Littéralement. Je me suis mis au pieu et je n'en ai plus bougé. J'ai refusé de me lever. De desserrer les dents. D'avaler quoi que ce soit de solide. La première nuit de cette lutte d'endurance, je n'ai pas fait un effort pour me propulser aux gogues et j'ai tranquillement inondé le lit conjugal, où Angie roupillait à côté de moi. À ce stade, mon mutisme et mon état quasi catatonique commençaient sérieusement à la gonfler, alors me voir transformer le matelas en couche anti-fuites lui a fait voir rouge. Les mots doux ont plu : malade, taré, dégueulasse… C'est ça qui m'a décidé à laisser carte blanche à mes sphincters anaux et à lui offrir une bonne raison de donner toute sa mesure vocale.

Et pour vocaliser, elle a vocalisé… Comme une hystérique. Avant de prendre la porte.

Elle a réapparu, une vingtaine de minutes plus tard, forte du concours de la Faculté – en la personne de Gus, qui trimbalait une trousse de médecin en cuir noir. Il n'avait pas l'air emballé de faire une consultation à domicile à deux plombes du mat'… En constatant l'état dans lequel j'avais mis le matelas, il a été (comme je l'espérais) tout retourné.

« Ah, le porc ! Il t'avait déjà fait ça, ton foutu Yankee ?

— Tu déconnes ou quoi ?

— Je m'informe…

— Tu te figures que j'aurais *vécu* avec ça ? Que j'aurais supporté ce genre de chose sans réagir ? Laisse-moi te dire… S'il chie au lit encore une fois, je l'abats comme un chien. Tu m'entends, le Yank ? T'entends, sale petit branleur ? »

J'avais très bien entendu mais j'ai cultivé mon air « ailleurs » : le corps rigide, l'œil fixe, les lèvres scellées.

« Qu'est-ce qu'il a ? a demandé Gus.

— C'est toi le toubib, bordel ! C'est pour me le dire que je t'ai fait venir. »

Tonton Gus a sorti une petite lampe torche de sa poche et me l'a braquée dans les yeux. Cela fait, il m'a ausculté au stéthoscope et m'a tapoté les genoux avec un marteau à tête caoutchoutée. « En tout cas, il est vivant. Et tout m'a l'air de fonctionner normalement. Il est en état de choc. Ou il fait de la prostration.

— Ou il nous joue la comédie…

— Tu te chies pas dessus quand tu joues au fou. Sauf si t'es un putain d'enfoiré.

— C'est exactement ce qu'il est !

— Tu lui reproches d'être un peu déjanté ? Je veux dire, ce mec, c'est pas vraiment par choix qu'il est ici. Et après ce que Daddy a fait de son combi…

— Il avait fait un boulot merdique.

— Tu l'as vu, son combi, quand il l'a eu fini ?

— Nan ! Mais Daddy m'a raconté que c'était un vrai désastre.

— C'était *magique,* Angie ! Du grand art. Une pure merveille. Ton Yank avait fait un boulot de pro, que Daddy s'est empressé de foutre en l'air.

— C'est ça !

— Si tu me crois pas, demande à Les ou à Robbo.

— Et pourquoi il aurait fait une chose pareille, Daddy ?

— Par jalousie, je dirai. Ça et quelques bières de trop. Tu connais ton père. Il supporte pas de se sentir en infériorité, et quand il est pété, il débloque.

— Je lui répéterai ce que t'as dit.

173

— Te gêne surtout pas ! Et profites-en pour annoncer à Robbo que tu vas devoir prendre deux jours pour passer la tisane à ton Nick.

— Je suis pas garde-malade !

— Ben, c'est le moment de t'y mettre. Toute façon, c'est pas bien sorcier. S'agit juste de le faire manger, de le mettre sur le pot chaque fois qu'il aura envie et de le torcher après. Ça te fera de l'entraînement pour quand Junior sera là… Et pendant que tu y es, colle-lui donc un bout de barbaque froide sur le menton, ça aidera à résorber l'enflure. T'as toujours un sacré punch, on dirait…

— Lui aussi, il m'a tapé dessus !

— Peut-être bien, mais toi, t'as fait plus de dégâts.

Sur ce, Gus nous a laissés à notre tête-à-tête. À peine le tonton hors de portée de voix, Angie s'est tournée vers moi : « Ah, t'aimes la merde ! Eh ben, tu vas dormir dedans… »

Ça s'est passé comme elle l'avait dit. Elle a fini la nuit roulée sur la poire en velours et m'a laissé mariner dans mes draps merdeux. C'est là que je me suis rendu compte que je ne faisais pas que simuler la déprime. J'avais vraiment pété un fusible et je zonais dans la quatrième dimension. Si ça avait été du flan, à ce stade, je me serais sûrement déballonné – parce que aucun goût du canular, si fort soit-il, ne justifie de se vautrer une nuit entière dans ses propres déjections. J'avais beau crever d'envie de gicler de ce matelas et de balancer mes fringues polluées à la gueule d'Angie, je n'avais plus un atome d'énergie pour ça. Toutes mes réserves de volonté étaient à zéro. Je me sentais brisé,

174

vidé, dévitalisé. J'étais incapable de faire un geste, et le pire, c'est que je m'en foutais. J'avais atteint le point de non-retour. Plus rien ne pouvait m'atteindre.

Heureusement, la nuit a été courte. À cinq heures, Angie s'est levée, plutôt chiffonnée par son séjour sur la poire. Dès qu'elle a constaté que je n'avais pas bougé de mon matelas et que j'étais toujours prostré sur mon tas de merde, elle s'est mise à culpabiliser à mort.

« Nom de Dieu ! » elle a soufflé, avant de me secouer par les épaules et de me hurler mon nom à l'oreille une bonne demi-douzaine de fois, en m'adjurant de ne pas faire le con. Devant mon absence de réaction, elle a sauté dans ses fringues et foncé sur la porte. Une demi-heure plus tard, elle est revenue, escortée des jumeaux qui trimbalaient un matelas à deux places.

« Putain, le merdier ! s'est exclamé Tom, en découvrant l'état du lit. Et bonjour l'odeur !

— Tu l'as laissé pioncer là-dedans toute la nuit ? a fait Rock.

— Je croyais qu'il me jouait la comédie, a expliqué Angie.

— C'est un ange de bonté, notre Angie ! a glissé Rock à Tom.

— Au lieu de dire des conneries, vous feriez mieux de m'aider à le traîner sous la douche. »

Avec des exclamations mélodramatiques, les jumeaux m'ont décollé du lit, tout en assaisonnant Angie de commentaires choisis, genre :

« C'est ça ta conception d'un mec sexy ? »
Ou :

« T'es obligée de lui essuyer son petit derrière à chaque fois, sœurette ? »

Ou encore :

« Si tu te rancardais ? Il a peut-être des couches XXXXL pour Yankee adulte incontinent, Les… »

Cet échantillon douteux d'humour fraternel n'a pas eu l'heur de plaire à Angie. Elle a aboyé à ses cadets qu'ils feraient mieux de rengainer leurs vannes et de se magner de me déménager. Ils m'ont transbahuté jusqu'à la douche, m'ont posé en chien de fusil au fond du bac et ont ouvert le robinet à fond. Après quoi, ils ont laissé au jet le soin de désincruster ma peau, de toute trace de mes incontinences.

M'abandonnant sous la douche, ils sont retournés s'occuper du lit. Une fois les draps roulés en boule dans une taie d'oreiller, ils ont viré le matelas – traversé de part en part – et balancé le nouveau sur le sommier.

« On en fait quoi, de ces cochoncetés ? a demandé Tom.

— Ça va direct aux ordures, cette question ! »

C'est Rock qui a présenté le devis : « Y aura six tickets de frais de transport.

— Vous avez l'esprit de famille, je vois…

— C'est un boulot insalubre, sœurette.

— Six tickets, c'est de l'arnaque !

— T'as qu'à les prendre sur ceux de Nick, a suggéré Rock. Il venait pas de toucher sa paye, juste avant de disjoncter ?

— Pas con ! » s'est exclamée Angie.

Elle s'est jetée sur mes fringues qui gisaient à côté

du lit, et a aussitôt entrepris de me faire les poches. J'avais deux longueurs de tickets dans la poche-revolver de mon short.

« Avec ça, tu vas pouvoir t'offrir une double dose de bière, cette semaine, a fait Rock, avec un rien d'envie.

— Pas si je suis coincée ici, à couver cette bûche ! Vous voudriez pas passer chez Les, m'en acheter une caisse, vous deux ?

— La livraison à domicile, c'est quatre tickets de mieux.

— Tu peux te brosser !

— Deux, alors ?

— Ça marche ! » a fait Angie, en tendant à Tom quarante bons centimètres de monnaie wollanupienne. Sur ce, elle a ordonné à ses frangins de m'extraire du bac à douche et de me maintenir à la verticale pendant qu'elle me bouchonnait avec une serviette sèche. Une fois qu'elle m'a eu enfilé un T-shirt propre, elle leur a dit de me caler sur la cuvette des chiottes, le derrière à l'air.

« Tu le laisses là, comme ça ? a demandé Rock, authentiquement choqué.

— Qu'est-ce que tu crois ? Je vais quand même pas le laisser saloper le lit une deuxième fois. Y a plus d'autre matelas disponible dans tout Wollanup.

— D'accord, mais quand même… c'est plutôt rude, comme traitement, tu trouves pas ?

— Je t'empêche pas de monter la garde à côté de lui et de lui passer le pot chaque fois qu'il aura besoin de couler un bronze !

— Très peu pour moi ! a fait Rock.

177

— Je te parie ce que tu veux qu'au bout de deux heures sur le trône, comme par hasard, il va sortir de ses vapes et que son cerveau de minus va se remettre en branle.

— T'es vraiment une belle salope ! a lancé Tom.

— La reine » a rétorqué la princesse à Daddy.

Mais elle avait vu juste, sur un point au moins : au bout de trois heures de mise au petit coin, mon cerveau – même tournant en sous-régime – a estimé que ça allait comme ça. Il m'a convaincu de me lever et de me traîner jusqu'au lit. Au moment où je m'apprêtais à prendre possession de notre matelas « neuf » – tout aussi douteux et défoncé que son prédécesseur –, Angie a laissé tomber – « Tiens, voilà les morts qui marchent… ! »

J'ai ignoré la pique et je me suis recroquevillé en position fœtale.

« Alors, on joue toujours au fou, hein ? »

Le problème, c'était que je ne jouais pas… Mon séjour forcé aux chiottes avait beau m'avoir remis sur mes pieds, j'étais loin d'être dans mon état normal. Et je n'avais retrouvé ni l'appétit ni le goût de la parole.

— Tu sais, tu peux faire la carpe jusqu'à plus soif, je m'en tape complètement, a déclaré Angie. Mais je te préviens : si tu t'amuses à me refaire le cirque de cette nuit, c'est direct les chiottes ! »

J'ai pris sa menace au sérieux. Assez pour aller aux waters chaque fois que nécessaire, pendant toute la durée de mon passage à vide. Mais, sauf pour répondre aux appels de la nature, je restais solidaire de mon matelas, ne faisant l'effort de m'adosser aux oreillers que pour permettre à Angie de m'ingurgiter un brouet de légumes clairet (une cuillerée à café de carottes et une de haricots blancs, écrasées dans une tasse d'eau chaude). Elle avait bien essayé de me faire avaler des nourritures plus substantielles, mais même quelque chose d'aussi insipide et inconsistant que des œufs (en poudre) brouillés me filait la nausée. Alors, bon gré mal gré, Angie m'a nourri de bouillon, haïssant chaque seconde de sa tâche de garde-malade et sifflant bière sur bière, au son des grands airs d'opérette dont elle faisait trembler la maison, dans le vain espoir de combler le silence qui y régnait.

Au bout de trois jours de ce régime, elle me considérait avec l'indifférence acariâtre d'une aide-soignante de service de gériatrie. J'étais une bosse sous un drap, à alimenter trois fois par jour, mais qu'on pouvait négliger le reste du temps. Elle ne se fatiguait même plus à me parler, se contentant de m'annoncer « À la jaffe ! » avec une tape sur l'épaule, puis de m'enfourner mes cuillerées de bouillon, dans un silence qui en disait long sur le mépris que je lui inspirais.

Elle a tenu jusqu'au samedi suivant – jour anniversaire du début de ma dépression – avant de se décider à m'adresser la parole. Et seulement pour m'informer, sans fioritures, qu'elle avait l'intention de passer la soirée au pub. Après une semaine de claustration en tête à tête avec moi, elle avait besoin de boire « sérieusement ». D'ailleurs, elle sortait de ce pas pour tâcher de me dégoter une baby-sitter.

Elle n'est rentrée qu'au crépuscule et, à en juger par sa façon de louvoyer entre les chambranles de la porte, elle avait déjà pas mal dégrossi sa gueule de bois du lendemain.

« Alors, il est content de revoir sa manman, mon gros bébé ? elle a bafouillé, d'une voix pâteuse. Il a pas fait caca au lit, mon gros bébé ?

— Ça va, Angie, fiche-lui la paix ! a lancé une voix derrière elle.

— Manman a trouvé une gentille petite copine pour faire mumuse avec son gros bébé. »

Krystal a fait trois pas dans la pièce.

« Bonsoir, Nick, a-t-elle dit, en s'efforçant de prendre l'air naturel. Comment ça va ?

— Te fatigue pas, il te répondra pas, a lâché Angie.

— Va savoir…

— Nan ! Il me fait une paralysie de la glotte. »

Krystal n'était pas du genre à se décourager pour si peu. « C'est fou ce que tu as fondu, Nick !

— Évidemment qu'il a fondu ! a répliqué Angie. Si tu te mettais au bouillon de légumes et rien d'autre pendant une semaine, toi aussi, tu fondrais.

— Je n'ai pas besoin de perdre du poids, moi ! a fait Krystal, avec un regard sur les formes plantureuses de sa cadette.

— Garce !

— Qu'est-ce que je suis censée faire, exactement ? Il y a des consignes particulières ?

— J'ai laissé un restant de soupe dans une casserole, sur le réchaud. T'as juste à allumer dessous et à lui en faire avaler une tasse d'ici une heure. Sorti de ça, je vois rien d'autre.

— O.K. ! Eh bien, file, alors, a dit Krystal.

— T'es sûre que ça t'embête pas ?

— Moi ? Non…

— T'es super-sympa, Krys », a lancé Angie, avant de prendre la porte.

Ma baby-sitter a approché une chaise de mon lit.

« "Qui baise avec une timbrée s'expose à se faire baiser par une timbrée." J'aurais cru qu'un type aussi futé que toi savait que c'est la règle numéro deux, dans l'outback… »

Un sourire a joué sur ses lèvres. Un sourire indéchiffrable – c'était la première fois que je la voyais sourire. Elle s'est assise à mon chevet.

« À moi, tu vas parler, n'est-ce pas, Nick ? Parce qu'il y a un tas de choses dont il faut qu'on discute, tous les deux », a-t-elle dit, avec une décontraction que je ne lui avais jamais vue, lors de nos rares rencontres au pub.

J'ai eu un vague haussement d'épaules.

« Prends ton temps, a-t-elle continué. Ne parle que lorsque tu te sentiras prêt à le faire. Mais d'abord, il faut que tu manges un peu. Surtout qu'Angie a l'air de t'avoir nourri à l'eau de vaisselle… »

Elle a disparu derrière le rideau de perles qui fermait le coin cuisine, a plongé une cuiller dans la casserole de bouillon, en a goûté le contenu du bout des lèvres avant de le recracher illico, avec la grimace de quelqu'un qui vient par inadvertance d'avaler du vitriol.

« Pas étonnant que tu aies perdu l'appétit ! m'a-t-elle lancé, en garant la casserole dans un coin de l'évier. Voyons si je ne pourrais pas te concocter quelque chose de meilleur. »

Je l'ai entendue farfouiller dans les placards et faire son choix parmi les ustensiles et les denrées disponibles. Une demi-heure plus tard, elle s'est approchée du lit, un bol fumant entre les mains.

« C'est encore du potage de légumes, hélas, a-t-elle dit, mais avec ce que j'avais sous la main, je pouvais difficilement te préparer autre chose. »

Elle m'a redressé sur mes oreillers et m'a tendu une cuillerée de soupe. L'éternel mélange carottes-haricots blancs, mais elle avait réussi à en faire quelque chose de mangeable, et j'ai vidé le bol jusqu'à la dernière goutte. J'ai même repris du rab, avant de sombrer dans le sommeil. Je n'ai rouvert les yeux que lorsque Angie a déboulé dans la pièce. Krystal était assise à mon chevet, un bouquin fatigué ouvert sur les genoux. Un *Robinson Crusoé* à l'usage des enfants.

« Si c'est pas touchant ! a bredouillé Angie. La Dame en Blanc veillant son patient. Il t'a fait des misères ?

— Il n'a pratiquement pas bougé de la soirée.

— Il y en a des qui ont tous les bols ! » Angie a roté. Bruyamment. « Tu voudrais pas revenir me le garder d'autres fois ?

— Ça dépend, a fait Krystal. Combien tu paies ?

— Huit tickets ?

— Dix.

— Disons huit pour mercredi soir, et dix pour la soirée de samedi ? A moins que tu tiennes vraiment à assister au barbecue...

— Je surmonterai ma déception pour... douze tickets.

— Profiteuse !

— C'est à prendre ou à laisser. »

De nouveau, Angie a dégazé.

« Je prends. »

À peine Krystal partie, le silence a réinvesti la maison pour soixante-douze heures. J'ai retrouvé mon rata de détenu « à la Angie ». Quand le mardi est arrivé, je comptais les heures qui me séparaient du retour de ma belle-sœur.

« Alors, toujours pas d'améliorations ? a-t-elle demandé, lorsque enfin elle est entrée, chargée d'un petit cabas.

— Nan… l'a informée Angie. Il continue à me jouer les débiles profonds. »

Angie n'avait pas plutôt pris la porte que Krystal m'a lancé : « Ça va mieux, Nick, non ? »

Je n'ai pas moufté.

« Suffisamment pour te laisser tenter par une omelette, peut-être ? »

J'ai secoué la tête.

« Aux œufs frais.

— De poule ? »

Les premiers mots que je prononçais depuis bientôt quinze jours. Krystal a salué mon retour sur la planète Terre d'un sourire, puis a plongé le bras dans son cabas et en a extrait une boîte.

« Une demi-douzaine d'œufs fermiers, a-t-elle expliqué. Rapportés hier de Kalgoorlie par Les. En même temps qu'une livre de cheddar et des champignons frais cueillis. Tu le sens de taille à avaler ça ?

— Je peux essayer…

« — Très bien, Alors, une omelette champignons-fromage qui marche ! Cela dit, pendant que je m'active aux fourneaux, qu'est-ce que tu dirais d'aller rendre visite au bac à douche ? Parce que je n'ai pas l'intention de dîner face à un type qui m'asphyxie. Et tu pues, Nick. Très fort. »

Là, elle n'avait pas tort. Mon dernier contact avec de l'eau courante remontait au jour où Rock et Tom m'avaient traîné à la salle de bains. Il y avait douze jours de cela. Alors, tout vidé que je me sentais, l'odeur du beurre qui fondait dans la poêle – du dernier exotique, pour Wollanup – m'a donné l'énergie de chanceler jusqu'à la douche. Comme toujours, l'eau était glaciale. Mais passé le choc initial, ce froid m'a semblé bon, et je l'ai laissé me tirer du coaltar où je croupissais. Ensuite, à grand renfort de mousse de savon, je me suis offert un décrassage en règle. J'ai même poussé le luxe jusqu'à me promener un rasoir sur les joues. Cela fait, et tandis que Krystal détournait pudiquement les yeux, j'ai traversé la pièce sur des jambes flageolantes et enfilé un caleçon.

« Ça t'a requinqué ? a-t-elle demandé.

— Un peu, j'ai répondu, mais au même moment, je me suis senti flancher et j'ai dû me rallonger.

— J'ai l'impression que tu ne vas pas pouvoir t'asseoir à table, ce soir, a fait Krystal en approchant, chargée de deux assiettes. Tu veux que je te fasse manger ?

— Je vais me débrouiller. »

Je n'avais pas plutôt empoigné mon assiette et ma fourchette que le parfum de l'omelette m'a terrassé.

Après tant de semaines à ingurgiter de la bouffe en boîte ou en poudre, cette odeur naturelle de produits frais était presque trop corsée. Ma fourchette tremblait bien un peu entre mes doigts, mais j'ai réussi à me dominer et à harponner un morceau d'omelette doré à point. Et dès que j'y ai planté les dents, je me suis retrouvé dans le Maine, « Chez Miss Brunswick » – un vieux wagon de chemin de fer reconverti en restauroute, au bord de la I-95, où on servait les meilleures omelettes champignons-fromage que j'aie jamais mangées de ma vie. Ou plutôt, que j'avais jamais mangées de ma vie, jusqu'à celle-ci...

« C'est bon ?

— Mieux que bon !

— Mange lentement. Il faut que ton estomac se réhabitue aux nourritures solides. »

J'ai suivi ses conseils et j'ai mangé sans hâte, en dégustant chaque bouchée de mon omelette. Une fois mon assiette vide, Krystal a replongé la main dans son cabas magique pour en extraire une autre surprise : un paquet de Marlboro.

« Où as-tu dégoté ça ?

— Je les ai taxées à Les.

— Je croyais qu'il ne vendait pas de vraies cigarettes. Ni d'œufs frais, d'ailleurs...

— Officiellement, non, mais chaque fois qu'il va à Kalgoorlie, il en rapporte un petit stock de produits fins, pour lui et ses trois compères : steaks ou poulets surgelés, œufs fermiers, vin – de l'australien, mais de qualité – et même, de temps en temps, une ou deux bouteilles de scotch. Mais ne crois pas qu'ils en fassent profiter leur petite famille. Une fois par semaine, ils s'offrent un gueuleton entre hommes, dans la pièce au-dessus du pub. Et ça y va : filet mignon, aloyau, poulet de grain, le tout arrosé d'un excellent Shiraz…

« Tu imagines bien qu'ils n'affichent pas le menu de leurs agapes clandestines. Ils savent trop qu'étant donné que le reste de Wollanup doit se contenter de 'rou et de Spam, il leur arriverait des bricoles si quelqu'un découvrait ce qu'ils se tortorent à huis clos.

— Mais en ce cas, pourquoi t'a-t-il mise dans la combine ?

— Il a des remords.

— À propos de quoi ?

— De Jack.

— Jack… Ton mari ?

— On n'a jamais été mariés.

— Mais Angie m'a dit…

— Angie ment… sur beaucoup de choses.

— Et ça, c'est pas l'alliance de Jack, des fois ? j'ai demandé, en tendant la main gauche.

— Cette bague appartenait bien à Jack, mais ça n'a jamais été son alliance. C'était juste un anneau de deux sous, qu'il portait pour rigoler.

— Et pourquoi Les a-t-il des remords à son sujet ?

— Une autre fois, Nick.

— Ils l'ont tué ?

— Pas maintenant, je t'en prie.

— Mais…

— *Non !* »

Il y avait une telle véhémence dans cette simple syllabe que je n'ai pas insisté.

« Excuse-moi.

— C'est pas grave, a-t-elle fait, en me pressant fugitivement la main. Alors, tu veux une Marlboro, ou pas ?

— Je vais tenter le coup. »

Elle m'a passé le paquet et une boîte d'allumettes. « Je ne pourrai malheureusement pas te les laisser. Si Angie tombait dessus, elle courrait tout droit mettre maman au courant et ça ferait des étincelles. Tu connais Gladys et sa campagne pour obtenir des cigarettes de marque… Alors la seule solution, c'est que tu en fumes le plus possible, là, maintenant. »

J'ai déchiré la cellophane et je lui ai tendu le paquet ouvert, mais elle a secoué la tête.

« Je suis la seule personne de plus de seize ans qui ne fume pas, à Wollanup. »

J'ai dû m'y reprendre à plusieurs fois avant de réussir à craquer mon allumette. J'ai inhalé une bouffée de fumée. Le goût du Virginia supérieur m'a chaviré. J'ai fermé les yeux et laissé le filet de fumée s'échapper entre mes lèvres.

« Merci, Krystal. Merci infiniment. Pour tout.

— Quel goût ça a, une Marlboro ? »

J'ai tiré une deuxième bouffée, avec délices.

« Le goût du pays, ai-je murmuré.

— Désolée de te mettre du vague à l'âme…

— Je l'ai en permanence.

— Ça… je comprends. Wollanup est invivable… Ce n'était pas ce qui était prévu, au départ, mais c'est pourtant ce que c'est devenu… »

187

Elle s'était remise à fouiller dans son cabas et en exhuma une grande enveloppe kraft usagée.

« Ce qu'il y a là-dedans devrait t'intéresser, je pense », a-t-elle dit en me la tendant.

L'enveloppe contenait un paquet de vieilles coupures de presse, dont le papier jauni tombait en morceaux. La première avait été découpée dans le numéro du 12 mars 1979 du *Western Australian*, un journal de Perth.

TROIS VICTIMES DANS UNE MINE D'AMIANTE.

Wollanup, Australie-Occidentale. – Trois mineurs ont trouvé la mort dans l'explosion accidentelle qui a secoué, hier, la mine d'amiante qu'exploite la Union Minerals à Wollanup, au cœur du Grand Désert Victoria. Selon les premières informations recueillies auprès des témoins, il semblerait que des charges de dynamite placées au fond d'une galerie aient explosé prématurément, tuant trois hommes qui n'avaient pas eu le temps de se mettre à l'abri. Il s'agit de Joe John Drisdale, 55 ans, et de deux frères, Harold et Buster Reynolds, âgés de 51 et 54 ans. Tous trois, originaires de Wollanup, étaient mariés et pères de famille. Empêchés de pénétrer dans la galerie par l'incendie qui s'est déclaré suite à l'explosion, les sauveteurs n'ont pas pu remonter les corps à la surface.

« Buster Reynolds était mon grand-père, a expliqué Krystal. Le père de Daddy. Harold, lui, était le père de Les. »

Je me suis plongé dans l'article suivant. Il était daté du 14 mars 1979 et provenait, lui aussi, du *Western Australian*.

WOLLANUP, RÉCEMMENT TOUCHÉE
PAR UNE CATASTROPHE MINIÈRE, SERA ÉVACUÉE.

Wollanup, Australie-Occidentale. – La petite ville minière de Wollanup, endeuillée par une explosion il y a quarante-huit heures, va devoir être vidée de ses habitants. Plusieurs des foyers d'incendie qui s'étaient déclarés dans les galeries de la mine d'amiante n'ont toujours pas pu être circonscrits.

Mr. Jock Smithson (Parti libéral, Gold Fields), ministre des Mines et des Carrières, a rendu publique sa décision aujourd'hui même à Canberra. « *L'incendie qui ravage cette mine d'amiante constitue un risque majeur pour la population locale. Ce tragique accident a déjà fait trois victimes, et nous devons tout mettre en œuvre pour éviter d'alourdir ce bilan. La raison nous ordonne de procéder au plus tôt à l'évacuation de Wollanup* », a-t-il notamment déclaré.

C'est en autocar que les cent vingt habitants couvriront les 700 kilomètres qui séparent Wollanup de Kalgoorlie, la ville la plus proche, où un dispositif d'hébergement d'urgence a été mis sur pied par les services sociaux de l'État d'Australie Occidentale, afin d'accueillir les réfugiés.

« Jamais je n'oublierai ce voyage jusqu'à Kalgoorlie, a dit Krystal. À l'époque, je n'avais que dix ans et ça m'a traumatisée. Daddy était anéanti par la disparition de son père. Il en voulait à mort à la Union Minerals. Pour lui, c'était la direction qui était responsable de l'accident, à toujours leur faire utiliser des explosifs au rabais. Tout le monde était en larmes à l'idée de ce qu'ils avaient dû laisser derrière eux. Par-dessus le marché c'était le plein été, mais les cars que la compagnie avait loués n'étaient pas climatisés et, vu l'état de la route, on a mis vingt heures pour rallier Kalgoorlie. Une fois là, ils nous ont entassés dans des locaux sordides, à la périphérie de la ville. De vieux baraquements de l'armée, qui n'avaient pas servi depuis vingt ans, et où ils n'avaient même pas pris la peine de donner un coup de balai. On marchait dans les crottes de souris, une vraie moquette, et les sanitaires étaient bouchés. Comme si ça ne suffisait pas, au bout de trois semaines, la Union Minerals a cessé de verser leur salaire aux mineurs, sous prétexte que la mine allait être fermée. »

Je suis passé à la coupure de journal suivante datée, cette fois, du 20 avril 1979.

FERMETURE DÉFINITIVE
DE LA MINE D'AMIANTE DE WOLLANUP.

Perth, Australie-Occidentale. – Conséquence de l'explosion meurtrière qui s'est produite, le mois dernier, dans la mine d'amiante de Wollanup dont elle est propriétaire, la Union Minerals of

Australia a annoncé, ce matin, son intention de fermer les puits. La décision est irrévocable et prend effet immédiatement. Mr. Russell Hanley, vice-président de la compagnie, a donné lecture du communiqué suivant : « *La Union Minerals se trouve malheureusement contrainte de cesser l'exploitation de cette mine historique, qui était en opération depuis 1889. Mais l'explosion et les incendies survenus il y a un mois, et qui ont coûté la vie à trois de nos plus vieux employés, nous interdisent tout espoir de remettre la mine en acti-vité – d'autant que, selon les derniers rapports de nos services de sécurité, le feu couve encore dans plusieurs gale*ries. » Cette décision brutale a causé l'indignation de la population de Wollanup, dont la majeure partie est toujours hébergée dans des logements provisoires, à Kalgoorlie. Les porte-parole du Comité d'Action de Wollanup – Millard et Lester Reynolds, dont les pères ont péri dans la catastrophe – ont confié à notre reporter : « *Pour notre ville, c'est ni plus ni moins une condamnation à mort.* »

« Le vrai prénom de Daddy, c'est *Millard* ? »
Krystal s'est mise à glousser.
« Tâche qu'il ne découvre pas que tu es au courant. Il déteste son nom.
— Qu'est-ce qui s'est passé, après la fermeture de la mine ?
— Ça a mal tourné. Très mal tourné », a fait Krystal.

Effectivement, le 2 mai 1979, le *Western Australian* titrait :

DEUX MINEURS ARRÊTÉS
LORS D'UNE MANIFESTATION.

Perth, Australie-Occidentale. – Deux manifestants ont été interpellés à la suite des heurts qui ont opposé, hier, les forces de l'ordre aux mineurs de Wollanup devant le siège social de la Union Minerals, dans le centre de Perth.

Les deux hommes – Millard et Lester Reynolds, membres du Comité d'Action de Wollanup – ont été arrêtés, après avoir agressé Mr. Russell Hanley, porte-parole de la Union Minerals, alors qu'il quittait les bureaux de la compagnie. Des bagarres ont éclaté lorsque d'autres manifestants ont tenté de bloquer le fourgon qui emmenait leurs leaders.

Dans la journée, les cousins Reynolds ont comparu devant le juge du tribunal de William Street. Ils ont été remis en liberté moyennant le versement d'une caution de 100 $A et la promesse de s'abstenir de toute voie de fait. En réponse aux questions des journalistes, Millard Reynolds a condamné en termes très durs l'attitude de la Union Minerals : « *Nos pères ont laissé leur peau au fond de cette mine. Nous avons tout perdu, nos toits, nos biens, notre communauté, et qu'est-ce que la direction nous a offert à titre de compensation ? Rien. Elle a laissé l'État nous reloger dans*

des conditions inacceptables. Elle ne nous verse
plus nos salaires. Elle n'a même pas proposé un
sou d'indemnité aux familles des victimes. Pour
moi, tous ces types sont des criminels. »

« En fait, ni Daddy ni Les n'ont fait de prison, m'a
expliqué Krystal. La Union Minerals a été la cible
d'une campagne de presse à cause de la façon dégueulasse dont elle traitait ses employés, et elle a préféré
abandonner les poursuites. Elle a même fini par nous
accorder des indemnités : cinq mille dollars par famille,
et dix mille de plus aux veuves des trois victimes. Une
aumône, quoi, si l'on songe que c'est toute une existence
qu'on avait perdue en quittant Wollanup.

« Pour ne rien arranger, les mines de Kalgoorlie
n'embauchaient pas, à l'époque. Les uns après les
autres, on a vu des parents, des voisins s'en aller aux
quatre coins du pays, là où ils entendaient dire qu'il y
avait du boulot et Wollanup a cessé d'exister en tant
que communauté. Daddy nous a emmenés à Perth, où
il avait trouvé une place dans un garage. Maman s'est
mise à faire des ménages. Elle bossait épisodiquement
dans un hôtel du centre. Les nous avait rejoints avec sa
famille et, au bout d'un moment, Robbo l'a imité. Au
baratin, ils ont décroché un travail de nuit dans un abattoir, près de Fremantle. Un beau jour, on a vu débar-
quer Gus. Il avait réussi je ne sais comment, à s'inscrire
en première année de médecine, mais il a rapidement
laissé tomber les études pour traîner avec une bande de
hippies qui dealaient de l'herbe. Il se faisait même pas
mal d'argent. Malgré ça, pas plus que Daddy et les

autres il n'arrivait à se faire à la vie citadine. Il parlait toujours de retourner à Wollanup. »

Krystal a regardé sa montre et a sauté sur ses pieds. En un clin d'œil, elle avait rangé ses coupures de journaux et débarrassé la table.

« Mieux vaut nous en tenir là pour ce soir. Angie risque de rentrer d'une minute à l'autre. Je te raconterai la suite samedi. Tu aimes le steak ?

— De kangourou ?

— Le tournedos dans le filet. Les a promis de m'en mettre deux de côté dans son congélo. On pourrait s'offrir ça pour se consoler de manquer le barbecue-détritus. Qu'est-ce que tu en dis ?

— Vivement samedi ! »

Angie a été enchantée que Krystal m'ait convaincu de me décrasser. Plus exactement, son commentaire de sac à bière a été : « Putain, mais c'est qu'il brille comme un sou neuf ! » Inutile de dire qu'en sa présence, j'ai recommencé à jouer les zombies de service. J'ai cru que samedi n'arriverait jamais.

À six heures pile, Krystal frappait à notre porte, qu'Angie a aussitôt franchie en sens inverse, en lançant : « Je rentrerai sûrement à pas d'heure, O.K. ? » Krystal a attendu qu'elle ait disparu au bout de la rue avant de poser son cabas sur la table et d'en tirer un paquet enveloppé dans du papier ciré. Elle l'a ouvert avec cérémonie, révélant deux énormes tournedos de trois bons doigts d'épaisseur.

« Tu as déjà vu quelque chose d'aussi superbe ? » m'a-t-elle demandé, et j'ai remarqué que ses cheveux étaient lavés de frais et qu'elle portait un parfum exotique. Du patchouli, m'a-t-il semblé. Elle a achevé de vider son cabas. Une vraie corne d'abondance.

« Au menu de ce soir : tournedos poêlé, cœurs de céleri braisés au beurre aillé, salade de tomates. Et pour arroser le tout, un Cape Mentelle – un excellent cabernet sauvignon. Mais avant ça, que dirais-tu d'une autre expédition bac à douche ? Tu pues le bouc, ce soir encore… »

Cinq minutes sous ce jet glacial était le maximum que je pouvais supporter, mais ça m'a fouetté le sang. Et au lieu de remettre mon caleçon et mon T-shirt crasseux, j'ai tiré la cantine de sous le lit et j'ai enfilé ma tenue numéro un : chemise Oxford blanche de chez Brooks Brothers, pas neuve mais propre, et pantalon Gap en toile kaki, C'était la première fois que je mettais un pantalon long depuis mon arrivée au pays d'Oz.

« Ça te métamorphose, a fait Krystal, qui me regardait d'un œil critique. Tu te sens redevenir humain ?

— Presque.

— Voilà qui devrait hâter le processus », a-t-elle déclaré, en me tendant un verre plein d'un vin rouge sang.

Je l'ai porté à mon nez et je l'ai humé. Un bouquet riche, complexe jusqu'au vertige, à vous faire fourmiller la cervelle. J'y ai trempé les lèvres. À peine une gorgée d'oiseau.

À l'époque de la crise des otages à Beyrouth, j'avais lu je ne sais plus où qu'un des Français libérés avait publié un livre sur le vin. Pas un docte ouvrage réservé aux œnologues avertis ou un guide grand public genre « Des bordeaux pour toutes les bourses ». Plutôt une étude sur le vin en tant que nourriture spirituelle. Ce truc si typiquement français qu'est, par exemple, la métaphysique d'un grand chablis... Mais lorsque les premières gouttes de ce Cape Mentelle m'ont électrifié le palais, j'ai soudain compris pourquoi le concept abstrait de « vin » pouvait avoir une telle résonance pour un homme privé de sa liberté contre son gré. Ce n'est pas le côté « capiteux » du vin qui lui confère une telle charge émotionnelle. Cela tient plutôt à la façon dont sa subtile complexité vous renvoie aux choses les plus élevées de l'existence – et, ce faisant, exalte en vous le besoin de transcender le tragique de votre situation. Qu'est la spiritualité sinon une tentative de se détacher des contingences ordinaires, de s'élever au-dessus de notre condition d'homme ? Je me suis rapidement persuadé que déguster un verre ou deux de cabernet sauvignon n'était pas le pire moyen d'y parvenir.

Le dîner a été de bout en bout un sublimé d'évasion. Krystal avait dressé la table avec goût : sets de table, assiettes de porcelaine, serviettes blanches. Elle possédait l'unique disque de musique classique de Wollanup – le concerto, pour clarinette de Mozart. Elle l'a posé sur le tourne-disque avant d'allumer une bougie et d'éteindre le néon. Dans la douce lumière ambrée, elle a apporté les tournedos – saisis juste ce qu'il fallait pour rester roses et froids à l'intérieur – et les cœurs de céleri, délicatement braisés. Elle avait relevé sa salade de tomates d'une pointe de basilic. Nous avons dîné lentement dans un silence religieux, hésitant à troubler le magie de cet instant. À dissiper l'illusion que nous avions réussi à échapper au sordide de notre quotidien. Ce n'était plus un repas. C'était une Cène.

« Désolée, mais je n'ai pas pu trouver de vrai café, a dit Krystal. J'ai tout de même pensé aux Marlboro.

— Tu es une vraie perle !

— Oh, loin de là…. » Toute rougissante, elle a plongé dans son cabas. « Je t'ai aussi rapporté ça », a-t-elle enchaîné, en me tendant deux coupures de presse.

La première, datée du 16 mai 1983, était la « une » du supplément Week-End du *Melbourne Age*. Une photo de Daddy (plus jeune, mais déjà simiesque et renfrogné) barrait le haut de la page. On l'y voyait, planté au milieu de la « grand-rue » déserte de Wollanup, environné d'une trombe de poussière. Au-dessous s'étalait un gros titre sur trois colonnes :

QUAND LA VILLE MEURT,
par Kirstin Keeler.

Il est revenu pour les funérailles. Celles d'une ville qui a été le berceau de trois générations de Reynolds avant lui. Samedi dernier, en effet, le gouvernement fédéral de Canberra a annoncé que le petit centre minier de Wollanup, dans le Grand Désert Victoria, avait cessé d'exister. Pour Millard Reynolds qui, comme son père et le père de son père, avait toujours vécu ici, la disparition de Wollanup est un drame comparable à la perte d'un être cher.

C'est Mr. Ron Browning (Parti travailliste, Port

Headland), ministre des Mines et des Carrières, qui a signé l'acte de décès de Wollanup. Dans un communiqué publié vendredi dernier, il a indiqué que cette agglomération, évacuée depuis une catastrophe minière survenue en 1979, ne faisait désormais plus partie des infrastructures du pays, tant au niveau fédéral qu'à celui de l'État d'Australie Occidentale…

J'ai levé un œil interrogateur.

« Évidemment, ça n'a pas été la dernière visite de Daddy à Wollanup. Il a continué d'y faire un saut, de loin en loin, tantôt avec Les, tantôt, avec Gus ou Robbo, pour s'assurer que personne – Abos, marginaux ou travailleurs itinérants – ne s'y était installé et squattait les maisons. À l'époque, nos quatre familles vivaient ensemble dans deux maisons mitoyennes, à Fremantle. Ça avait un petit côté hippie : gosses à poil, marie-jeanne et projets alternatifs. Je revois encore Daddy, Les, Robbo et Gus assis ensemble et faisant circuler un énorme pétard en échafaudant des projets mirobolants de retour à Wollanup. Pour y créer une communauté autonome, coupée du reste du pays. Une authentique société collectiviste, libérée de la dictature du gain, du profit, de l'épargne et de tout ce qui a fait de l'Australie ce qu'elle est aujourd'hui. La ville était là, toute prête. Il suffisait de s'y réinstaller. Tout ce qu'il leur manquait, c'était une petite industrie ou une entreprise quelconque qui puisse rendre le projet viable, financièrement parlant, sans toutefois attirer l'attention du gouvernement de Canberra sur le fait que des gens s'étaient réinstallés dans une région officiellement non habitée. »

À peu près à cette époque, m'a raconté Krystal, une grand-mère était morte en laissant à la famille un petit héritage. Environ vingt mille dollars, que les quatre hommes avaient mis de côté en vue de l'opération Exodus qu'ils projetaient. Et puis, un matin de 1986, Robbo était rentré du boulot tout excité. Il avait fait la connaissance d'un type, à l'abattoir. Ce Jones était sur le point de monter une usine d'aliments pour animaux à Kalgoorlie, et recherchait quelqu'un, dans la région, qui puisse l'approvisionner en carcasses de kangourous.

Quelques jours plus tard, Jones était venu parler finances avec Daddy, Les, Robbo et Gus. Ils avaient profité d'un week-end pour l'emmener à Wollanup. Il y avait justement un vieil entrepôt qui pouvait facilement être reconverti en abattoir. Daddy et ses trois associés avaient rapidement trouvé un arrangement avec lui : il leur avançait de quoi monter une chaîne d'abattage et ils s'engageaient, en retour, à devenir ses fournisseurs exclusifs de viande de kangourou, et à des prix défiant toute concurrence – moitié moins cher que les autres abattoirs. Autre avantage : leurs tarifs étaient garantis hors taxe, puisque leur petit business serait une entreprise fantôme – basée dans une ville qui, du point de vue de l'administration, n'existait plus.

J'ai parcouru la dernière coupure de presse. Elle provenait du *Bulletin*, l'hebdo le plus lu d'Australie. Elle était datée du 2 août 1986 et contenait, selon Krystal, la dernière mention écrite du nom de Wollanup. Le papier était très court. Un entrefilet, dans la rubrique « Agenda », semblait-il.

TOUR DE CARTES

La semaine dernière, une ville a été escamotée de la carte – disparition qui n'a pas échappé à l'œil acéré de l'un de nos collaborateurs. La carte en question est celle de l'Australie-Occidentale, telle qu'elle figure dans l'édition 1986 de l'Atlas routier que vient de publier le Royal Australian Automobile Club. Quant à la disparue, il s'agit de Wollanup, une petite cité minière du Grand Désert Victoria, évacuée depuis 1979 par ordre du gouvernement fédéral, à la suite d'une explosion survenue dans une mine d'amiante. Disparus aussi les 320 kilomètres de piste qui reliaient feue Wollanup à la route de Kalgoorlie. Pourquoi cette décision d'effacer toute trace de l'existence de Wollanup ? Explication de Reginald Caton-Jones, cartographe en chef du RAAC : « Ce n'est plus qu'une ville fantôme, perdue au diable vauvert. En d'autres termes, elle n'a absolument aucune sorte d'existence. Et une ville qui n'existe pas n'a que faire sur les cartes que nous éditons. »

« On a déménagé pratiquement le lendemain de la parution de cet article, a dit Krystal. Cette fois, on pouvait être certain que plus personne ne viendrait jamais fouiner à Wollanup. On a tourné la page sur notre existence à Fremantle. On a raconté à tout le monde

200

– voisins, profs, etc. – que les parents avaient trouvé du travail dans l'Est, on a fait nos balluchons et on est partis, une nuit. Pour toujours.

— Et pas un de vous n'a fait d'objections ?

— On nous a présenté ça comme une aventure fantastique. Le camp d'été à longueur d'année.

— Et tu as cru à ces chimères, toi aussi ?

— Bien sûr. J'étais en première année à l'institut pédagogique, j'avais un petit ami, Dave, un surfeur avec qui je passais mon temps sur les plages. Mais le jour où Daddy m'a annoncé : "On va avoir besoin de quelqu'un pour faire la classe, à Wollanup", comment pouvais-je dire non ? La famille, c'est la famille… Et puis, l'idée de redonner vie à une ville morte me semblait romantique en diable. D'autant qu'il s'agissait de la ville où j'étais née.

« Bref, pendant les premières années, on a tous eu l'impression d'être des espèces de pionniers. Il a fallu se débrouiller avec les moyens du bord et faire avec le strict nécessaire, sur le plan du confort comme sur celui de la nourriture. Apprendre à se passer de la télé, du cinéma. Se réhabituer à vivre au milieu de nulle part. Mais tout ça, on l'acceptait sans rechigner parce qu'à l'époque on trouvait encore génial d'avoir une ville à nous, où on pouvait vivre à notre guise, selon nos propres lois, au nez et à la barbe du reste du monde.

« Daddy et ses trois compères avaient beau avoir quelques belles réussites à leur actif, notamment le système des tickets et l'abattoir, ils avaient négligé un détail d'importance, en inventant leur société idéale : comment la jeune génération se débrouillerait-elle pour trouver l'âme sœur, quand elle serait en âge de convoler ? C'est avec Angie que les choses ont commencé à se gâter. Elle devait avoir dix-neuf ans quand Les l'a surprise une nuit, dans le poulailler, en train de se faire sauter par un des fils de Robbo, qui était plus jeune qu'elle. »

J'ai avalé ma fumée de travers. « Elle forniquait avec un de ses cousins ?

— Tu vois qui c'est, Pete ? Le gros qui décapite les kangourous. Eh ben, c'était lui, l'heureux élu.

— Mais, elle m'a dit…

— Quoi ?

— Que j'étais…

— *Le premier ? Et tu l'as crue ?* »

Krystal avait manifestement autant de mal à me croire, moi, qu'à en croire ses oreilles. « Ben, oui…

— C'est bien les mecs, ça ! Toujours à la ramener et à plastronner. Mais dès qu'il s'agit de sexe, là, vous devenez tous plus cons que nature… Tu es loin d'avoir été le premier, mon pauvre Nick ! Tu n'as même pas été le second. Ni le troisième, le quatrième ou le cinquième. Angie, c'était le matelas de Wollanup. Elle a fait l'éducation sexuelle de tous ses cousins, ou presque… Du moins, jusqu'à ce que Les la découvre avec Pete. Et là, ça a été plutôt saignant, surtout quand il s'est avéré qu'elle était enceinte. »

Ma coqueluche s'est aggravée.

« Et ce bébé, qu'est-ce qu'il est devenu ?

— Elle a fait une fausse couche au bout de deux mois – au soulagement général, comme tu l'imagines. Mais les parents ont commencé à se faire des cheveux.

Parce qu'il était évident que ce n'était qu'une question de temps avant qu'une autre fille se retrouve enceinte des œuvres d'un de ses cousins, sinon d'un de ses frères… Et qu'à moins de prendre des dispositions pour mettre fin à ces relations en circuit fermé, la prochaine génération de Wollanupiens serait probablement une galerie de dégénérés.

« Alors, ils ont convoqué toute la population au pub et ont menacé quiconque s'aviserait de s'envoyer en l'air avec un parent proche des pires représailles. Dans le genre de la correction que tu as vu administrer à Charlie, la semaine de ton arrivée. Mais ils nous ont aussi promis que, dès notre vingt et unième anniversaire, on aurait le droit de quitter Wollanup pendant six à huit semaines, libre à nous d'aller où on voudrait pour trouver l'âme sœur, et la ramener au pays.

— Ils n'ont tout de même pas eu la naïveté de croire que leur progéniture arriverait pure et vierge à sa majorité ?

— Bien sûr que non. Ils savaient que les hormones étant ce qu'elles sont, il y aurait forcément des tentatives de passage à l'acte, Mais ils espéraient qu'en gravant leur loi anti-sexe dans le marbre de la constitution de Wollanup, ils réussiraient à limiter les risques de consanguinité. Et ils se sont dit qu'au fur et à mesure qu'on atteindrait la limite d'âge et qu'on ramènerait du sang neuf dans la communauté, le problème cesserait progressivement d'en être un.

— Si je comprends bien, je suis la deuxième pièce rapportée – de force –, à Wollanup.

— Erreur ! Tu as le dossard numéro quatre. Tu as

bien dû discuter avec Janine et Carey, au pub. Les femmes de Ron et Greg, les fils de Robbo… Eh bien, Janine était caissière dans un supermarché de Perth et Carey bossait dans un McDonald, à Brisbane. Les garçons les ont rencontrées au cours de leur virée matrimoniale. Ils leur ont offert le mariage et une vie tranquille dans un petit trou perdu. L'idée les a séduites et elles les ont suivis.

— Tu veux dire qu'elles n'ont été ni droguées, ni kidnappées ?

— Pourquoi, il aurait fallu ? Elles voulaient se marier, elles ont rencontré un type qui leur a plu, et voilà… Évidemment, on ne peut pas dire que Janine ou Carey soient des prix Nobel en puissance, et ceci explique probablement cela… Au moins, pourquoi elles se sont si bien adaptées à la vie d'ici. Bref, tout le monde s'est frotté les mains : les mariées avaient l'air heureuses en ménage et tout semblait indiquer que l'idée d'importer des conjoints à Wollanup porterait ses fruits. » Krystal s'est tue et a vidé son verre d'un trait. « Et puis, mon tour est venu de me mettre en quête d'un époux… »

Elle a soufflé la chandelle et rallumé la lumière. L'atmosphère romantique de notre dîner a succombé à une attaque de néon. Jamais mon nid d'amour ne m'avait paru si sordide.

« Allez, c'est l'heure de la petite promenade digestive ! a décrété Krystal, en faisant disparaître le paquet de Marlboro et mes mégots dans les profondeurs de son cabas. Tu vas pouvoir, tu crois ?

— Je peux essayer. »

Dehors, la pleine lune faisait de son mieux pour atténuer l'absolue désolation de la nuit wollanupienne et éclairer nos pas.

« Ils n'ont pas encore mis le feu à la montagne », a remarqué Krystal. Du centre-ville montaient une odeur caractéristique de viande en broche et les éclats de voix qui signalent une beuverie de groupe. « Ça t'est vraiment égal de rater le barbecue ?

— Tu plaisantes ? »

Elle m'a pris le bras et m'a entraîné vers le bout de la route, à quelques dizaines de mètres de la maison. Une fois là, on a continué à marcher droit devant nous, dans la pierraille qui crissait sous nos pas, Krystal me soutenant d'une main ferme, moi la suivant tant bien que mal, sur des jambes réduites à l'inertie totale depuis quinze jours. Elle s'est arrêtée devant un petit carré de terre, dont quelqu'un avait ôté les pierres. Au centre, on devinait un monticule oblong, de deux pieds sur six environ. Une tombe.

Krystal est restée de longues minutes à la contempler sans mot dire.

« Jack… a-t-elle enfin articulé. On s'est rencontrés à Perth, sur la plage. Un grand gaillard dégingandé aux cheveux blonds, avec des dents pas terribles, mais qui avait un rire irrésistible. Il venait de décrocher sa licence de lettres à la fac de Sidney et, avant de décider de ce qu'il en ferait, il s'était accordé une année sabbatique pour rouler un peu sa bosse et voir du pays. Il était tenté par l'écriture, tout en reconnaissant qu'il était trop flemmard pour se poser devant une feuille de papier, un stylo à la main. Le type même du garçon sans problème. Marrant. Facile à vivre.

« Bref, très vite, on ne s'est plus quittés. On passait le plus clair de notre temps à la plage. Au bout de trois semaines, ça collait si bien entre nous que j'ai commencé à me dire : "Et si c'était le bon numéro ?" Alors je lui ai raconté Wollanup. Le côté "communauté" l'a tout de suite branché, et il a dit que c'était sans problème, qu'il allait me ramener ici en voiture. D'ailleurs, il n'avait pas de projets bien définis et il avait toujours rêvé de voir à quoi ressemblait le désert.

« Le voyage a été un vrai cauchemar. Trois jours sur la route, à mijoter dans sa Holden hors d'âge, qui n'arrêtait pas de chauffer. Et à peine débarqué à Wollanup, Jack a eu la même réaction que toi : "Putain, le bled !" Au bout de quarante-huit heures, il a bouclé son sac et m'a annoncé qu'il avait beau avoir beaucoup d'affection pour moi, jamais il ne pourrait se faire ni à cette montagne d'ordures, ni à tout le reste, d'ailleurs. Je n'avais aucune envie de le voir partir, mais je n'ai rien fait pour l'en empêcher. Il n'était pas au bas de la côte que Daddy, Les et les autres ont déboulé en force. Avec leurs fusils. Ils lui ont barré la route.

« "Qu'est-ce que c'est que ce cirque ?" a demandé Jack. "Il n'est pas question que tu te tires, lui a déclaré Daddy. Tu vas rester ici et épouser ma fille." Jack l'a traité de dingue et Daddy lui a balancé sa main dans la figure : "C'est pas pour un petit séjour touristique que Krystal t'a ramené chez nous, mon gars. Elle avait mission de se dégoter un mari, et ce mari, c'est toi."

« J'étais là, à quelques pas. Quand Daddy lui a sorti

206

ça, Jack s'est tourné vers moi, avec une expression sur le visage… Jamais je ne pourrai l'oublier. Du concentré de haine. Il a bousculé Daddy, s'est engouffré dans sa Holden et s'est lancé dans la côte, poursuivi par Robbo et Gus. Daddy a tiré un coup de semonce en l'air mais, voyant que Jack ne s'arrêtait pas, il a visé la lunette arrière. Il a appuyé deux fois sur la détente. J'ai vu la vitre exploser et puis, d'un seul coup, la voiture a calé et le klaxon s'est mis à beugler. On s'est rués vers la voiture. Jack était affalé sur le volant. Tout l'arrière de son crâne avait disparu. »

Au loin, un concert de voix avinées avait entamé un compte à rebours. *Cinq, quatre, trois, deux, un…* À « zéro », la montagne de détritus s'est embrasée, avec un grondement sourd. Des salves d'escarbilles orangées pétaradaient à travers le ciel, comme un monstrueux feu d'artifice. En quelques secondes, tout Wollanup baignait dans une lumière de soufre. Une fournaise, digne de cette annexe de la géhenne.

« Tu comprends maintenant pourquoi Les me refile des tournedos et du vin en douce, a repris Krystal. Comme tout le monde ici, il s'en veut, pour Jack. Tout le monde, sauf Daddy…. "Il fallait que je le tue", comme il m'a dit, un jour. "Parce que si je l'avais laissé filer, il serait allé tout raconter aux flics, et là, on aurait pu dire adieu à Wollanup."

« La mort de Jack aurait dû le faire réfléchir, mais il a quand même laissé Angie partir à la pêche au mari dans le Nord. Sauf qu'au lieu de harponner un bon gros lourdaud, comme tout le monde le lui avait recommandé, c'est toi qu'elle a ramené. Alors, à la seconde où je t'ai vu émerger de ce poulailler, j'ai su qu'il faudrait que je t'aide à partir d'ici. »

Elle a glissé son bras sous le mien. « Et c'est ce que je vais m'employer à faire. »

Je l'ai regardée attentivement. « Tu as un plan ?

— Oui, elle a dit. J'en ai un.

— Explique.

— Pas maintenant, Nick. Une autre fois. »

On a fait demi-tour. Le tas d'ordures brûlait toujours. « Un vrai feu d'enfer.

— D'enfer, oui…

— Krystal…

— Mmmh… ?

— C'est quoi, la règle numéro un de l'outback ?

— Ne jamais conduire de nuit. Tu risques de gros pépins si tu percutes un kangourou.

— Sage conseil… »

TROISIÈME PARTIE

1

« Si tu m'expliquais à quoi ça sert, un rotor de distributeur ? m'a-t-elle demandé.

— C'est un petit cylindre en bakélite, sur le haut duquel il y a une espèce de languette métallique. Il se loge sous la tête du delco qui, elle, ressemble à une petite calotte – en bakélite, toujours – avec quatre plots d'où sortent des fils reliés aux bougies. Quand tu mets le contact, ça fait tourner le rotor, et le disrupteur – la languette métallique qui est dessus – distribue le courant aux bougies, ce qui lance le moteur. Sans ce rotor, aucune voiture ne peut bouger. Parce qu'elle ne démarre tout simplement pas.

— Et tu ne pourrais pas en fabriquer un ?

— Je n'ai jamais essayé.

— Eh bien, c'est le moment ou jamais… »

Il n'y avait que trois véhicules en état de marche, à Wollanup : le frigorifique des Boucheries Réunies, une fourgonnette Traffic avec laquelle Les allait au ravitaillement, et le camion découvert qui servait de corbillard aux kangourous. Quand personne ne s'en servait, ils étaient enfermés à double tour dans deux remises, derrière l'abattoir, et non content de ça, on leur retirait leur rotor. Les les gardait tous les trois dans

211

son coffre, moyen radical de s'assurer que personne n'emprunterait un des véhicules pour se faire la belle.

Mais même à supposer qu'une nuit, quelqu'un réussisse à en faire démarrer un, ce quelqu'un n'irait pas loin : Wollanup était doté d'un système de surveillance nocturne – dont les rotations étaient tenues secrètes –, confié aux fils de Les et de Robbo. Ils se relayaient, toutes les nuits, dans un poste de guet installé sur le toit du pub, et veillaient à ce que personne ne traîne dans les rues après l'heure de la dernière bière. Le boulot leur plaisait, surtout parce que ça leur valait un bonus de six tickets par tour de garde.

« Tout le temps que tu retapais ton VW, ils ont été en alerte maximum, a dit Krystal. Au cas où tu aurais tenté de nous jouer *La Grande Évasion*… Ils ont d'ailleurs été un peu déçus que tu ne risques pas le tout pour le tout.

— Je savais que je n'avais pas l'ombre d'une chance… Jamais je n'aurais pu grimper cette côte sans me faire repérer.

— Tu sais que tu as oublié d'être bête ? »

Comme moi, Krystal avait noté le temps que mettait un véhicule pour monter cette fichue côte. Jusque-là, c'était Les qui détenait le record, avec quarante-sept minutes chrono – mais son engin avait quatre roues motrices. Le frigorifique et le camion, nettement plus lourds, devaient peiner un bon quart d'heure de plus, et sans dépasser le vingt à l'heure, sur cette piste criblée de nids-de-poule et d'ornières, où ils risquaient de laisser un essieu à chaque tour de roue. D'ailleurs, le corbillard à 'rous – vingt ans d'âge – se payait une ou deux grosses pannes par an dans la côte, ce qui contraignait Tom et Rock à se refarcir la route à pied, en laissant leurs prises de la journée se faisander sur le plateau arrière.

« Quand le camion tombe en rideau, a repris Krystal, ils démontent toujours le rotor de distributeur avant de redescendre en ville. Je le sais, parce que je les ai vus donner un truc comme ce que tu viens de me décrire à Les, au magasin. Dans ces cas-là, Daddy attend le lendemain pour monter réparer le camion. Il part à l'aube. Après dix heures du matin, la chaleur n'est pas tenable, là-haut. Il n'y a pas un pouce d'ombre…

— Il n'y va jamais après le coucher du soleil ?

— Il n'y verrait rien pour travailler. Même avec des torches puissantes…

— Je vois où tu veux en venir.

— Quand je te disais que tu as oublié d'être bête ! »

Son plan était astucieux. Et haut en risques. Mon rôle était de bricoler un rotor de distributeur, de le planquer, et d'attendre que le camion tombe en panne sur le plateau. À sa première défaillance, on filerait la nuit même – ce qui signifiait nous faufiler hors de nos maisons respectives une heure environ après la fermeture du pub (autrement dit vers minuit), sortir de Wollanup sans nous faire repérer par l'homme de guet, et grimper la côte à pied.

« Trois heures, ça devrait être amplement suffisant pour atteindre le plateau.

— Mieux vaut en prévoir quatre.

— Tu es en si petite forme ?

213

— Plutôt !

— D'accord, mauviette. Je t'accorde une heure de grâce. Ce qui nous mettrait au camion vers quatre heures un quart, quatre heures et demie, au plus tard. De combien de temps as-tu besoin pour le faire démarrer ?

— Tout dépendra de l'origine de la panne...

— D'après ce que je sais, c'est toujours quelque chose de mineur, genre courroie de ventilateur cassée ou faux contact dans l'alternateur...

— En ce cas, compte une heure avant qu'on puisse s'ébranler. Surtout si je dois poser le nouveau rotor, en prime.

— O.K. ! Disons, fin prêts à cinq heures et demie. Et à ce moment-là, Daddy sera déjà à mi-côte, dans le Traffic de Les. Ce qui veut dire que, même si on réussit à démarrer, on n'aura qu'un quart d'heure d'avance sur lui... Ça ne suffit pas. On a besoin d'une marge de sécurité beaucoup plus grande. »

J'ai tiré quelques bouffées de ma Marlboro, pour m'aider à réfléchir.

« Suppose que Daddy soit malade, ce jour-là. Trop malade pour se lever...

— Continue, tu m'intéresses... »

On n'avait pas vraiment le temps d'approfondir la question. Le barbecue-détritus touchait à sa fin et les fêtards commençaient à regagner leurs pénates en zig-zaguant. En vitesse, Krystal a engouffré les Marlboro et le contenu du cendrier dans son cabas avant de me brosser la suite du scénario dans les grandes lignes :

« Continue à jouer les grabataires pendant quelques

214

jours, puis manifeste ton intention de retourner bosser au garage. Et n'oublie pas de faire une tête d'enterrement, pour que tout le monde se dise que tu t'es résigné à ton sort. Remets-toi à bricoler ton minibus, mais profites-en pour farfouiller dans les pièces détachées qui traînent autour du garage de Daddy. Après la mort de Jack, Daddy a entièrement désossé sa Holden, et je suis certaine que le delco doit traîner par là. Si c'est le cas, on tient le bon bout.

— Seulement si ce fameux rotor est en état ou réparable. Et à condition que le camion ait la même tête de distribution...

— Ça devrait coller : le camion, c'est aussi un Holden.

— On a une chance sur mille.

— Peut-être, mais c'est la seule qu'on ait... »

Angie a fait son entrée, quelques minutes plus tard. Krystal venait de finir la vaisselle et s'essuyait les mains, devant l'évier. Moi, j'avais repris ma position fœtale ordinaire, entre les draps.

« Alors, z'avez pris vot' pied, vous deux ? » a fait Angie.

Elle a lâché un rot interminable et s'est effondrée sur le lit, semi-comateuse. Krystal lui a hurlé son nom à l'oreille plusieurs fois, sans lui tirer la moindre réaction. Angie était complètement pétée. J'allais ouvrir la bouche, mais Krystal a posé un doigt sur ses lèvres pour me rappeler que je devais jouer les mutiques pendant quelques jours encore. Un petit signe de main et la nuit l'a happée.

J'ai contemplé le tas de viande saoule qui ronflait

215

comme un grizzli en hiberbation à côté de moi. Je vais le dégoter, ce rotor. Il *faut* que je le dégote.

J'ai laissé passer quatre jours avant de retourner travailler. J'en avais jusque-là de rester cloué sur ce lit, à fixer les tôles du toit et à écouter, pour la quatre-vingt-douzième fois, Angie s'éclater sur la B.O. de *West Side Story* en bramant *I Like to Be in America*. Ce matin-là, j'ai déboulé au garage et, ayant gratifié Daddy d'un vague signe de tête, j'ai foncé dans l'atelier et j'ai retroussé mes manches. Je me suis mis à trier les pièces du combi. Au bout d'une vingtaine de minutes, Daddy est venu aux nouvelles. Debout sur le seuil, il m'a regardé explorer le sol, à la recherche de pièces qui me manquaient.

« Alors, petit branleur, on a fini de jouer les fleurs de camisole ? »

J'ai continué à farfouiller dans la poussière, sans lever le nez.

Il n'a pas apprécié mon manque de réaction. Ça l'a même rendu hargneux. « Tu vas t'atteler au boulot et me réparer ce combi. Et je veux le voir comme neuf, t'entends ? » il a aboyé.

J'ai fait le vide dans mon regard avant de le tourner vers lui.

« Oui », j'ai soufflé, d'une voix que j'espérais spectrale, avant de me remettre à éplucher la terre battue du garage.

« Quel taré ! » a-t-il marmonné, avant de tourner les talons.

Que ce soit à la maison ou au boulot, je suis devenu l'incarnation du mec complètement azimuté. Je ne répondais plus aux questions de ma moitié et de mon boss que par monosyllabes. « Oui », « Non », « D'ac' »... Au lieu de les regarder en face, je fixais obstinément le fond du cosmos, comme si j'essayais de calculer les coordonnées galactiques de Pluton. À côté de ça, j'ai rapidement renoncé au brouet de légumes pour des nourritures plus substantielles. J'ai aussi repiqué à la cigarette et j'ai recommencé à utiliser mes tickets-bière (au grand désespoir d'Angie, qui s'était réellement mise à picoler pour deux). Cela dit, au pub, jamais je ne me mêlais aux conversations. Je restais scotché sur mon tabouret de bar, les yeux perdus au fond de ma bière, un mégot baveux aux lèvres. Et si des soiffards tentaient de m'entraîner dans leurs discussions, je me retranchais derrière un sourire de vierge effarouchée avant de me replonger dans la contemplation de ma mousse.

À force de me voir, soir après soir, dans mon grand numéro de fada, tout Wollanup n'a pas tardé – comme je l'espérais – à culpabiliser collectivement d'avoir mis à mal ma santé mentale. Mon but, c'était de convaincre tout un chacun que j'étais au bout du rouleau et dans un état de délabrement psychologique tel que je ne représentais aucun danger comme évadé potentiel. Mais surtout, je voulais qu'ils demandent des comptes à Daddy.

J'ai su que ma petite campagne commençait à porter ses fruits le jour où, contre toute attente, Gladys soi-même s'est mise publiquement à apostropher son époux à cause de moi. J'étais au bar, vissé sur mon tabouret habituel, quand mes beaux-parents ont débarqué pour prendre un verre. J'ai fait celui qui ne les remarquait même pas et je me suis concentré sur Pluton.

« Je t'offre une bière, Yankee ? » a lancé belle-maman, la voix débordante de sollicitude maternelle.

Je lui ai décoché mon sourire de ravi : « Mince ! Merci, mais non ! » j'ai répliqué. Sur ce, je me suis laissé glisser à terre et j'ai mis le cap sur les chiottes, comme un automate, en marmonnant entre mes dents.

Je n'avais pas refermé la porte sur moi qu'elle était déjà en train d'astiquer les oreilles de Daddy.

« Alors, content de toi, superman ? T'es fier de ton ouvrage ?

— C'est pas de ma faute s'il a pété un boulon.

— Ben, tiens ! Tout le monde le dit que c'est de ta faute si le Yank est dans cet état. Tout le monde ! Même ta précieuse petite princesse. J'aurais voulu que tu l'entendes, quand elle est venue à la maison, aujourd'hui. En larmes, qu'elle était, en m'expliquant que son Nicky commençait à bien s'adapter ici jusqu'à ce que tu lui bousilles son combi. Même qu'elle s'est laissé dire qu'il avait bossé comme un chef, mais que t'as tout foutu en l'air parce que t'es nul en mécanique et que tu supportes pas de voir quelqu'un faire un vrai travail de pro. Elle se sent devenir chèvre, à force de vivre avec un zombie. Un zombie qui le serait jamais devenu sans toi et ta connerie. »

Planté devant mon urinoir, je n'en perdais pas une. Daddy avait l'air dans ses petits souliers : « C'est pas vrai, dis ? Elle est pas en pétard contre moi ?

— Pauvre con ! » a rugi Gladys.

218

Le lendemain, quand Daddy m'a vu rôder autour de sa réserve personnelle de pièces détachées, contrairement à ce qu'il avait fait jusque-là, il ne m'a pas renvoyé balader. Il m'a demandé, d'un ton hésitant : « Tu cherches quelque chose ?

— Des pièces… j'ai grogné.

— Pour ton VW ?

— Ouais. Alors, d'ac' ?

— Je suppose… il a fait, sans chercher à dissimuler son manque d'enthousiasme. Mais tâche moyen de pas me foutre le bordel, vu ? »

Lui foutre le bordel ! La réserve de Daddy était un vrai foutoir. Une à deux tonnes de ferraille, éparpillées sur deux mille mètres carrés. Retrouver une tête de delco là-dedans s'annonçait joyeux – d'autant que je voyais mal Daddy me laisser farfouiller dans ses trésors plus de trois jours, grand maximum. Ma meilleure chance – pour ne pas dire la seule – était de localiser le bloc-moteur de la Holden de Jack, en croisant les doigts pour que la tête d'allumeur soit restée en place. Mais même exhumer le bloc-moteur tenait de la gageure, vu le volume colossal du fatras que j'avais à passer au peigne fin. Pendant une bonne heure, j'ai tourné autour du tas, essayant de repérer quelque chose qui ressemblerait à un moteur. Peau de balle. Alors, je me suis résigné à me salir les mains et j'ai commencé à tout retourner, pièce par pièce.

Au bout de cinq heures de labeur acharné, j'avais inventorié trois portières de bagnole, une colonne de direction faussée, un radiateur écrasé, un bon nombre de briques, des dizaines de rivets rouillés, huit tuyaux de cuivre, une banquette crevée, un abattant de boîte à gants, un phare, un vieux grille-pain, trois alternateurs hors d'usage, un assortiment complet de courroies de ventilateur cassées, mais pas l'ombre d'un bloc-moteur. J'avais les bras et le dos en capilotade, et le soleil avait fait de son mieux pour me frire le cerveau. Je me suis collé sous un tuyau d'arrosage pendant plusieurs minutes et j'ai migré vers le pub.

Deux bières m'ont aidé à noyer ma colère et ma déception. J'allais faire signe à Les de m'en filer une troisième, quand Gus a fait son entrée et s'est hissé sur un tabouret, à côté de moi.

« Alors, l'as de la mécanique, ça boume ? il m'a fait, cordial en diable.

— Bah ouais, hein ! »

Jouer les simples d'esprit devenait une seconde nature.

« J'ai l'impression qu'il faut qu'on ait une petite conversation, tous les deux, a repris Gus. Un petit entretien médical. Tu peux m'accompagner chez moi, là ?

— Prems, ma bière ! » J'ai sifflé mon verre cul sec, non sans m'arroser copieusement le plastron.

« Mmmm ! Miam-miam ! j'ai fait, sous l'œil gêné de Gus.

— T'y es ? On peut y aller ?

— Où ? Au docteur ? j'ai gueulé à tue-tête.

— C'est ça, au docteur... »

La maison de Gus n'était guère plus glorieuse que la mienne. Seule différence notoire, la « chambre d'enfants » – sept matelas posés par terre à touche-touche.

Pour le reste, une pièce à tout faire, où deux hamacs se balançant entre des posters délavés de Janis, Jimi et du Grateful Dead voisinaient avec une grande table en bois brut (théâtre de l'exploit chirurgical de Gus), et, dans un coin, un réduit (la polyclinique de Wollanup). Gus m'a offert une des deux poires qui meublaient son cabinet de consultation. Il avait ouvert un minuscule frigo dont, après plusieurs coups de sonde entre boîtes de vaccin et flacons de comprimés, il a extrait deux bières.

« Une petite mousse ?

— Miam-miam !

— Tu sais, tout le monde se fait du mouron pour toi, Nick.

— Chouette !

— Non, c'est pas chouette ! Même que ça nous fait chier un max de te voir complètement flippé. Où t'en es, question sommeil ?

— Sommeil ?

— T'arrives pas à dormir ?

— Pas besoin !

— Si. T'as même besoin de beaucoup dormir. Tu retrouverais la pêche en un rien de temps. La moitié de ton problème, c'est le manque de sommeil, m'est avis. Tu nous ferais pas une petite déprime, en plus ? »

J'ai haussé les épaules et je l'ai regardé, comme si j'allais me mettre à chialer.

« O.K. ! J'ai l'impression qu'on tient le bon bout… Écoute, je vais te filer des cachets à prendre. C'est hyper-cool. Avec ça, tu vas dormir comme un bébé toute la nuit, et tu verras la vie en rose toute la journée.

Celles-là, où y a écrit Valium, c'est le bonheur en pilules. T'en prends une et tu vas te sentir planer. Et le soir, avant l'heure du dodo, t'avaleras deux Halcion avec une bière et hop ! direct le pays des rêves. Suis bien mon ordonnance et je te garantis que d'ici une semaine, c'est pas normal que tu seras, c'est *trop* normal… »

J'ai bredouillé quelques remerciements émus, j'ai empoché ses comprimés et j'ai foncé à la maison. J'avais bricolé une cache derrière la cuvette des chiottes. J'y ai planqué mes deux flacons.

Le lendemain matin, en descendant au garage, j'ai aperçu Krystal. Elle m'a lancé « Salut ! », je lui ai fait un grand coucou de la main, et, pendant qu'on se croisait, je lui ai chuchoté : « J'ai les cachets. »

Elle a eu un sourire imperceptible et a poursuivi son chemin. On s'était à peine parlé depuis la nuit du barbecue. Daddy et compagnie risquaient de devenir soupçonneux, si on nous voyait régulièrement ensemble. Alors on gardait nos distances – nous communiquant les nouvelles, le matin, d'un murmure ou d'un signe de tête.

Les deux jours suivants, j'ai assorti mon « Hello ! » vespéral d'un signe de tête découragé. Ma chasse au delco me laissait toujours bredouille.

Le lendemain matin, alors que je me forais un passage à travers quatre sommiers démantibulés et une collection de vieux moules à tarte, j'ai levé les yeux. Tom et Rock descendaient la côte à pied. Au-dessus d'eux, sur le plateau, une grosse masse immobile se profilait.

Le camion. En panne.

Complètement speedé par l'urgence, je me suis mis à retourner la montagne de ferraille, dans l'espoir de dénicher le bloc-moteur avant que les jumeaux n'arrivent au garage. Vu la distance à laquelle ils étaient, je pouvais compter sur une heure de grâce. Ça n'a pas suffi. J'avais beau avoir exhumé le pare-brise de la Holden, sa banquette arrière et une de ses jantes, la clé de mon évasion échappait à toutes mes recherches. Mon moral s'est mis en berne quand j'ai entendu des pas derrière moi, et la voix de Rock lancer : « Ho ! Daddy ! Ton putain de camion est tombé en rideau, une fois de plus ! »

Quand j'ai croisé Krystal, le lendemain, j'ai juste soufflé : « Désolé. »

Elle a ébauché un haussement d'épaules et a jeté un regard vers le haut de la falaise. Le camion s'ébranlait. Une demi-heure plus tard, alors que je me battais avec un écheveau de barbelé, Daddy a débarqué, au volant du Traffic.

« Quelle bande de tarés ! a-t-il lâché, en mettant pied à terre. Tu sais ce qu'il avait, le camion ? Deux contacts de rupteur encrassés et le moteur noyé. Ils m'ont fait monter là-haut pour rien !

— Il tourne bien, là ?

— Une bonne révision lui ferait pas de mal. Ils vont l'amener ici dès qu'ils auront déchargé les 'rous à l'abattoir.

— Tu veux un coup de main ?

— Ce tas de rouille est ma chasse gardée. Occupe-toi plutôt de ton combi. T'as dégoté ce qui te fallait ?

— Presque.

223

— Eh ben, à partir de demain, je ne veux plus te voir fouiner dans mes pièces détachées, vu ? Tu vas me faire le plaisir de réintégrer l'atelier et de te mettre à bosser sur ton VW. Et que j'aie pas à te le répéter ! »

J'ai repris mon travail de Sisyphe. Un ou deux hectomètres de barbelés plus tard, je n'étais toujours pas en vue de ce foutu bloc-moteur. J'ai fait un pas en avant pour virer une brassée de tuyaux de cuivre. Il y a eu un craquement sinistre sous ma semelle. J'ai soulevé le pied. Je venais de raboter une espèce de bol en plastique.

La tête de delco. Ouverte en deux par mes soins.

J'en aurais chialé. J'ai ravalé mes larmes, mon envie de hurler et ma soif de meurtre, et j'ai ramassé le delco. Dessous, le rotor avait l'air intact. Le doigt de distribution était un peu de traviole, mais facilement redressable. Un regard circulaire pour m'assurer que Daddy n'était pas dans le secteur, et j'ai glissé le rotor dans une poche de mon short avant d'enfouir les deux moitiés du delco au plus profond du tas de ferraille. J'ai rejoint Daddy, qui disparaissait à mi-corps sous le capot du Holden. J'en ai profité pour examiner discrètement le moteur. Quelque chose qui ressemblait à de l'euphorie m'a submergé. La tête de delco du camion était la copie conforme de celle que je venais de rétamer.

« C'est grave ? j'ai demandé.

— Faut changer les bougies, les vis platinées, le filtre à air, le câble de démarreur et la courroie de ventilateur. Mais quand j'en aurai terminé avec lui, il sera reparti pour des mois. Sinon pour un an…

— Génial » j'ai dit, sans enthousiasme.

J'ai mis le cap sur le pub, je me suis consciencieusement noirci à la bière, et j'ai regagné mon nid d'amour au radar. Un reste de lucidité m'a fait planquer le rotor derrière les chiottes avant de m'écrouler sur le lit.

Le lendemain matin, j'ai eu une sérieuse panne d'oreiller, mais j'ai manœuvré pour tomber sur Krystal à la sortie des classes.

« Je l'ai ! » ai-je murmuré, en la croisant.

Elle a pilé net. « C'est une blague ?

— Non.

— Alors… ?

— Ça devrait coller. »

Elle a eu un sourire furtif.

« Et maintenant ? j'ai soufflé.

— On attend. »

2

Malgré la réputation de mécanicien de Daddy, le camion a tenu quatre mois pleins sans la moindre défaillance.

Tous les matins, c'est les yeux braqués sur la côte, à l'autre bout de la vallée, que je me tapais les dix minutes de marche qui séparaient la maison du garage. Tous les matins, j'espérais voir Tom et Rock la redescendre à pied en maudissant ce foutu camion – tandis que je saluerais intérieurement l'aube de ma dernière journée à Wollanup. Et tous les matins, je voyais le Holden avaler la piste dans les deux sens sans même un hoquet. Un jour de plus à attendre. Et un autre. Et un autre encore.

Quatre mois. Un tiers d'année. Une sacrée tranche de temps. Et à quoi l'ai-je employé, ce temps ? À picoler. À regarder le tour de taille d'Angie s'arrondir. À lire les trente-cinq ouvrages qui constituaient le fonds de la bibliothèque de Wollanup (jusques et y compris un guide pratique, intitulé *Les techniques modernes de l'abattage*, c'est dire où j'en étais réduit !). À laisser mon état mental s'améliorer graduellement, jusqu'au moment où j'ai estimé qu'il était temps de recommencer à tenir des propos sensés. À observer Gus parader en ville, en se gargarisant de la maestria avec laquelle

226

il avait vaincu ma déprime. À retaper le combi sans ordre ni méthode, parce que je savais qu'à la seconde où il serait remis à neuf, Daddy le foutrait en l'air de nouveau. À m'abrutir à la bière. À attendre.

Quatre mois. Dans une autre existence – celle où j'étais pigiste en Nouvelle-Angleterre –, j'avais dilapidé mon temps sans compter, engloutissant deux décennies de ma vie dans des jobs merdiques, dans des bleds merdiques… Et qu'importait que la roue de la vie ait l'air de tourner de plus en plus vite ! J'étais un inconditionnel du temps perdu – le moyen idéal pour échapper aux obsessions qui font courir la plupart de mes contemporains du matin au soir : l'ambition, l'argent, l'amour, la famille. Tant de gens, autour de moi, parlaient de « construire leur avenir ». Moi, je n'avais aucune envie de construire quoi que ce soit. Je faisais mon petit boulot, je gérais mes petites finances, je buvais de la bière, je sautais les filles qui voulaient bien se faire draguer et je laissais le temps passer.

Mais à présent que j'étais prisonnier d'un quotidien plus dérisoire encore, je prenais conscience du prix qu'a le temps. De sa valeur inestimable, Et j'ai aussi compris pourquoi j'avais craqué comme ça, quand Daddy avait bousillé mon mini. Parce que, pour une fois, j'avais investi du temps dans une réalisation, pour la voir aussitôt réduite à néant.

Quatre mois. Peut-être que le travail n'a pas d'autre raison d'être que de nous aider à passer le temps. À tuer le temps. Sauf que maintenant, j'avais le sentiment que j'aurais pu faire tant de choses de ces quatre mois…

« Il va bien finir par retomber en panne, ce camion »,
m'a dit Krystal.

Sept semaines qu'on attendait ce moment. Ce soir-
là, Wollanup célébrait les vingt et un ans de Sam, l'aîné
de Les. Mais vu qu'on me considérait toujours comme
mon propre pire ennemi en puissance, Krystal avait été
chargée de me surveiller à domicile, pendant qu'Angie
allait se détruire quelques synapses de plus à la bière.
Elle avait débarqué avec un nouveau festin dans son
cabas : un demi-poulet, un cœur de laitue, des pommes
de terre nouvelles, une bouteille de chardonnay et une
flasque de cognac français bas de gamme. Avant de
dîner, on a longuement parlé « affaires », peaufinant
les moindres détails de notre plan d'évasion, nous
bombardant mutuellement de questions. Pour la première fois depuis près de deux mois, nous pouvions
discuter librement et, comme deux personnes qui ont
un secret et peu de temps pour se le communiquer,
l'urgence pimentait notre conversation.

Enfin vint le moment de sortir les chandelles, d'éteindre la lumière et d'offrir à Mozart trente-trois petits
tours sur l'électrophone. La bonne chère et le vin nous
sont montés à la tête, et le cognac, tout médiocre qu'il
était, a fait son office. On s'est mis à rire – trop – de
nos plaisanteries. Krystal avait tiré de sa poche un
paquet de cigarettes anglaises. (« Les n'a pas pu avoir
de Marlboro. ») Comme j'en allumais une, une petite
flamme a brillé au fond de ses grands yeux pensifs, et
j'ai su que j'étais mordu.

« Jack, tu es encore amoureuse de lui ? » ai-je

228

demandé tout à trac. L'alcool me faisait jeter toute prudence aux orties.

« Je n'en ai jamais été ce qui s'appelle amoureuse.

— Vrai ?

— Je l'aimais beaucoup, évidemment, mais ça n'a pas été plus loin. On n'en a pas eu le temps.

— Bon… » j'ai dit.

Il y a eu ce long silence entre nous. C'est Krystal qui l'a rompu, Elle a saisi ma main entre les siennes et l'a posée contre sa joue. « Merci d'avoir posé la question. »

Nouveau silence interminable. Mais cette fois, ni elle ni moi n'avons essayé de le combler. Ça n'était pas nécessaire.

Des vociférations brisèrent l'enchantement. La soirée d'anniversaire s'achevait et la chorale des pochards de Wollanup se répandait bruyamment dans la rue.

« La vaisselle ! » a murmuré Krystal. On a débarrassé la table en une poignée de secondes. Comme je posais les assiettes dans l'évier, elle a noué ses bras autour de moi. On s'est embrassés avec férocité.

Quelques minutes plus tard, la porte se refermait sur elle, et nous avons recommencé à jouer la comédie de l'indifférence, à échanger de loin des petits signes de tête et à attendre que ce foutu camion de ramassage de 'rous veuille bien tomber en panne, pour nous permettre enfin d'escalader la côte et d'abolir toute distance entre nous.

Neuf autres semaines se sont traînées. Cette attente était si débilitante et mon boulot tellement dénué d'intérêt que j'avais pris le pli de ne me lever qu'à huit

229

heures, de faire une apparition de deux heures maximum à l'atelier, et d'aller tuer le reste de la journée au pub. Comme je n'émergeais plus du lit que plusieurs heures après le lever du soleil, j'ai été complètement scié, le mercredi où j'ai déboulé au garage sur le coup de dix heures, de trouver Tom et Rock assis sur un banc, l'air d'en avoir plein les bottes – ce qui devait être le cas, vu la poussière qu'il y avait dessus.

« Qu'est-ce que vous foutez là ? j'ai demandé.

— C'est c'te putain de courroie de ventilateur, a fait Rock. Elle a pété juste comme on commençait à charger. Il doit y avoir une vingtaine de bestiaux en rade, là-haut.

— T'as une idée de ce que c'est de se coltiner des 'rous qui ont mijoté vingt-quatre heures en plein soleil ? a lancé Tom. C'est carrément gerbatoire, comme boulot.

— Arrête, tu vas me faire chialer ! est intervenu Daddy. Prends-toi une bière et cesse de nous chier des briques. »

J'ai disparu dans l'atelier et, une fois la porte fermée, j'ai empoigné une des ailes du combi et j'ai collé deux ou trois coups de marteau dessus, en tâchant de me calmer. Au bout de deux minutes, la porte s'est ouverte et Daddy a passé la tête à l'intérieur.

« Qu'est-ce tu fous ?

— J'essaie de redresser mon aile.

— Je vais au pub. Tu viens avec ?

— Je crois que je préfère rester bosser…

— Demain, je veux te voir au boulot à la première

heure. Plus question de te pointer au milieu de la matinée, compris ?

— Je mettrai le réveil. »

Dès que j'ai été certain qu'il était parti, j'ai lâché aile et marteau pour plonger sous le capot du combi. J'ai déposé la courroie de ventilateur. L'important, c'était de savoir la remettre en place. L'opération m'a pris un quart d'heure. Pas trop mal… En comptant dix minutes de plus pour le rotor, le camion devrait être redevenu opérationnel en une demi-heure – une fois qu'on l'aurait rejoint…

Avec un rien d'angoisse à l'idée qu'elle pouvait me claquer dans les doigts, j'ai à nouveau déposé la courroie de ventilateur. Cela fait, j'ai rassemblé quelques outils basiques que j'ai fourrés, avec la courroie, dans la musette avec laquelle je venais bosser tous les jours. Je n'avais qu'une envie : foncer à l'école pour annoncer à Krystal que cette fois, le compte à rebours était entamé, mais je me suis forcé à m'asseoir, à me rouler une cigarette et à la fumer. Pour passer le temps. Histoire que Daddy ne s'étonne pas de me voir quitter l'atelier si vite, après lui avoir déclaré que je voulais bosser sur le combi.

J'ai clopé comme un malade, essayant d'empêcher mon cerveau de s'emballer. Quand j'ai écrasé mon troisième mégot, j'étais nettement moins speedé. Je me suis senti prêt à affronter Krystal.

Cours pas, crétin, marche ! Aie l'air naturel. Et ne jette pas ces regards de bête traquée autour de toi. Ils ne se doutent de rien. Personne n'est au courant de rien, à part Krystal.

Je suis arrivé à l'école au moment où ses élèves rangeaient leurs livres.

« Salut ! j'ai fait.

— Tiens, bonjour ! a-t-elle répondu, avec un sourire crispé.

— T'as pensé à m'apporter le Dickens dont on avait parlé ? »

Ses yeux se sont écarquillés, mais elle a respecté le scénario. « Ah, mince ! Je l'ai oublié à la maison. Demain ?

— O.K. Demain sans faute, alors. »

Fin de notre conversation codée. J'ai tourné les talons pour filer droit à la maison. L'abattoir se vidait et je ne disposais que de quelques minutes avant l'arrivée d'Angie. J'ai engouffré la musette dans ma cache, derrière les chiottes, et j'en ai sorti les flacons de Valium et d'Halcion. J'avais dix comprimés de chaque. Je les ai écrasés et j'ai réparti la poudre entre un de mes flacons et une salière que j'avais chouravée au pub.

J'avais à peine tout remis dans ma cachette qu'Angie a débarqué. On a échangé les banalités d'usage.

« Alors ? Bonne journée, chérie ?

— On a manqué de 'rous. Le camion est encore resté en rade… Purée, j'aurais voulu que tu voies le lascar que j'ai ouvert ce matin ! (Dans son vocabulaire, "lascar" était synonyme de "kangourou mort".) Il avait un intestin ! J'en avais jamais vu d'aussi comac… »

Fin des banalités d'usage. On s'est offert un petit somme. Au réveil, à la demande instante d'Angie, on a fait l'amour. Elle me chevauchait et, à chaque coup de rein, notre futur héritier me défonçait l'estomac. Mon legs à perpétuité à Wollanup : un petit métis yankee, conçu en état d'ébriété. Un gamin que je ne connaîtrais jamais – et auquel je penserais chaque jour que Dieu ferait, jusqu'à mon souffle dernier...

« C'est moi qui fais la cuisine, ce soir, j'ai décrété.

— C'est quoi, la surprise du chef ?

— 'Rouburgers à la Wollanup.

— Génial ! Mais bien grillé, le mien, surtout ! Et hyper-salé. Moi le sel, j'aime.

— C'est comme si c'était fait ! »

Je le lui ai soigné, son burger – avec une forte dose de Valium/Halcion. J'avais profité d'un passage aux chiottes pour récupérer mon flacon et j'en ai assaisonné sa viande pendant qu'elle prenait sa douche. Et pour être certain qu'elle dormirait comme une souche, j'ai aussi additionné de deux bonnes pincées de mon mélange la bière que je lui ai tendue dès qu'elle a émergé de la salle de bains.

Apparemment, ma mixture ne laissait pas d'arrière-goût. Angie a vidé son verre cul sec. J'ai même eu droit à des compliments pour mon 'rouburger. J'avais volontairement traîné devant les fourneaux pour qu'on ne se mette à table que vers neuf heures – un vrai média-noche, selon les standards wollanupiens – et j'ai veillé à ce que son verre ne reste jamais vide. Il n'était pas dix heures qu'Angie ronflait comme un comateux, la tête sur la table. Bingo ! Je l'ai collée au lit, bien bordée, et, après une nouvelle expédition à la salle de bains, je suis descendu au pub.

« T'es debout bien tard, Yankee ! m'a lancé Daddy, en me voyant pousser les portes battantes.

— J'arrivais pas à dormir.

— On cauchemarde ? a lancé Daddy, sarcastique.

— En permanence... »

C'était pas la foule des grands soirs, au pub juste Daddy, Tom, Rock, et Pete – sa face grêlée et ses cheveux ficelle encore mouchetés de sang de kangourou. (Bien le style à monter sa cousine au fond d'un poulailler, avec cette gueule de paysan dégénéré...) La présence de Pete au pub à une heure pareille ne pouvait signifier qu'une chose : il était de garde, cette nuit. Ce qui voulait dire que je devais payer une bière à ce taré.

« C'est ma tournée ! j'ai annoncé au quatuor. Qui a soif ? »

Comme un seul homme, ils ont pivoté vers Les pour réclamer une bière. J'ai sorti la salière trafiquée de ma poche et je l'ai envoyée rejoindre sa sœur jumelle sur le comptoir.

« C'est sympa, le Yank ! a dit Rock.

— Ouais ! Merci, hein ! » a fait Pete.

Les m'a servi ma bière. J'ai empoigné la salière (la vraie) et je me suis mis à la secouer au-dessus de mon verre.

« Qu'est-ce tu fous ? a demandé Pete.

— Un vieux truc de chez moi. Ça donne du ressort à la mousse. Tu veux essayer ? »

J'ai fait glisser la salière trafiquée dans sa direction. J'ai retenu mon souffle. Divine surprise : non seulement Pete a mordu à l'hameçon, mais sa bière s'est mise à mousser comme pas possible (encore que j'aie dû l'encourager à la « saler » abondamment). Ce résultat spectaculaire avait décidé Tom et Rock à tenter l'expérience, eux aussi, mais quand la salière a achevé son circuit devant Daddy, il a déclaré tout de go :

« Je fous pas de sel dans ma bière ! »

Aie ! Écueil en vue !

« Ça gâche pas le goût, pas vrai, les gars ? »

Grognements d'assentiment dans l'assistance.

« Ça t'empèsc juste un peu le faux col...

— J'aime pas la mousse ! a tranché Daddy, en vidant son verre. Et j'ai pas besoin qu'un Yank me dise comment je dois boire ma bière ! »

Une demi-heure plus tard, je fonçais à la maison en me traitant de tous les noms. T'as tout merdé, Ducon ! C'est foutu ! Mais ça n'avançait à rien de me lamenter, Le temps pressait. L'essentiel, c'était que Pete n'ait pas lésiné sur le « sel ». En ce moment, il devait ronfler comme un sonneur sur le toit du pub.

J'ai jeté un œil à ma montre. Il était l'heure. J'ai bondi aux chiottes vider mon coffre personnel. Un dernier inventaire de ma musette : rotor, courroie de ventilateur, outils, passeport. Il n'y manquait plus que la lampe de poche et les vêtements de rechange que j'avais laissés en tas sur une chaise avant d'aller au pub. Et, bien entendu, mon édition Penguin de *Les pépins, c'est mes oignons...* C'était un bouquin que j'avais acheté à Darwin. Il avait traîné sur une des étagères du combi, sans que personne s'y intéresse, jusqu'au jour où Angie avait décidé qu'il serait aussi bien à la maison. Heureusement qu'elle avait les polars en horreur. Parce que, si elle avait mis le nez dans mon Chandler, elle y aurait trouvé ma carte Visa, le coupon de remboursement de mes travellers et mon billet d'avion.

La musette à l'épaule, je me suis penché sur Angie, mais j'ai eu beau claquer des mains et lui hurler son nom à l'oreille deux ou trois fois, elle n'a pas frémi. Vu la dose que je lui avais collée, elle resterait aux abonnés absents jusqu'à la mi-matinée au moins. Et là...

Quelle serait sa réaction en constatant ma disparition ? La rage ? La haine ? Surtout quand on lui annoncerait que Krystal avait filé avec moi... Quelques larmes, peut-être ? Pas de m'avoir perdu, moi, mais d'être privée de ma présence, de la bosse sous le drap – le partenaire qui, pour le meilleur ou pour le pire, était là, la nuit, celui à qui raconter sa journée, qui vous donnait l'illusion de ne pas être seul au monde.

Une moitié de moi penchait pour lui donner un baiser d'adieu. L'autre brûlait de lui défoncer le crâne à coups de chaise. En définitive, j'ai juste secoué la tête. C'était tellement insensé, cette histoire. Un beau jour, on s'arrête, sans nécessité aucune, dans une station-service, on rencontre quelqu'un, et votre vie déraille. Le destin n'est pas cruel. Il est con.

J'ai jeté un dernier regard sur ce taudis, histoire de me le graver *ad vitam aeternam* dans la mémoire, et j'ai ouvert la porte.

À dater de cet instant, j'étais officiellement en cavale.

3

Pour la première fois depuis des mois, le ciel était couvert. La nuit sans lune. Et sans étoiles. Pas une lueur qui me permette de voir où je mettais les pieds ou de quel côté se trouvait le bout de la ville. Et pas question d'allumer ma lampe de poche. J'aurais été repéré en moins de deux. J'étais condamné à y aller à l'aveuglette.

Il y avait une baraque en construction en face de la maison. J'ai foncé de l'autre côté de la rue et je me suis planqué derrière. J'ai dû rester plusieurs minutes accroupi, en retenant mon souffle, à l'affût d'un bruit de pas, avant de juger que la voie était libre et de me risquer dans la brousse qui cernait Wollanup. Au bout de trois ou quatre cents mètres de marche silencieuse, les rares fenêtres encore allumées de Wollanup étaient suffisamment loin pour que je m'estime hors de portée d'oreille. C'était le moment d'allonger le pas. J'ai mis le cap à l'ouest, en faisant gaffe où je posais les pieds. Entre les touffes d'herbe et la caillasse qui roulait sous mes pas, je me voyais déjà avec une cheville en miettes – et la perspective d'être découvert, à l'aube, si loin de chez moi et avec un rotor de distributeur dans ma musette, m'incitait doublement à la prudence. Surtout dans ce noir d'encre. Si opaque, si absolu, que j'avais l'impression de m'enfoncer dans un monde de ténèbres, dont les limites reculaient devant moi.

Au bout d'une demi-heure, les lumières de Wollanup étaient hors de vue. J'ai obliqué vers la droite. D'ici, je n'étais plus, en principe, qu'à cinq minutes du bas de la côte, mais j'ai bien tourné en rond encore une demi-heure, complètement paumé, à sécréter des litres d'adrénaline. J'ai vérifié ma montre. Deux heures et quart. Quarante-cinq minutes de retard sur le programme. Merde, merde, merde ! Juste comme j'envisageais d'allumer ma lampe – et tant pis si je me faisais repérer ! –, une main surgie de nulle part m'a muselé, tandis qu'un bras tout aussi invisible me ceinturait et me plaquait au sol. J'ai cru que mon cœur allait se décrocher. J'ouvrais les lèvres pour hurler, mais la main m'a réduit au silence.

« T'en as mis un temps ! » a chuchoté Krystal, avant de me fermer la bouche d'un baiser.

On s'est embrassés éperdument, passionnément, à la folie – neuf semaines de tabou qui volaient en éclats dans l'air de la nuit. Avant que nos baisers ne prennent le goût de trop peu, Krystal s'est écartée de moi.

« Il faut filer d'ici, a-t-elle murmuré, avec une note d'inquiétude dans la voix. Où étais-tu passé ?

— Je me suis perdu.

— Je commençais à croire que tu avais raté ton coup.

— C'est pas exclu… Daddy n'a rien voulu savoir.

— Et merde ! » Elle a jeté un coup d'œil à ma montre. « Il se lève dans deux heures et demie.

— Tu veux tenter le coup quand même ?

238

« — Je ne pourrai pas tenir encore quatre mois. Alors, tu te sens d'attaque ?

— J'ai pas le choix », j'ai répondu.

On s'est mis en marche.

C'est pas croyable le genre de choses qu'un homme est capable de faire pour sauver sa peau. Vous avez beau être un désastre aérobique, avoir les poumons vulcanisés à la nicotine, vous trouvez quand même la ressource d'effacer un dénivelé de trois cent cinquante mètres en un temps record, et dans le noir absolu. Ça a été une sacrée odyssée. La piste était un vrai parcours du combattant. – une pente à quarante pour cent, truffée de nids-de-poule et de caillasses. Je me suis payé deux gamelles. À la deuxième, je me suis raboté le tibia sur une pierre. Ça ne saignait pas, mais je me suis mordu la lèvre si fort pour ne pas gueuler, que j'ai failli m'enlever le morceau. Même Krystal, malgré sa forme olympique et ses poumons de non-fumeuse, avait du mal à soutenir le train. On a dû faire halte je ne sais combien de fois en chemin, et l'eau de sa gourde s'épuisait à la vitesse grand V.

Notre avance aussi s'évaporait. À quatre heures, on n'était encore qu'à mi-côte. À cinq, alors que Daddy devait être en train de sortir du lit, le camion semblait encore à des bornes de distance. Quand enfin on a atteint le plateau vingt minutes plus tard, complètement épuisés, le gris de l'aube filtrait déjà à travers l'opacité de la nuit.

Une odeur de mort flottait dans l'air – des relents douceâtres de chair en décomposition. Le camion était là, à vingt mètres de nous, mais pour l'atteindre, on allait devoir se frayer un chemin à travers un véritable cimetière de kangourous. Il y en avait trop pour qu'il s'agisse du dernier tableau de chasse des jumeaux. Deux bonnes centaines de cadavres, sinon plus. Des bêtes que Tom et Rock avaient dû laisser pourrir là où elles étaient tombées, faute de pouvoir les redescendre en ville. Beaucoup étaient réduites à l'état de squelettes. Des autres ne restaient que des charognes en putréfaction, déjà à moitié nettoyées par les busards qui, aux premières lueurs du jour, s'étaient rassemblés dans le ciel, au-dessus de nos têtes. Ils évoluaient en formation de combat, hésitant à se poser tant que nous rôdions au milieu de leur garde-manger, mais faisant de leur mieux pour nous inciter à vider les lieux. D'instant en instant, leurs cris rauques devenaient plus menaçants. Ils tournoyèrent un moment en cercles de plus en plus serrés, avant de nous arroser d'un tir nourri de fientes blanchâtres, qui s'écrasaient sur nos têtes et nos épaules.

Il devenait urgent de nous sortir de ce cauchemar. Mais ça a été l'horreur d'approcher du camion. Impossible de faire un pas sans enfoncer dans du kangourou faisandé. (Je comprenais soudain pourquoi Tom et Rock bossaient avec des bottes de caoutchouc)… Tout bien pesé, foncer droit sur le Holden, même au prix de quelques embardées sur les cadavres qui cédaient sous notre poids, nous a semblé préférable à une traversée de ce charnier sur la pointe des pieds. Une fois au camion, on n'a fait qu'un bond jusqu'à la cabine. Krystal a craqué et s'est mise à trembler comme une feuille. Moi, j'étais aux prises avec une sérieuse envie de gerber. À vrai dire, la cabine n'offrait qu'une protection toute relative contre la puanteur ambiante : elle n'avait plus un carreau vaillant, ni aux portières, ni à la lunette arrière – et quelques kangourous tués de la veille s'exhalaient ferme sur la plate-forme.

« Oh ! non, pas ça ! » a soufflé Krystal, en découvrant nos futurs compagnons de voyage.

C'est là qu'on a entendu les détonations. Deux coups de fusil. On a jailli de la cabine pour se ruer vers le bord du plateau. En bas, dans Wollanup, un petit groupe s'était formé et nous regardait, la tête levée. Une silhouette trapue a tiré en l'air, avant de sauter dans le Traffic avec un autre homme, armé lui aussi. La fourgonnette a foncé vers le bas de la côte. Daddy était en route, et ses coups de semonce ne laissaient aucun doute sur ses intentions. On était dans une merde noire.

Pendant quelques secondes, on a communié, dans la même panique. Et puis on a retroussé nos manches. J'ai soulevé le capot et me suis attaqué à la courroie de ventilateur, pendant que Krystal tâchait de virer notre demi-douzaine de kangourous morts de la plate-forme arrière, pour alléger le camion au maximum. J'ai levé les yeux une seconde. Elle était arc-boutée sur un cadavre qu'elle tirait par les oreilles. Pas ragoûtant, comme besogne. Soudain, elle a poussé un cri de pure terreur. J'ai bondi vers elle. Elle était couverte de sang. Les oreilles du bestiau lui étaient restées dans les mains.

J'ai sacrifié les dernières gouttes d'eau qui restaient dans la gourde pour lui rincer les bras, puis elle s'est tant bien que mal essuyée avec un vieux chiffon que

241

j'avais trouvé dans la boîte à gants. Je m'attendais à ce qu'elle se réfugie dans la cabine le temps que je termine mes réparations mais, chose dont je n'aurais pas été capable, elle s'est re-attelée à la tâche et a fini de virer les kangourous – les pieds devant, cette fois… En cinq minutes à peine, le plateau arrière était vide.

J'avais nettement moins de succès avec ma courroie de ventilateur. Celle que j'avais prélevée sur le combi était un poil plus large que celle du Holden et refusait de rester dans la gorge des deux poulies d'entraînement. J'arrivais bien à l'y faire entrer en force, mais dès que je l'avais fixée sur la poulie du haut et que j'essayais de la glisser autour de celle du bas, elle sautait. À la cinquième tentative, ça a été à mon tour de pousser un beuglement, qui a aussitôt amené Krystal à la rescousse. Elle a pris en charge la moitié inférieure du problème. Mais même à quatre mains, on a fait deux autres essais infructueux avant que la courroie accepte de rester en place. Je me demandais combien de temps elle allait résister aux cahots de la piste. Peut-être, avec beaucoup de chance, tiendrait-elle jusqu'à Kalgoorlie…

Le rotor s'est montré nettement moins récalcitrant. Il s'est logé sans peine sous la tête de delco. Je l'ai testé du bout de l'index. Il tournait librement. Mais rien ne prouvait que le moteur accepterait de démarrer. À peine la tête de delco refixée, j'ai foncé dans la cabine et j'ai sorti une poignée de câbles de dessous le tableau de bord. Quelques minutes m'ont suffi à identifier les deux que je cherchais. Un coup de canif pour les sectionner, et j'ai mis quelques centimètres de fil de cuivre à nu.

C'était l'instant de vérité. J'ai vérifié que j'étais au point mort et j'ai pompé deux fois sur l'accélérateur, puis, en retenant mon souffle, j'ai rapproché mes deux fils dénudés. Rien.

Peut-être qu'avec un peu de starter ? Je l'ai tiré de quelques millimètres. Un coup de pompe sur l'accélérateur. J'ai re-retenu mon souffle avant de remettre les deux fils en contact. Toujours rien...

Debout devant le capot levé, Krystal a secoué la tête. Rien n'avait bougé.

Foutu ! C'est foutu !

On ne s'énerve pas, on se calme, on respire...

J'ai tiré le starter à fond, mais sans toucher à l'accélérateur. J'ai frotté mes deux fils l'un sur l'autre, comme si je craquais une allumette. Et, cette fois, il y a eu...

Un toussotement. Très bref, mais le moteur avait réagi.

J'ai repoussé le starter à mi-course et j'ai frotté vigoureusement mes fils deux fois, coup sur coup.

Une toux prolongée.

J'ai enfoncé la pédale d'accélérateur un chouïa. J'ai remis les deux fils en contact.

Vrrmmmmmmmmmmmmmmmmmmmmmmmmmm.

J'ai pompé comme un fou sur l'accélérateur, croisant les doigts pour ne pas noyer le moteur. L'espace d'un instant, j'ai bien cru qu'il allait de nouveau caler, mais j'ai repoussé le starter au minimum, écrasé l'accélérateur... et j'ai entendu, incrédule, le moteur cesser d'ahaner pour se mettre à ronronner.

Krystal a claqué le capot, et a couru jeter un œil au bord du plateau.

« Ils sont dans la côte, m'a-t-elle crié, avant de revenir au trot vers le camion, et de sauter sur le siège, à côté de moi. Vas-y, fonce ! »

Débrayage, première, embrayage. Je m'attendais à ce que le camion s'ébranle, mais au lieu de ça, les roues avant se sont mises à patiner. À entendre les craquements que ça faisait là-dessous, quelque chose les bloquait. Laissant le moteur tourner, j'ai mis pied à terre. Krystal m'a imité. Des cadavres de kangourous, gonflés comme des outres, étaient coincés sous les pneus. On n'avait ni pelle, ni pioche, mais ce n'était pas le moment de faire les délicats. On a retroussé nos manches et on a empoigné les charognes à pleines mains. Puis retour à la cabine, débrayage, première, accélérateur au plancher, et prière aussi fervente que muette…

Le camion s'est décidé à bouger. Avec un cahot éructant, on a fait un mètre, puis deux, tanguant au gré des creux et des bosses. Il m'a fallu dix minutes de conduite style rallye-raid pour traverser le plateau et rejoindre la piste qui piquait vers l'ouest. Mon soulagement a été de courte durée : l'état de la route rendait périlleux de dépasser le trente à l'heure. La chaussée, non revêtue, était criblée de trous et d'ornières. Un vrai gruyère. Tout juste négociable avec un petit 4 x 4, mais il fallait être raide dingue pour s'y risquer au volant de ce vieux char poussif. À chaque mètre, une crevasse ou un petit cratère en formation semblait naître sous nos pneus, par génération spontanée.

« Ça s'arrange plus loin ?

— Non.

— Putain ! On est à combien de la nationale ?

— Quatre cents kilomètres, environ.

— À cette vitesse, ça fait une douzaine d'heures… »

J'entendais la panique percer dans ma voix.

« Je sais, a fait Krystal, sans s'émouvoir.

— Ils sont à quoi… ? Une demi-heure, trois quarts d'heure derrière nous ?

— Tais-toi et roule.

— On n'a pas une chance.

— D'ici quatorze heures, on sera à Kalgoorlie.

— Rien que quatorze petites heures, c'est ça ?

— Je te paie une bière à l'arrivée.

— Deux ! j'ai fait. Et une bonne douche. Je tuerais pour un peu d'eau chaude et un bout de savon.

— Je pourrais même aller jusqu'à t'offrir une nuit dans un motel.

— Marché conclu… Je me charge des billets d'avion.

— Pour où ?

— Boston. »

Silence.

« Tu es sérieux ?

— Oui. Très sérieux.

— Je ne sais pas…

— Si, tu sais.

— Mais…

— Je n'accepterai pas de refus.

— Mais…

— Et pas de "mais", non plus. »

Elle ne me regardait pas. Elle fixait la route, devant nous, et n'a pas soufflé mot pendant ce qui m'a semblé une plombe. Puis elle a dit : « O.K. ! Boston.

— Parfait.

— J'espère que je m'y plairai.

— Si ce n'est pas le cas, on sautera dans une voiture et on ira voir ailleurs. La route est pavée de bonnes occasions. »

On s'est avalé un nid-de-poule.

« Pas celle-ci… » a fait Krystal.

Une heure plus tard, le soleil s'est pointé. Et avec lui, la chaleur. Impitoyable. En un rien de temps, la cabine du Holden était un vrai sauna. On avait le gosier à vif, et pas une goutte d'eau à bord.

« Il devrait y avoir un ruisseau, à une heure d'ici… a dit Krystal.

— J'espère que tu as raison, parce que s'il n'y est pas, on est cuits. »

Elle avait dit vrai. Sauf que c'est trois heures qu'il nous a fallu pour l'atteindre. Trois heures de route au milieu d'un paysage kaki, plat comme le dos de la main et sans un pouce d'ombre. Trois heures de conduite à la vitesse escargot, au point que je commençais à me demander si on avançait du tout. Daddy devait nous talonner de près.

Et puis, d'un coup, Krystal a hurlé : « *Là !* » Ce n'était pas un mirage, mais tout juste… Un maigre filet d'eau, qui faisait de son mieux pour glouglouter en travers de la piste. Trente centimètres de fond, à peine, mais on a jailli du camion et on s'est jetés dedans, comme dans un lac d'eau bleue. La flotte avait un sérieux goût de fer. Ni l'un ni l'autre nous n'avons fait la fine bouche. Chaque minute comptait. On s'est gorgés d'eau comme des éponges et, la gourde de Krystal remplie, on s'est attaqués à la croûte de sang de kangourou et de poussière qui nous collait à la peau. Je me serais presque senti propre.

« On est à combien du prochain point d'eau ?

— Dans les trois heures. »

Nous sommes restés immobiles un moment, l'oreille tendue, guettant le ronronnement d'un moteur.

Pas un son.

« Ça devrait être faisable », j'ai dit.

Pendant plusieurs kilomètres, la piste s'est arrangée. J'avais même pu passer la vitesse supérieure et tenir allégrement un petit cinquante à l'heure. Mais très vite, on s'est retrouvés à tanguer et à bringuebaler dans les trente-sixièmes dessous topographiques, terrifiés à l'idée que le prochain cahot pourrait être fatal à la courroie de ventilateur.

On était trop polarisés sur la route pour se dire grand-chose – en dehors des cris d'alarme que Krystal, le nez collé au pare-brise, poussait périodiquement pour me signaler les écueils en vue. Et puis, savoir qu'un type armé d'un flingue fait le forcing derrière vous ne vous encourage guère à la conversation. Toutes les quinze ou vingt bornes, je faisais une pause, le temps pour Krystal de foncer à quelques dizaines de mètres du Holden et d'écouter si nos poursuivants gagnaient sur nous.

Jusque-là, aucun bruit de moteur révélateur ne ridait le silence étale du bush.

Au bout de trois heures, le soleil tutoyait le zénith et avait ouvert le papillon à plein. La gourde de Krystal était de nouveau à sec et il n'y avait toujours pas de ruisseau en vue. J'essayais de pas trop penser à ce que ça fait de crever de soif. Parce que, de ma vie, je n'avais vu quoi que ce soit de comparable, dans la cruauté absolue, au paysage qu'on traversait maintenant. Un océan de sable. Un jour de calme plat. Pas une colline, pas un monticule, pas un arbre, pas un poil d'ombre, pas même une pousse rabougrie de spinifex. Rien n'y vivait, parce que ce bout de désert devait tuer raide tout ce qui s'aventurait dans son périmètre. L'aridité faite plaine. Couleur sang séché.

Le cœur mort de l'Australie.

Une heure a passé, puis une autre. *Où est-il, ce putain de ruisseau ?* J'ai jeté un coup d'œil en direction de Krystal. La route était un peu meilleure et elle en profitait pour s'accorder un répit momentané. Mais ses heures de guet derrière le pare-brise l'avaient mise à rude épreuve. Elle avait l'air fanée, vidée, consumée. Et je n'étais guère plus flambant. Je me sentais lessivé, parcheminé, et, plus inquiétant encore, je commençais à halluciner. Il fallait qu'on trouve ce ruisseau, et vite.

Cinq minutes plus tard, on lui a passé dessus.

Même « ruisselet » était abusif pour décrire cette rigole – tout juste assez profonde pour lécher le goulot de la gourde. On s'est laissés choir au bord et on a bu à pleines mains, sans pouvoir s'arrêter.

« C'est pas deux, mais *trois* bières que tu vas devoir me payer, à Kalgoorlie », j'ai soufflé entre deux gorgées.

J'ai passé mes bras autour d'elle et elle a laissé sa tête tomber sur mon épaule. On était tellement épuisés qu'on est restés comme ça je ne sais combien de temps, incapables de faire un geste. On n'a pas entendu le

Traffic approcher. On n'a même pas levé les yeux avant que Daddy tire un coup en l'air pour nous signifier qu'on était faits comme des rats.

La fourgonnette n'était plus qu'à quelques centaines de mètres. Les tenait le volant. Le canon d'un fusil et la tête de Daddy émergeaient de la portière opposée. Deux balles ont sifflé au-dessus de nos têtes. Ça a été le signal du sauve-qui-peut. Krystal et moi avons foncé vers le camion, pliés en deux, mais on n'a pas eu le temps d'y grimper. Une troisième balle a perforé le toit de la cabine. On a plongé à l'abri du capot, recroquevillés contre la calandre.

« Sortez de là, bordel ! » a hurlé Daddy. J'ai risqué un œil. Le Traffic était pratiquement sur nous. Les devait avoir le pied au plancher. J'ai regardé Krystal. Elle était décomposée.

« Qu'est-ce qu'on fait ? j'ai demandé.

— Qu'est-ce qu'on peut faire ? Ils nous tiennent. »

Mais juste comme on émergeait de derrière le camion, les mains en l'air, il y a eu bruit de ferraille épouvantable. Le Traffic, lancé à fond la caisse, venait de se payer un nid-de-poule. On l'a regardé décoller et se coucher sur le flanc droit. Daddy a roulé sur Les. Ils se sont mis à échanger leurs impressions. Ils n'avaient pas l'air d'accord.

On n'a fait qu'un bond jusqu'à la cabine. J'avais laissé le moteur tourner. J'ai écrasé l'accélérateur et, avec un cahot, le camion s'est arraché à la poussière. Mais même la pédale au plancher, impossible de lui faire dépasser le trente à l'heure. Krystal s'était retournée et assurait le commentaire de ce qui se passait. Les et Daddy étaient parvenus à s'extraire du Traffic et s'échinaient à le remettre sur ses roues.

« Apparemment, ils sont entiers... on dirait que le Traffic fait de la résistance... il ne bouge pas d'un poil... Daddy a l'air d'engueuler Les... il l'a empoigné par les épaules et il le secoue comme un prunier... il doit en prendre pour son grade... le pare-chocs aussi passe un sale quart d'heure... ils ont l'air d'essayer autre chose... Daddy est arc-bouté contre la carrosserie et Les la soulève par en dessous... ça n'a pas l'air de marcher des masses... ils sont coincés, ces salauds... »

Je me suis mis à rire comme un possédé. On s'en était tirés ! J'arrivais pas à y croire. Surtout quand j'ai jeté un coup d'œil dans le rétro et que j'ai vu Daddy nous courir derrière en brandissant son flingue, avant de s'arrêter, à bout de souffle. Il a tiré un coup en l'air, a hurlé un torrent de mots incompréhensibles, faisant retentir le désert de ses débordements de rage impuissante. Brusquement, le camion a plongé dans une descente et Daddy a été gommé du paysage.

Devant nous, la piste s'enfonçait dans une gorge encaissée. Le camion a pris de la vitesse. Dans ce canyon désolé, le sable rouge avait fait place à une terre brune, semée de gravillons, si desséchée qu'elle se craquelait. Un réseau de fissures couvrait le sol, comme un filet. Où que je regarde, des squelettes d'animaux blanchis. Et rien d'autre.

« Il n'y a plus d'eau d'ici à la grand-route, a fait Krystal. Si on tombe en rade entre-temps... » Elle n'a pas achevé. Elle s'est dévissé le cou pour regarder derrière nous. « Tu crois qu'ils vont réussir à repartir ? a-t-elle demandé.

— J'en sais rien.

— S'ils n'y arrivent pas, ils sont fichus. »

Elle n'a plus rien dit pendant des kilomètres. Elle regardait par la portière, l'air accablé.

« Il faut qu'on y retourne, Nick.

— Pas question.

— Mais ils vont mourir !

— Ils nous tueront.

— C'est mon père, mon oncle…

— On va se faire recevoir à coups de fusil.

— Pas si on y retourne. Ils seront trop heureux de nous voir.

— Toi, peut-être, mais pas moi. Ils me descendront comme ils ont descendu Jack. Tu te rappelles, Jack… ? »

Krystal a rejeté la tête en arrière, comme si je l'avais giflée.

« Excuse-moi », j'ai murmuré.

Elle s'était mis la main sur la bouche, mais ça n'a rien pu contre ses sanglots. J'ai arrêté le camion et je l'ai prise dans mes bras. Elle a pleuré longtemps, la figure enfouie contre mon épaule. Je lui caressais les cheveux, en multipliant les « Pardon », les « Je suis vraiment trop con », les « Moi et ma grande gueule ». Je me sentais le roi des enfoirés.

J'ai levé les yeux, Le Traffic emplissait tout le rétroviseur. Il fondait sur nous à tombeau ouvert. J'ai lâché Krystal et j'ai écrasé l'accélérateur Pour tenter de mettre de la distance entre lui et nous, mais Les avait trop de puissance sous son capot pour ça. Il a quitté la piste, nous a doublés dans un nuage de poussière et a mis sa fourgonnette en travers de la route. Elle n'était pas arrêtée que Daddy avait jailli de son siège et braquait son flingue sur moi.

« Dehors, et plus vite que ça ! »

J'ai stoppé le camion, j'ai lancé un regard à Krystal. Elle a hoché la tête. On a mis pied à, terre et on s'est rejoints devant le capot. Quand il l'a vue me prendre la main, les yeux de Daddy se sont écarquillés de rage.

« Alors, petit branleur ! a-t-il éructé. T'espérais bien qu'on allait crever, pas vrai ?

— Papa… a fait Krystal.

— Toi, la ferme ! a-t-il dit, en armant son flingue. S'envoyer en l'air derrière le dos de ma petite princesse…

— Mais on s'est pas envoyés en l'air… » ai-je tenté d'intervenir.

Il a relevé son fusil. Krystal était au bord de la panique. « Daddy, non ! » a-t-elle hurlé.

Sans un regard pour elle, il m'a mis en joue. C'est pas vrai ! Ça ne *peut* pas être vrai…

« C'est bon, Daddy, c'est bon ! » j'ai jeté. C'est fou comme la panique vous change la voix. « Je vais rentrer à Wollanup. Je ne chercherai plus à me tirer, parole ! Je ferai tout ce que tu v…

— Tu vas plus nulle part, connard ! »

Le canon de son flingue pointait droit sur mon cœur.

« Oh, doucement, Daddy » a fait Les.

Le doigt de Daddy s'est posé sur la détente.

« Qu'on le ramène à Wollanup et qu'on lui foute une bonne branlée, O.K., a dit Les. Mais pas ça, Daddy. Tu peux pas. Pas une deuxième fois.

— Tu vas voir si je peux pas, bordel ! »

J'ai regardé autour de moi frénétiquement. Rien derrière quoi s'abriter. Daddy me contemplait, le sourire aux lèvres. Ce salaud me souriait, pendant que son putain de doigt se crispait sur la détente. Je me suis entendu hurler… « *Noooooooonnnn !* »… et j'ai plongé par terre. Le coup a claqué.

Le silence est retombé. Un silence surnaturel, effrayant, qui me clouait au sol, le nez dans la poussière. Et dans ce silence, un cri s'est élevé. La plainte d'une bête désespérée. Blessée dans l'âme. Inconsolable. C'était Daddy.

J'ai levé les yeux et j'ai aperçu Krystal.

Elle chancelait vers moi. Son T-shirt couvert de sang. Une expression de stupeur sur le visage.

« Merde ! a-t-elle murmuré. Oh, merde ! »

Avant que j'aie pu faire un geste, elle s'est affaissée et n'a plus bougé. Daddy a lâché son flingue pour se ruer vers elle. Il l'a prise dans ses bras et s'est mis à la bercer contre lui, secoué de sanglots incoercibles. Les était là, lui aussi. Il a soulevé le poignet de Krystal et a cherché son pouls. Au bout de quelques secondes, il l'a laissé retomber, s'est effondré à genoux et a enfoui son visage dans ses mains.

J'étais en hyper-état de choc et mon pilote automatique déconnait. Mon cerveau tournoyait comme une toupie. Les jambes en coton, je suis parvenu à me traîner jusqu'au fusil de Daddy. Je l'ai ramassé. Je l'ai armé. Je l'ai pointé sur mon beau-père et j'ai rugi son nom.

« *Millard !* »

Il a lâché Krystal et m'a chargé, comme un taureau furieux – les narines palpitantes, le regard fou. J'ai tiré deux fois. Mes deux balles ont fait mouche. En plein front. Il est tombé, face au ciel. Les a poussé un cri et a fait mine de se relever. Je l'ai mis en joue.

« Bouge pas, bordel !

— Fais pas ça, mec » il a soufflé, presque inaudible.

J'ai réarmé le fusil. Les s'est mis à chialer, à me supplier de ne pas l'abattre. Il tremblait, suant la peur par tous les pores de sa peau. Je lui ai balancé un revers de crosse en pleine poire. Il s'est plié en deux.

« Debout ! » Le fusil me vibrait entre les doigts.

Il a levé les mains en l'air et a redoublé de jérémiades, complètement hystérique. Je lui ai décoché mon pied dans le bide. Puis dans les dents. Ma raison s'était fait la belle. Je n'avais qu'une idée : le crever.

« Je t'ai dit, debout, bordel ! » Je vociférais.

Il a réussi à se hisser sur ses pieds. Son nez et ses lèvres pissaient le sang.

« Pose tes mains sur ta nuque et recule jusqu'au Traffic. »

Je l'ai collé face à la carrosserie, jambes, écartées, et je l'ai fouillé. Clés de voiture. Deux cents dollars en espèces. J'ai empoché le tout.

« Tourne-toi ! »

Il avait à peine fait demi-tour qu'il s'est laissé tomber à genoux et a recommencé à sangloter et à crier grâce.

Il fallait en finir d'une façon ou d'une autre. J'ai mis un siècle à me décider.

« Va mettre Krystal sur le plateau du camion », j'ai fini par articuler.

Il a eu une seconde d'hésitation. Il a fallu que je lui gueule : « Qu'est-ce que t'attends ? » pour qu'il se dirige vers elle, toujours tremblant. Il a glissé ses mains sous ses épaules et ses jambes et l'a soulevée doucement. J'ai dû fermer les yeux pendant qu'il faisait le tour du Holden. J'aurais pas supporté de voir son visage.

« Charge Daddy à côté d'elle. »

Ça a été nettement plus laborieux, mais il a trouvé la force de traîner Daddy jusqu'au camion et de le hisser à l'arrière.

« À toi, maintenant. Dans la cabine ! Côté conducteur. »

Il s'est exécuté. J'ai grimpé sur le siège passager et je lui ai collé le canon du fusil sur sa tempe. Le moteur tournait toujours au ralenti. « Fais demi-tour. »

Il a reculé de quelques mètres puis, en première, il a contourné la fourgonnette. Le capot du Holden pointait vers Wollanup.

« Qu'est-ce qui reste comme essence, dans le Traffic ?

— Un demi-plein. Et y a un jerrycan de secours à l'arrière.

— On est à combien de la nationale ?

— Deux heures maximum.

— T'as l'intention de me suivre ?

— Non. Parole ! »

— Si tu t'avises de le faire, je te descends. Vu ? »

Il a hoché la tête. Frénétiquement.

« Je devrais te coller une balle dans la tête. »

Il s'est remis à chialer.

« Mets-toi au point mort. Et ne décolle pas tes mains du volant avant que je te le dise. »

J'ai ramassé ma musette et je suis descendu de la cabine à reculons. Je me suis éloigné du Holden de quelques pas, le canon du fusil pointé sur lui. « Allez, rentre à Wollanup ! »

Sa voix était à peine un murmure. « Je suis… désolé. Je…

— Va te faire foutre. Allez tous vous faire foutre j'ai dit. Allez, dégage ! Tire-toi ! »

J'ai regardé le camion s'ébranler. Je suis resté planté au milieu de la piste, le doigt sur la détente, jusqu'à ce qu'il se fonde à l'horizon. Puis je me suis hissé dans le Traffic et j'ai agrippé le volant à m'en faire péter la peau des jointures. Groggy d'horreur. K.O. debout. Par ce que j'avais vu faire. Par ce que j'avais fait. C'est la chaleur de four de la cabine qui m'a tiré de mon hébétude. J'ai tourné la clé de contact et passé la première. Les pneus ont roulé dans deux flaques de sang terni. Dix minutes plus tôt, ce sang n'était pas là. Mais déjà, le soleil l'avait si bien séché qu'il se fondait dans le rouge de la latérite.

Deux heures plus tard, j'étais à l'intersection. La nationale était un ruban de bitume noir à une voie. Pas une voiture en vue. J'ai mis pied à terre. Un ruisseau coulait le long de la route. J'ai fait un strip complet et je me suis récuré de la tête aux pieds avant d'enfiler les vêtements de rechange que j'avais dans ma musette. Cela fait, j'ai aspergé mon short et ma chemise maculés de sang d'un peu d'essence du jerrycan, puis j'ai craqué une allumette. Pendant qu'ils brûlaient, je me suis enfoncé dans le bush de quelques centaines de mètres. J'ai enterré le fusil. Si la maréchaussée locale m'arrêtait, je ne serais plus un assassin en cavale – avec toutes les pièces à conviction à bord. Juste un connard de Yankee en quête d'exotisme, qui s'était paumé dans l'outback.

Mais aucun flic ne m'a arrêté – pour la bonne raison que je n'ai pas rencontré une seule bagnole jusqu'à Kalgoorlie. J'ai dû faire halte plusieurs fois en chemin : mes mains tremblaient tellement que j'avais peur de m'envoyer dans le décor. Il devait être huit heures du soir quand j'ai aperçu un halo dans le ciel. Les lumières de la ville… J'ai évité le centre pour suivre les flèches qui indiquaient « Aéroport ». Sur le parking, j'ai dégoté un vieux chiffon dans le vide-poches et j'ai méthodiquement essuyé tous les endroits où j'avais pu semer des empreintes – volant, changement de vitesse, tableau de bord, poignées… Puis j'ai poussé la porte du terminal et j'ai pris une place sur le dernier vol pour Perth de la journée.

« Un aller simple ? Ça fera cent trente dollars, monsieur, m'a dit la préposée. Mais je peux vous proposer un aller-retour pour seulement quarante dollars de plus.

— Merci, mais je n'ai aucune intention de revenir. »

J'ai payé en liquide. Tandis que je faisais glisser les billets sur le comptoir, j'ai remarqué qu'elle me dévisageait avec insistance. Ça se voyait tant que ça ? Elle me soupçonnait ou quoi ? Si ça se trouvait, la nouvelle était déjà partout. Genre, avis de recherche concernant un Américain soupçonné d'homicide, signalé dans la région de Kalgoorlie. Dès que son ordinateur aurait craché mon billet, elle filerait sûrement en coulisse pour appeler les flics. Cette garce va me dénoncer. Elle fera la « une » des journaux et connaîtra ses dix minutes de gloire locale pour avoir contribué à l'arrestation d'un dangereux criminel. Vingt ans à moisir au fond d'une geôle australienne. Je ne sais pas ce qui me retient de t'écraser la gueule, salope ! De te…

« Embarquement dans vingt minutes, porte 6. Bon voyage, monsieur ! »

J'ai marmonné un vague « merci » et, le billet à la main, j'ai foncé, aux toilettes. Je me suis enfermé dans un box, le temps que ma tremblote se tasse. Puis, j'ai rempli un lavabo d'eau froide et j'ai plongé la tête dedans, jusqu'à ce que mes poumons crient grâce.

Décompresse, Ducon ! Comment veux-tu que quelqu'un puisse être au courant de quoi que ce soit ? Les victimes sont en route pour Wollanup. Et personne ne risque d'emprunter cette foutue piste : elle ne figure plus sur aucune carte… En plus, il est hautement improbable que qui ce soit à Wollanup se décide à parler, parce que ça serait le commencement de la fin pour tous ces tarés. Personne ne t'inquiétera. Tu t'en es sorti. Tu es en route pour la liberté.

J'étais seul à bord de mon avion. Je me suis installé au fond de la cabine, derrière cinquante sièges vides, et j'ai mis à profit mes soixante-dix minutes de vol pour descendre quatre scotchs, et quatre bières en guise de rince-cochon. À Perth, j'ai émergé, toujours seul, de la porte « Arrivées ». Une quinzaine de taxis attendaient le client devant l'aérogare. J'ai fait quatorze déçus.

« Quel est le meilleur hôtel de Perth ? j'ai demandé au chauffeur.

— Le Hilton, je dirais…

— C'est là qu'on va. »

La radio marchait en sourdine. En chemin, un vieux tube des Beatles a jailli des haut-parleurs. Et tandis que McCartney chantait *She's Leaving Home*, j'ai perdu le combat que je menais depuis deux bonnes heures.

« Ça va pas, vieux ? » a demandé le taxi par-dessus son épaule. Je chialais tellement que je n'ai pas pu lui répondre. « Allez, mec… c'est quand même pas la fin du monde, si ?

— Fermez-la », j'ai articulé.

Quand il m'a déposé devant le Hilton, j'avais plus ou moins réussi à me ressaisir. L'hôtel était en plein centre, à un jet de flèche de William Street. Les rues étaient désertes, Perth se jouait « Opération ville morte » jusqu'à l'aube. Le petit gommeux tatillon qui tenait la réception n'a pas apprécié mon look.

« Je regrette, mais nous sommes complets, a-t-il laissé tomber, d'un ton méprisant.

— Il ne vous reste vraiment plus rien ?

— Uniquement une suite de luxe. À trois cent vingt-cinq dollars la nuit »

J'ai plaqué ma carte Visa sur le comptoir. « Je la prends.

259

— Ah… il a fait, estomaqué. En ce cas, j'ai bien peur de devoir obtenir le feu vert de Visa.

— Mais je vous en prie… »

Il s'est éclipsé quelques minutes, avant de réapparaître, tout sourire. C'est fou ce qu'un simple morceau de plastique peut valoir en courbettes.

« Tout est en ordre, monsieur Hawthorne. Voulez-vous un porteur pour monter vos bagages ?

— Tout est là », j'ai fait en pointant sur ma musette. Le gars a fait des prodiges pour ne pas s'étrangler.

« Avez-vous besoin de quoi que ce soit ?

— Dentifrice, brosse à dents et de quoi me raser.

— Vous aimez voyager léger, je vois !

— Si vous me filiez cette putain de clé ? *S'il vous plaît*.

— Tout de suite, monsieur. »

Ma suite était une annexe de Versailles – bourrée de meubles rococo dorés à la feuille, et nantie d'un lit de la taille d'un terrain de foot. Je me suis déshabillé et, drapé dans le peignoir gracieusement mis à ma disposition par la direction, j'ai filé mes fringues au garçon d'étage qui apportait mes articles de toilette. Il m'a promis que je trouverais le tout lavé et repassé à mon réveil.

Je me suis offert une douche. Une orgie d'eau chaude, qui me cinglait la peau comme des aiguilles. J'y suis resté une demi-heure. J'avais à me débarrasser de pas mal de merdes.

Après, je me suis senti trop crevé pour manger. Je me suis glissé entre des draps glacés au fer et je n'ai eu que le temps de vider une des mignonnettes de scotch du mini-bar avant de m'abîmer dans le sommeil.

J'ai dormi comme un plomb. Sans visions de cauchemar. Sans flash-back gore. Sans même un rêve bénin. Une nuit sans couture. Le sommeil de la mort. Quand j'ai émergé, j'ai eu quelques secondes d'ahurissement avant que les souvenirs me tombent dessus en avalanche. Angie. Le poulailler. Les kangourous crevés. Daddy. Krystal. Surtout Krystal.

Tu es sérieux ? avait elle demandé, quand j'avais mentionné Boston.

Oui. Très sérieux, j'avais répondu. Et pour la première fois de mon existence, je l'étais…

Comment fait-on pour vivre avec une douleur chronique ? On vit avec, j'imagine. On fait avec… Et c'est ce que tu vas faire. Dès à présent, Nick.

J'ai commandé un petit déjeuner monstre. Après une nouvelle douche marathon, j'ai enfilé mes vêtements repassés de frais et je suis descendu chez le figaro du Hilton où j'ai abandonné ma crinière de neuf mois. J'ai réglé ma note. J'ai descendu le canyon de gratte-ciel de Perth centre et j'ai vu mon premier feu rouge depuis Darwin. J'ai poussé la porte d'une succursale de l'American Express et j'ai signalé la perte de 6 500 $ de chèques de voyage. La guichetière a écarquillé les yeux à la mention du montant. Je lui ai sorti mon coupon de remboursement. Il y a eu un échange de coups de fil entre elle et le siège social, à Sidney. Au bout d'une heure – temps qu'il a fallu à son ordinateur pour vérifier les numéros de série de mes formules –, elle a obtenu le feu vert. J'ai dû encore remplir des tonnes de formulaires et subir un sermon de la guichetière sur la façon de protéger mes devises, à l'avenir. Enfin, intégralement remboursé de mes « pertes », je me suis retrouvé sur le trottoir, devant l'agence, à me demander pourquoi Les n'avait pas cherché à négocier les chèques qu'ils m'avaient forcé à contresigner. Jusqu'à ce que j'avise un tableau des taux de change du jour. Pendant mon séjour forcé à Wollanup, le dollar américain avait chuté de cinquante pour cent face au dollar australien. Ce salaud de Les avait préféré attendre que le cours du dollar redevienne plus juteux avant d'utiliser mes travellers.

Mon étape suivante a été une agence de voyages. J'ai produit mon billet d'avion et j'ai demandé qu'on me réserve une place sur le prochain vol à destination de Londres, avec correspondance directe pour Boston. La préposée a pianoté sur son ordinateur et m'a annoncé une mauvaise nouvelle : il y avait bien un vol à seize heures quarante-cinq, mais il ne restait plus une place de libre en classe économique.

« Mettez-moi en classe affaires, ai-je dit.

— Il y a un supplément de mille trois cent soixante-quinze dollars, monsieur. »

Cette fois encore, j'ai fait claquer ma carte Visa sur le comptoir : « Pas de problème. »

J'ai passé les heures suivantes au fond d'un bar sinistre, à vider un certain nombre de bières pour tuer le temps. Et me faire discret. Vers trois heures de l'après-midi j'ai demandé au barman de m'appeler un taxi. Une demi-heure plus tard, j'étais à l'aéroport. J'ai expédié les formalités et j'ai mis le cap sur le salon d'attente des « Classe affaires », bien décidé à n'en pas bouger avant le dernier appel de mon vol. Mais je devais d'abord franchir un dernier obstacle : le contrôle Immigration.

Le préposé, un grand maigre, la cinquantaine, le stylo bille en plastique dépassant de sa poche – le connard fini – a claqué les doigts en direction de mon passeport, m'a dévisagé de son regard glacial de fonctionnaire, et a passé de longues secondes à étudier ma photo d'identité. Il s'est mis à feuilleter mon passeport, page à page, en se léchant l'index à chaque fois, et s'est arrêté devant mon visa et ma date d'entrée sur le territoire australien. Il a plissé les paupières, ses lèvres se sont pincées, il est revenu à la première page, a bien scruté ma photo une fois encore, et m'a gratifié d'un nouveau regard glacial. Puis il s'est décollé de sa chaise en me lançant : « Je vous demande, une minute. Ne bougez pas. »

J'ai puisé dans mes réserves de calme, mais je me sentais déjà les mains moites.

« Un problème ? j'ai demandé, d'une voix pâlote.

— Oui… » a-t-il lâché, avant de disparaître dans un couloir.

Cinq minutes plus tard, je l'ai vu revenir, escorté de deux acolytes : un mec anguleux, en costard croisé, style chef de service, et un agent de la sécurité de l'aéroport en uniforme. Je me suis senti blêmir. J'étais flambé, fichu, fini. Ils *étaient au courant*. Ils avaient tout appris, je ne sais comment. Peut-être qu'au lieu de rentrer à Wollanup, Les avait foncé à Kalgoorlie, craché le morceau et raconté aux flics que j'avais descendu non seulement Daddy, mais aussi Krystal. Comment est-ce que j'allais pouvoir me tirer de ce guêpier… ou simplement expliquer ce que j'avais fabriqué pendant ces neuf mois ? Même si je parvenais à persuader les autorités que je disais vrai, il faudrait que je paie pour le meurtre de Daddy. Est-ce que j'avais une chance de m'en tirer en plaidant la légitime défense ? Probablement… Je pourrais même obtenir la clémence du jury et n'écoper que d'une condamnation légère pour circonstances atténuantes. Dix ans… Une bagatelle. Je vais me retrouver coffré dans ce pays de merde jusqu'à la cinquantaine ? Pas question ! Je vous en supplie, les gars, laissez-moi monter à bord de cet avion et je jure sur ma tête que jamais je ne remettrai les pieds ici.

Costard-Croisé avait mon passeport à la main.

« Monsieur… » a-t-il fait, en l'ouvrant et en déchiffrant mon nom, « … Hawthorne ? Nicholas, Thomas Hawthorne ?

— Il y a un problème ?

— Veuillez nous suivre, je vous prie.

— Mais pourquoi… ? »

L'agent de sécurité me coupait toute retraite. Il m'a tapé sur l'épaule du bout de l'index.

« Par ici, monsieur. »

Pris en sandwich entre Costard-Croisé qui marchait en tête et Mr. Sécurité qui formait l'arrière-garde, j'ai enfilé trois couloirs. Au fond d'un dédale de bureaux vitrés, Costard-Croisé a sorti une clé de sa poche et ouvert une porte. Il a allumé une rampe de néons et m'a fait signe de me poser sur une chaise en inox, tandis qu'il prenait place derrière un bureau métallique. Mr. Sécurité était resté de faction, devant la porte.

« Alors, monsieur… Hawthorne ! a fait Costard-Croisé. J'imagine que vous savez pourquoi vous êtes ici… »

Je suis resté coi, et je me suis abîmé dans la contemplation des craquelures du lino. Costard-Croisé s'est énervé.

« J'attends votre réponse. Savez-vous pourquoi nous vous retenons ?

— Oui… monsieur.

— Vous avez conscience d'avoir enfreint la loi ? D'avoir commis un acte délictueux ? »

Un frisson m'a parcouru l'échine et j'ai dû serrer les poings pour dissimuler ma tremblote.

« Conformément à la loi, vous êtes en droit d'exiger la présence d'un avocat, mais cela accélérerait la procédure si vous vouliez répondre à quelques questions sur-le-champ. Acceptez-vous de coopérer ? »

J'ai hoché la tête.

« Bien ! a fait Costard-Croisé, en tirant une liasse de formulaires d'un tiroir.

« Et maintenant, monsieur Hawthorne, si vous m'expliquiez… pour quelle raison vous voyagez avec un visa dont la date de validité est expirée depuis plus de six mois ? »

J'ai cligné les paupières, incrédule, et je me suis entendu demander : « *Pardon… ?* »

« Vous êtes arrivé à Darwin il y a très exactement neuf mois et trois jours, en possession d'un visa touristique de classe Six-Soixante-Dix, qui, bien que valable pour un nombre illimité de voyages au cours d'une année calendaire, ne vous autorise à séjourner sur le sol australien que pour une période de trois mois d'affilée. Or, vous avez outrepassé ce délai de six mois et trois jours… En d'autres termes, vous avez enfreint la législation régissant les conditions d'entrée et de séjour des étrangers dans ce pays. »

Ça a commencé à faire tilt dans ma tête. *Joue les idiots, joue les idiots !* me suis-je dit.

« Et c'est pour ça que vous me retenez, là ? » j'ai demandé, faisant de mon mieux pour avoir l'air un peu lent de la comprenette. L'irritation de Costard-Croisé a monté d'un cran.

« Exactement, monsieur Hawthorne. C'est ainsi que fonctionnent les lois sur l'immigration dans ce pays. Si vous laissez expirer votre visa, vous êtes retenu au moment de quitter le territoire australien. Et maintenant, si vous consentiez à m'expliquer pourquoi vous n'avez pas pris la peine de faire régulariser votre situation ? »

J'ai pris mon air le plus con. J'ai raconté que je ne m'étais jamais fatigué à lire les petites lettres de mon visa et que je pensais qu'il était valable un an. Costard-Croisé m'a répondu que ce n'était pas une excuse. Puis il s'est mis à me cuisiner : Quel était mon métier ? Pourquoi m'offrais-je des vacances aussi prolongées ? Quels coins de l'Australie avais-je visités ? (Darwin, le massif des Kimberley, Broome et la région, où j'avais campé pendant un couple de mois…) En rentrant aux États-Unis, avais-je un travail en vue ? (J'étais attendu, dès lundi matin, à la rédaction du *Beacon Journal* d'Akron, Ohio.) Avais-je acquis une propriété au cours de mon séjour ? (Non.) Avais-je occupé un emploi salarié durant mon séjour ? (Non.) Costard-Croisé a eu l'air de gober mes réponses et a même semblé marcher dans mon numéro de touriste naïf. Mais il me restait un obstacle à négocier. Costard-Croisé a décroché son téléphone et appelé le sommier de la police de l'État et les services fédéraux.

« Hawthorne, Nicholas Thomas… Passeport U.S., numéro… L873142. On a quelque chose sur lui ?

D'interminables minutes se sont écoulées. Enfin, Costard-Croisé a marmonné : « Je vois… » avant de reposer le combiné et de me fusiller du regard.

« Il semblerait que nos services de police… ne voient pas l'intérêt de vous interroger. »

J'ai réussi à étouffer un soupir de soulagement.

« Mais nous sommes néanmoins en droit de vous placer en rétention administrative – et même de vous infliger une peine d'emprisonnement, pour infraction à la législation sur l'immigration. A moins, bien entendu, que vous n'optiez pour le rapatriement volontaire…

— Ça veut dire quoi ?

— Vous me signez une déclaration reconnaissant que vous vous trouvez en situation irrégulière, et vous vous engagez à ne pas solliciter de nouveau visa pour l'Australie pendant une période de trente-six mois. Vous ne seriez pas autorisé à séjourner dans ce pays durant ce délai.

— Montrez-moi où je dois signer. »

Une fois cette formalité accomplie, ils m'ont gardé dans la salle d'interrogatoire jusqu'au départ de mon vol. Au dernier appel, Mr. Sécurité m'a escorté jusqu'à la porte 6. La salle d'attente était vide. J'étais le dernier passager à embarquer, et le personnel au sol n'attendait plus que moi. Le flic m'a tendu mon passeport et ma carte d'embarquement.

« La prochaine fois, monsieur, m'a-t-il dit, conformez-vous à la loi et votre retour s'effectuera dans de meilleures conditions. »

J'ai failli lui lancer : « *Et les lois de Wollanup, tu les connais, taré* ? » mais j'ai jugé opportun de m'en dispenser, Il fallait que je grimpe à bord de cet avion.

Ma carte d'embarquement et mon passeport dûment vérifiés, j'ai été conduit sous bonne garde jusqu'au pied de la passerelle. Une fois à bord, l'hôtesse m'a indiqué ma place et m'a collé un verre de champagne dans la main. Tandis que le 747 s'ébranlait sur le taxiway en direction des pistes, je n'arrêtais pas de me répéter : il va s'arrêter et revenir vers le terminal, et on va me passer les bracelets. Parce que je suis coupable. J'ai un tel paquet de trucs à me reprocher...

Mais l'avion a continué à rouler. Il a fait son point fixe puis, dans un rugissement de réacteurs, il s'est arraché du tarmac. En quelques minutes, Perth avait disparu. Dans mon hublot, Il n'y avait plus que de la terre rouge.

On m'a resservi du champagne. Je me suis carré contre mon dossier. Une fois qu'on aurait débité ma carte Visa, il me resterait plus de 4 000 $ pour faire joujou. De quoi repartir de zéro. Pas à Akron, ni dans le genre de jobs que j'avais connus jusque-là. Fini les impasses et les culs-de-sac volontaires. Fini de vivre au jour le jour. J'avais passé ma vie à courir derrière le provisoire, à esquiver les obligations ou les responsabilités qui auraient pu me forcer à me remettre en cause. J'avais joué les électrons libres – tellement libre d'attaches que personne ne s'était même aperçu que j'avais disparu de la circulation depuis neuf mois… Personne ne s'était soucié de moi. Sauf Krystal. Et elle s'en était trop souciée pour son propre salut. Parce que je ne valais pas le prix qu'elle avait dû payer. À présent, j'étais redevenu un électron libre. Sans l'ombre d'un lien et, en fin de compte, terrifié par ma solitude, mon absence de racines. Qui a dit qu'une vie sans engagement est une vie sans substance ? Un phraseur pompeux quelconque, sûrement… Mais ce gars a quand même touché la vérité du doigt.

Trois coupes de champagne plus tard, j'ai piqué du nez. J'ai dormi des heures. Une scène a défilé derrière mes paupières tremblantes. Moi à la soixantaine, prof en retraite, vivant en père tranquille dans un petit port de la côte du Maine. C'est l'hiver. Il neige. Je suis assis au coin du feu, dans le séjour, et je feuillette un magazine en sirotant mon premier scotch de la soirée. On frappe à la porte. Je vais ouvrir. Devant moi, un jeune gars, dans les vingt ans, les cheveux aux épaules, coiffé d'un chapeau de brousse blanc de flocons. Il a un sac à dos à ses pieds. Il me ressemble comme deux gouttes d'eau. « *Salut, p'pa !* » il me fait, avec un accent du pays d'Oz à couper au couteau.

Une bonne femme toute bouffie, d'une quarantaine d'années, sort de l'ombre derrière lui. Ses cheveux blonds ont blanchi prématurément. Elle me décoche un sourire vachard. Elle n'a plus que trois dents sur le devant. Le grand gaillard l'entoure de son bras.

« Alors, t'embrasses pas m'man… ? »

Une main me secouait vigoureusement par l'épaule.

« Monsieur, monsieur… *Monsieur !* »

Je me suis réveillé en sursaut. Une hôtesse était penchée sur moi, l'air inquiet.

« Vous hurliez…

— Vraiment ?

— Très fort même.

— Ah !

— Quelque chose ne va pas ?

— Non, non… Tout va très bien… »

Elle m'a flashé un sourire immaculé. « Vous avez dû faire un mauvais rêve. »

Un cauchemar sans nom, je dirais…

Composition et mise en pages réalisées
par IND - 39100 Brevans

Achevé d'imprimer par N.I.I.A.G.
en juillet 2007
pour le compte de France Loisirs, Paris

N° d'éditeur : 49425
Dépôt légal : Mai 2007
Imprimé en Italie